醫統江山

第二輯

卷2

絕世妖孽

石章魚 著

當斷不斷，
必受其亂！

目錄

第一章 紅臉與白臉……5
第二章 皇室提親……33
第三章 賜婚陰謀……61
第四章 掌握自己的命運……97
第五章 絕世妖孽……125
第六章 平和的假象……161
第七章 彪悍的風塵女子……189
第八章 立場不同……223
第九章 青雲山莊……259
第十章 刀魔風行雲……293

第一章

紅臉與白臉

胡小天內心一動，老皇帝和七七一個唱白臉一個唱紅臉，
這一老一小聯手做戲的可能性很大，
再聯想起他們在父母這件事上的處理，
正是老皇帝出面當壞人，七七出來做人情收買人心。
那麼他們還真算得上是用心良苦。

直到慕容展走遠，慕容飛煙方才捂住嘴唇，兩行淚水緩緩滑落，香肩微微顫抖。感覺肩上被人輕輕拍了一下，慕容飛煙嚇了一跳，轉過身去，卻見胡小天笑瞇瞇站在她身後，一時間百感交集，撲入胡小天的懷中，無聲啜泣起來。

胡小天寬慰她道：「別哭，別怕，有我在你身邊，任何事都可以解決，天塌下來我頂著！」

慕容飛煙止住淚水，忽然想起一件事，一伸手將胡小天的耳朵擰住，啐道：「你這臭小子，剛才一直都在偷聽我們說話是不是？」

胡小天慘叫道：「放手，放手，你手勁太大，我也是剛剛過來，什麼都沒聽到，一個字都沒聽到。」

慕容飛煙冷哼一聲道：「你跟那個永陽公主是不是有一腿？」

胡小天苦笑道：「何止一腿，三腿五腿也有，不過都是我在幫她跑腿，人家只是一個未成年的小姑娘，這也值得你吃醋。」

慕容飛煙放開了他的耳朵，這會兒功夫已經將胡小天的耳朵扭得通紅，她下手也夠辣的。

胡小天一邊揉著耳朵一邊道：「此地不宜久留，離開這裡再說。」

慕容飛煙收拾好母親的靈位，和胡小天一起離開了故宅，前往尚書府的途中仍然不時看到有羽林軍經過，整個康都城都顯得氣氛緊張而沉重，慕容飛煙道：「看來我應該儘快離開這裡，以免給你造成麻煩。」

胡小天笑道：「哪有什麼麻煩，什麼人敢查到我的頭上？」

慕容飛煙道：「你爹娘怎樣了？」

胡小天道：「不會有事，只是做做樣子給皇上看。」

慕容飛煙酸溜溜道：「永陽公主那小妮子對你還真是不錯。」

胡小天道：「什麼永陽公主，就是那個七七，當年還是咱們救了她的性命，那小妮子對我只是出於利用，我們之間絕沒有什麼特別的關係。」

慕容飛煙將信將疑地望著胡小天。

胡小天道：「真的，她只是一個沒發育的小丫頭，哪比得上你嫵媚性感。」

慕容飛煙被他誇得俏臉發熱，嗔道：「你休要胡說八道，信你才怪。」

說話間已經來到胡府門前，剛好看到三輛馬車從對面道路駛了過來，來到胡府門前停下，正中馬車上車門推開，下來了一位中年男子，那男子朗聲笑道：「胡大人，別來無恙啊！」

胡小天舉目望去，發現那人竟然是自己在雍都結識的商人昝不留，此人是興隆行的大老闆，也是天下間屈指可數的富商之一，當初在雍都的時候，兩人曾經兩度在宴席之上相遇，彼此也算投緣，當時昝不留就曾經說過，他日有時間會來大康拜訪胡小天，想不到這麼快就來了。

胡小天哈哈大笑：「我覺得今日怎麼天降喜雨，原來是貴客登門，咎先生別來無恙！」

兩人彼此抱拳行禮，胡小天將他請入府內。

胡小天讓梁大壯帶慕容飛煙先去休息，自己則陪著咎不留來到花廳，咎不留先讓隨從將帶來的禮物奉上，上好的貂皮玉石，裝滿了三大箱子，畢竟是天下聞名興隆行的掌櫃，出手也是非常豪綽。

賓主就坐，僕人送上香茗，胡小天飲了口茶道：「咎先生何時抵達康都的？」

咎不留道：「來了已經有兩日了，先去看了看分號準備的情況，本來想昨天過來拜會，可又聽說胡大人不在，所以才拖延到今日。」

胡小天道：「咎先生此來是為了開設興隆號分號的事情？」在雍都的時候他就聽咎不留說起過這件事。

咎不留微笑道：「的確為了這件事，此前已經籌備許久，可是今次來到康都卻發現這邊的情況和我預想中的有些不同。」大康目前的形勢要比咎不留預想中更加惡劣，商人做生意雖然以利益為先，但是也需要考慮經商地點方方面面的處境，不然就會造成有命賺錢沒命拿走的困境。來胡小天這裡拜訪，絕不是單純地為了敘敘舊情，更是為了從他這裡得到第一手的消息。

胡小天道：「何處與先生想像中不同呢？」

昝不留道：「不知康都之中突然變得風聲鶴唳、滿城戒嚴，所為何事？」

胡小天道：「先生難道沒有聽說？」

昝不留笑道：「街頭巷尾倒是有很多的傳言，可是這些流言蜚語並不可信，還是從胡大人這裡得到的消息更真實一些，確切一些。」

胡小天心中暗忖，這昝不留畢竟是大雍商人，在大雍的時候就知道他和皇族之間過從甚密，如果他這次前來康都之時為了開設興隆行分號倒算不上什麼大事，可如果他打著經商的旗號做幌子，真正的目的卻是為了刺探大康軍情，那麼還需謹慎提防。

胡小天故意向兩旁看了看，胡府的家人都頗有眼色，看到胡小天如此舉動已經知道主人的意思，一個個悄然退了出去，昝不留也咳嗽了一聲，跟他前來的那幫隨從也退了下去。

等到眾人離去之後，昝不留低聲道：「還請胡大人指教。」

胡小天道：「昝先生都聽說了些什麼事情？」

昝不留道：「據說是大康皇陵發生了民亂，五萬多名勞工造反，放火焚燒了皇陵，一路北上去了。」

胡小天道：「昝先生消息還算靈通，確有此事。」大康皇陵被燒原本就不是什麼秘密，他也沒必要隱瞞。

昝不留道：「不瞞胡大人，我來康都之前就聽說大康時局動盪，進入大康境內之後發現民亂四起，處處饑荒，大康眼前的形勢似乎不妙啊。」

胡小天道：「可不是嘛，現在四周群敵環伺，一個個都準備將大康分而食之。」

昝不留道：「大康數百年基業應該不是說垮就垮，有道是瘦死的駱駝比馬大，根基一時半會兒動搖不得。」

胡小天呵呵笑了起來：「昝先生比我對大康還要有信心呢，既然昝先生對我推心置腹，我也不瞞先生，大康現在的確是內憂外患，舉步維艱，先生現在想在康都開設興隆行的分號似乎不是時候。」

昝不留微笑道：「對一個商者而言，越是動盪之時機會反倒越多，風險越大利益越大。」

胡小天道：「昝先生準備和大康做什麼生意呢？」

昝不留道：「做生意說穿了就是需求的關係，只有知道大康需要什麼，我才可提供什麼。」

胡小天心中一動，這昝不留難道當真是個想發國難財的奸商？可他畢竟是個雍人，焉能斷定他真正的用心究竟是什麼？且探聽一下他的虛實再說，胡小天故意壓低聲音道：「糧！」

劄不留道：「現在大康周邊諸國只怕無人敢和大康做糧草交易。」

胡小天道：「先生不是說風險越大利益越大，商人以逐利為先，難道先生寧願錯過這個大好機會？」

劄不留微笑道：「地域不同飲食習慣也大不相同，庸江以南以稻米為主，庸江以北卻以麵食穀物為主，再往北行，越過長城，到了胡人和突剌人的地盤，他們的主食卻是牛羊肉。再往北魔黎人常吃的卻是一種形如馬鈴的薯類。」

胡小天聽劄不留說到這裡已經明白，劄不留所說的肯定是馬鈴薯。如果不是劄不留提起這件事胡小天幾乎忽略了，他來到當今的時代的確沒見過什麼馬鈴薯、番茄之類的東西，在海運仍然不夠發達的時代，各國的消息都相對閉塞，經貿往來要受到地域的限制。

劄不留可謂是一語驚醒夢中人，在中原列國眼中，小麥、稻米才是老百姓賴以為生的主食，其實還有很多種方法可以解決老百姓的吃飯問題。大雍雖然在背地裡限制大康周邊諸國和大康進行糧食貿易，可是並沒有禁止大康所有的經貿往來，而這也應該能夠算得上是古老的經濟制裁了。

胡小天道：「劄先生有把握搞到糧食？」

劄不留道：「不敢說有百分百的把握，也不敢說能夠解決大康在糧食方面所面臨的巨大窟窿，可劄某應該有些能力將一些大雍並未明令禁止的穀物運送到大康。」

胡小天微笑望著昝不留道：「昝先生有沒有想過，如果這些事洩露出去……」

昝不留道：「所以昝某不能出面，大雍想吞併大康的心思天下皆知，可是真要是天下一統，對我們這些商人來說未必是好事。」

胡小天端起茶盞喝了一口，不露聲色道：「願聞其詳。」

昝不留道：「其實無論在大雍還是大康，商人都沒有什麼地位，皇室看重的絕非是你本人，而是你的身家財富，只要他們遇到了事情總會向你伸手，你若是慷慨解囊，那就是愛國忠君，否則就是心存異志。」他苦笑道：「在上位者的眼中，我們這些商人和豬羊無異，養肥待宰，他們何時想用何時就可以動手。」

胡小天深以為然，其實金陵徐家何嘗不是如此？在大康皇室的眼中金陵徐氏無疑也是一隻大肥羊，現在已經磨刀霍霍了。

昝不留道：「昝某雖然身在大雍，可我卻是康人，我的祖上也曾經在大康為官，雖然沒有什麼轟轟烈烈的政績，也沒有名垂青史，可的確忠君愛國，甚至為大康犧牲了性命，大雍說起來過去也是大康的一部分，大雍開國君主薛九讓實際上只是大康的一個叛將罷了。」

胡小天道：「昝先生是想幫助大康了？」

昝不留道：「大康氣數已盡，昝某雖然沒什麼眼界，這件事也是能夠看清楚的，既然大康早晚都要成為別人口中的肥肉，我們為何不抓住機會多咬幾口，趁著別人沒有下手之前先自己吃飽呢？」

胡小天不禁笑了起來，無商不奸，昝不留稱得上其中的典範。他點了點頭道：「昝先生有什麼想法？」

昝不留道：「我和黑胡、突刺、魔黎之間都有過生意來往，我有把握從他們那邊搞到你們需要的食物，可以從黑胡、突刺購入牛羊馬匹，這些殺掉就是食物、可以從魔黎購入馬鈴薯，雖然比不上稻米小麥，可至少可以抵禦饑餓，當然我不會出面，但是我有能力組織這些異國商人來大康經營。」

胡小天道：「就算能夠組織這些東西，可是如何將這些商品運入大康國內？路途遙遠，若是繞過大雍恐怕還會花去成倍的時間。」昝不留的提議雖然具有相當的吸引力，可是仔細一想並不現實，以黑胡為例，黑胡和大雍接壤，跟黑胡做生意最短的路途就是通過大雍，這樣也至少需要三個月的路程，更不用說繞路，就算將糧食運到大康，只怕大康的饑荒已經爆發了。

昝不留道：「生意要想到長久，如果從當地購入當然解決不了燃眉之急，可是胡大人不要忘了，黑胡商人在大雍內已有不少，如果這些生意人全都知道大康願意重金收購糧食，那麼他們就會蜂擁而至。」

胡小天道：「你以為大雍皇帝會對這種現象坐視不理嗎？」

昝不留道：「胡大人大概不知道，因為黑胡四皇子的事情，陛下剛剛和黑胡人簽署了一個協定，主要是針對黑胡商人的，他答應會給予黑胡商人最優惠的待遇，不會干涉黑胡人通過大雍南下經商。」他停頓了一下道：「黑胡和大康過去互為世仇，大雍獨立之後，大康和黑胡被大雍分隔開來，可以說大雍為大康抵擋住了不少的戰火，這百年來，黑胡和大康之間卻鮮有貿易往來，我願為兩國搭起這座橋樑。」

胡小天聽到這裡已經明白了昝不留的真正意圖，他是要幫助大康和黑胡進行經濟上的聯合，共同應付日益強大的大雍，身為一個大雍子民做出這種事唯一的可能就是他想要對大雍不利，他的出發點是不是幫助大康並不好說，不過有一點胡小天能夠斷定，昝不留很可能是黑胡間諜。

胡小天道：「你能從中得到什麼好處？」

昝不留道：「不瞞胡大人，黑胡人獲得利益的三成。」

胡小天心想你夠黑的，什麼都不幹，就是當個中間人牽牽線，就從中拿走三成利潤，歸根結底還是坑大康啊，黑胡人送來的那些商品無疑都會趁機賣個高價，不過眼前這種局面，大康就算是有錢也買不到糧食，否則也不會想著走海路南下羅宋打通這條糧運商路了，若是向南打通海路，向北能夠和黑胡人實現貿易往來，即便是高價買來一些食品也是值得的。一個快要餓死的人，你讓他搬一座金山換一個饅頭他也願意。

胡小天道：「明先生只管放心去做，胡某必然會給先生提供一切可能的便利。」

送走了明不留，胡小天轉身回府的時候，遇到了已經煥然一新的楊令奇。楊令奇身穿青色儒衫，雖然身形稍嫌單薄了一些，可是眉清目秀，有一股文人的儒雅氣度，看到胡小天，楊令奇慌忙抱拳行禮，深深一躬。

胡小天笑道：「楊大哥跟我不用如此客氣，怎樣？在我這裡還住得慣嗎？」

楊令奇道：「承蒙胡大人關照，令奇感激涕零。」

胡小天道：「太客氣！這兩天遇到了不少事情，不然我早就去看楊大哥呢。」

楊令奇道：「胡大人遇到了什麼事情？不知令奇可否為你分憂呢？」

胡小天知道他足智多謀，對天下大勢有著超人一等的見解，於是叫他在院子裡的石桌旁坐下，低聲道：「昨晚大康皇陵發生民亂，五萬勞工造反，皇上震怒之下派出軍隊前往追殺，已經下了格殺令，鬧得風聲鶴唳，好不緊張呢。」

楊令奇道：「得民心者的天下，皇上這麼做卻是要將老百姓越推越遠啊，奇怪，他本不該如此，此前跌過這麼大的跟頭，為何還沒有從中吸取教訓？」

胡小天道：「只怕是老糊塗了。」

楊令奇道：「大人身在朝中看到和聽到的事情，與我們所看到的不同。」

胡小天笑道：「你是說我當局者迷了？」

楊令奇道：「不是這個意思，陛下復辟之後所做的事情表明他還是很想將大康帶出泥潭，比如說他仍然任用這些朝中舊臣，也沒有急於追究昔日背叛他臣子的責任，又比如說他將自己的私庫拿出了不少金銀，免除了不少賦稅，這才過去了多少時間，怎麼突然之間又會變成這個樣子？」楊令奇眉頭緊皺有些不解。

胡小天道：「他本來就是喜怒無常，剛剛復辟的時候想要收買人心，現在皇位穩固了，馬上故態復萌，甚至變本加厲地盤剝百姓。」

楊令奇道：「他能夠在位這麼多年不能說一無是處，他也曾經做過一些對大康有利的事情，胡大人所說的卻有可能，可是我總覺得還有一種可能。」

胡小天眨了眨眼睛：「願聞其詳！」

楊令奇道：「不知胡大人有沒有注意到，皇上已經很少公開露面，對外的很多事情都是永陽王在做。」

胡小天道：「皇上的精力不濟，而且他無心政事，所以才會將朝政交給永陽王幫忙處理。」

楊令奇道：「不僅僅是這個原因吧，我雖然對永陽王不甚瞭解，可是既然皇上能夠放心將大康的朝政交給她，這個十四歲的小姑娘想必有過人之能，皇上雖然將權力交給了她，可是永陽王的年齡和經驗並不足以服眾，胡大人可能並未留意，幾次惠及百姓的事情全都是永陽王親自頒發命令，其實這些事皇上完全可以自己親自去做，可是他仍然將贏取民心的機會交給了永陽王，這證明皇上是在扶植永陽王，樹立她在臣子心中的威信啊！」

胡小天點了點頭道：「要說他對七七的確不錯。」

楊令奇道：「有沒有這種可能，皇上故意在人前扮演出一個失道者的角色，犯下一個又一個的錯誤，而這些錯誤卻要由永陽王來糾正，長此以往，永陽王在臣民的心中威信就會得以提升呢？」

胡小天聽到這裡內心一動，他就沒有想到過這一層，老皇帝和七七一個唱白臉一個唱紅臉，這一老一小聯手做戲的可能性很大，再聯想起他們在父母這件事上的處理，正是老皇帝出面當壞人，讓七七出來做人情收買人心。如果楊令奇所分析的一切屬實，那麼他們還真算得上是用心良苦。

楊令奇道：「胡大人切莫忽略了一件事情，陛下既然打破大康數百年之慣例，封永陽公主為王，就證明陛下已經下定決心力排眾議，他很可能是要選擇永陽公主作為自己的繼承人。」

胡小天的確也這樣想過，既然大康可以出現歷史上第一位女性王爺，就有可能出現第一位女皇帝，只是胡小天始終想不通，為何老皇帝會對七七如此關愛？是出於親情還是因為某種不為人知的特殊感情？胡小天道：「誰成為皇上的繼承人並不重要，巧婦難為無米之炊，現在無論任何人坐在這個位置上，都會一籌莫展。」

楊令奇道：「如果皇上真是這麼想，那麼他還算是明智，他在位的這些年，倒行逆施，庸碌無為，臣民早已對他失去了信心，民心一旦失去有如覆水難收，他或許已經意識到了這個道理，所以才會推永陽王出來，讓臣民對永陽王產生信心。」

胡小天道：「從他目前的做法來看，的確有這種可能。」

楊令奇道：「其實大康遠未到山窮水盡的地步，如果朝廷能夠認清現實，勇於打破弊制，推陳出新，未嘗不會有重整旗鼓的機會。」

胡小天饒有興趣道：「楊大哥說來聽聽。」

楊令奇謙虛一笑道：「一家之言，胡大人聽聽就是，千萬不要當真，大康眼前面臨最大的困境就是糧荒，從種種跡象來看，今秋的收成應該不會太好，如果大範圍的饑荒一旦爆發，國內必將陷入混亂之中，民以食為天，當老百姓食不果腹的時候，就會造反。周圍諸國無不對大康虎視眈眈，一旦大康發生內亂，必然不會放過這個機會。」

胡小天道：「你有什麼辦法化解危機？」

楊令奇道：「無論大康承認與否，昔日的廣闊版圖已經四分五裂，而且不斷縮小，如今的疆域只剩下全盛時的一半都不到，如今中原真正的霸主乃是大雍，周邊小國無不懾於他的壓力不敢和大康做任何的糧食交易，這乃是導致大康糧荒的外因。大康目前陷入糧荒的境遇，但是還沒到山窮水盡的地步，想要從外部改變也有幾種方法，一是高價買糧，無論國家的制度如何嚴酷，可是民間交易歷來是無法禁止的，可以鼓勵國內的商人從各種途徑購入糧食，朝廷再給予他們一定的獎賞，儘量保證商人的利益。」

胡小天道：「只靠小打小敲的民間交易只怕無法解決問題，而且大康的國庫已經空虛，沒有那麼多的金錢去補貼這些商人。」

楊令奇道：「的確如此，這只是其中的一個方法，還有一個辦法就是從周圍小國獲得糧源。」

胡小天心想看來自己也是高估了楊令奇，說的辦法都是別人想過的，而且事實證明並不可行，根本解決不了大康的問題，他淡然笑道：「你都說過周邊小國不敢和大康做糧食交易，因何又提出這樣的建議？」

楊令奇道：「他們不敢說是因為懾於大雍的威勢，大康雖然衰敗，可並不是人見人欺的紙老虎，大雍既然敢威脅他們，大康也能做同樣的事情。找到盟友，共同對付最具威脅的敵人。」

胡小天道：「大康眼前的這種狀況可謂是牆倒眾人推，哪還有什麼盟友？」

楊令奇道：「這世上只有永恆的利益沒有永遠的朋友，大雍之所以選擇和多年的宿敵黑胡化敵為友，締結同盟，真正的用意還不是為了穩固後方，才可以騰出手來對付大康。然黑胡四皇子遇害之後，大雍和黑胡的結盟之事已經成為空談，黑胡人也不是傻子，他們一直以來都想揮師南下，就算沒有四皇子完顏赤雄被害的事情，黑胡人也不會真心和大雍結盟，如果大雍順利滅掉大康，一統中原之後，黑胡人只怕再也無力與之抗衡。」

楊令奇說到這裡笑了笑道：「我提議和黑胡人結盟並不是犧牲咱們漢人的利益，而是要利用黑胡人在北方牽制大雍。還有一件更為重要的事情，那就是穩固西川。」

胡小天道：「西川卻是在李天衡的控制之中啊。」

楊令奇道：「李天衡自立為王，當初他打的是出兵勤王的旗號，現在大康皇上重新復辟，所謂的勤王也就失去了存在的理由，李天衡到現在都沒有任何率部歸順的表示，證明他早就想割據一方，根本不想再聽大康皇上的號令。不過李天衡此人又是一個很愛惜名聲的人，他應該是不想背上謀反的罪名，直到現在都沒有自立為王。其實皇上應該利用他此時的心理，反正西川在李氏手中已成為事實，還不如順水推舟，直接封他為王，承認西川獨立的事實，這樣一來，李天衡反倒抹不開這張面子。」

胡小天道：「李天衡狼子野心天下皆知，他之所以能夠有恃無恐，不僅僅是因為他據有西川之地，而且他手中還有一張王牌。」

楊令奇道：「你是說周王龍燁方。」

胡小天點了點頭。

楊令奇道：「李天衡早晚都會造反，龍燁方正是他手中的一張王牌，不過這張牌必須要等到皇上百年之後才能起到最大的作用。」

胡小天也是這樣想，老皇帝若是死了，龍燁方就是最有資格繼承大統的人，李天衡就可以挾天子以令諸侯，順勢掌控整個大康。

楊令奇道：「李天衡想要圖謀的是整個大康，所以他並不想讓大康被其他人吞掉，只要抓住他的心理，將李天衡變成另外一個盟友並不困難。」

胡小天道：「就算黑胡和李天衡都願意和大康結盟，可是他們也違背肯幫助大康解決糧荒的問題。」

楊令奇笑道：「結盟並非是為了解決糧荒，而是為了穩住根基，讓大雍短時間內打消揮兵南下的念頭，至於這些百姓，大康若是養不活他們，也需要給他們一條生路，可以考慮開放一些邊界關卡，讓老百姓去周邊的一些小國討一條活路。」

胡小天道：「這麼多饑民湧入他國，恐怕人家未必肯讓他們入內。」

楊令奇道：「這些小國的實力根本無法和大康相提並論，若是他們放這些饑民進入國境，等於間接為大康緩解了壓力，若是他們不肯，堅拒饑民入境，大康一樣可以在這些事上做文章，趁機發兵將之滅掉。戰爭雖然不是什麼好事，可是卻可以轉移國內的矛盾和危機。」

胡小天道：「這就是遠交近攻？」

楊令奇低聲道：「確切地說應該是穩住強敵打擊弱小，這本就是一個弱肉強食的世界，大康走到如今的地步，唯有將生存放在第一位，就不能計較手段。」

胡小天點了點頭，楊令奇的這番話的確在理，國家如此，人也是如此，如果一個人連生存都無法保障，又何須去計較謀生的手段。楊令奇的意思再明顯不過，越是在眼前這種狀況下，越是要看重外交的手段，聯合同盟共同制衡大雍。在國內糧荒的前提下選擇擴張侵略，入侵那些周邊的小國，甚至包括昔日的屬國和盟國，畢竟他們背信棄義在先，在大康遭遇危機的時候懾於大雍的威勢非但拒絕提供幫助，甚至連公平的糧食交易都不願進行。

胡小天道：「這兩天我會安排你和永陽王見上一面。」

楊令奇道：「胡大人，令奇得蒙胡大人看重，願意始終追隨胡大人。」

胡小天笑道：「楊兄是真正的大才，我現在只是御前侍衛副統領，你跟在我的身邊，難道想當個普普通通的御前侍衛嗎？」

楊令奇唇角現出一絲苦笑，他雙手殘疾，別說這個樣子，就算他雙手好端端地，百無一用是書生，他仍然還是手無縛雞之力。在這樣的亂世連自保的能力都沒有，又談什麼去保護別人，甚至連生存都成為問題。

胡小天道：「我將楊兄推薦給永陽王，是想你的抱負有真正可以施展的地方，你我一見如故，以後就以兄弟相稱。」

楊令奇慌忙又謝過胡小天。

此時霍勝男過來找胡小天，卻是因為聽說了胡小天父母的事情，她也非常擔心。楊令奇離去之後，胡小天方才將剛才去見過七七的事情說了，霍勝男秀眉微顰道：「這麼說永陽公主是想利用他們要脅你了？」

胡小天道：「從目前的情況來看，她和老皇帝兩人是在唱雙簧，一個唱白臉一個唱紅臉，看情形是不會讓我離開的，我娘想要離開也沒那麼容易，倒是我爹必須要去羅宋走一趟。」

霍勝男道：「那豈不是路途遙遠？他的身體能否承受得住？」

胡小天道：「形勢所迫，必須要走這一趟，大康鬧糧荒，大雍又威逼周圍諸國不可和大康做糧食交易，這樣下去不必動用一兵一卒，大康從內部就瓦解了。」

霍勝男道：「皇上一直都想揮兵南下，一統中原，看來他的機會終於到了。」她口中的皇上自然是大雍君主薛勝康。

胡小天道：「是不是有些遺憾，如果不是因為出事，或許統帥大軍南下征討的是你呢。」

霍勝男搖了搖頭道：「我們這些做臣子的，只是為了滿足上位者野心的工具罷了，經過這次風波我什麼都已經看開了，以後……」她咬了咬櫻唇，忽然顯得有些忸怩道：「以後我就站在你這一邊，只站在你這一邊。」

胡小天聽得心中一熱，恨不能現在就將霍勝男擁入懷中好好愛憐一番。自從和霍將軍有了一夕之緣後，兩人之間再無任何隔閡，霍勝男更是將一顆芳心全都放在了自己身上。

胡小天道：「其實我只想好好活下去，過去覺得很容易，可現在看來，活下去也沒那麼簡單，總有人想操縱你的命運。」

霍勝男因胡小天的話不由得想到了自己，她過去只想著為大雍盡忠，抵禦北方黑胡，讓百姓免受胡人的侵害，卻想不到滿腔忠誠最後卻仍然免不了成為宮廷政治的犧牲品，即便是自己的義父尉遲冲，為大雍立下汗馬功勞，到最後還不是被皇上冷落。想要掌控自己的命運，說起來容易，做起來卻是難於登天，霍勝男道：「你準備怎麼做？」

「有了點想法，只是還不夠成熟。」胡小天正想將自己的想法告訴霍勝男，卻聽外面胡佛驚喜萬分地報訊道：「少爺，夫人回來了，夫人回來了。」

胡小天聞言也是心中大喜過望，沒想到七七居然這麼快就把老娘給放了回來，看來自己去找她還是起到了一定的效果。

胡小天和霍勝男兩人一起迎了出去，卻見徐鳳儀在幾名丫鬟婆子的陪同下已經進了二道門，胡小天慌忙快步上前：「娘！您回來了，不孝兒讓您老受苦了。」他屈膝想要跪拜，卻被徐鳳儀一把給拉住了，笑道：「行了行了，娘知道你孝順就行，不必行此大禮。」

霍勝男站在胡小天身邊，正準備過去見禮，徐鳳儀卻向她笑道：「飛鴻也在。」

「伯母好，小侄給您行禮了。」霍勝男總覺得徐鳳儀的笑容滿懷深意，有種身分被識破的錯覺，心底感到有些害羞。

徐鳳儀道：「得，全都免了，咱們進去再說。」

霍勝男道：「小侄還有其他事情要做，就不妨礙你們娘倆說話了。」

徐鳳儀微笑點了點頭。

胡小天陪同母親回到了她過去居住的地方，自從胡小天收回尚書府，已經將這裡全部清理乾淨，所有一切都按照昔日的佈局重新擺設。只是老爹一直都不願回來，堅持住在水井兒胡同，老娘從金陵回來之後還是第一次回來尚書府自己家裡。

徐鳳儀看到眼前的一切都和被抄家之前幾乎一模一樣，心中一時間百感交集，眼圈不由得紅了起來，她喃喃道：「小天，你居然將咱們家的東西全都找回來了。」走進牆壁上掛著的那幅山水畫前看了看，方才發現那幅畫雖然畫得幾乎一模一樣，可仔細辨認還是可以辨別出這是贗品，不單是這幅畫，房間內的許多擺設都只是形似，並不是原來的物件。徐鳳儀歎了口氣道：「失去的畢竟是已經失去，再也找不回來了。」

胡小天道：「娘放心，咱們家被抄走的那些東西孩兒會一樣不少地找回來，只要讓孩兒查出是誰貪墨了咱們家的東西，我就會讓他加倍吐出來。」

徐鳳儀淡然笑道：「何必如此偏激，反正也沒丟了什麼珍貴的東西，找不到就找不到，沒必要花費那麼大的精力和代價去尋個究竟。」她來到桌前坐下，指了指身邊的凳子道：「你也坐下。」

胡小天來到母親身邊坐了，低聲道：「我爹怎麼樣？」

徐鳳儀道：「他沒事，永陽公主雖然讓人將我們抓走，可是並沒有委屈我們，這次提前放我回來，目的也是為了讓你安心，我看她對你還算不錯。」

胡小天道：「這小丫頭片子身邊本來就沒幾個朋友，若是連我也得罪了，她這個永陽王莫非想成為孤家寡人。」

徐鳳儀低聲道：「我看永陽公主未必將你當成普通朋友那麼簡單，她該不是看上了我的兒子吧？」

胡小天聞言不由得笑了起來。

徐鳳儀見他發笑，啐道：「你笑什麼？難道我有說錯？」

胡小天道：「老媽，這話也就是咱娘倆兒私下說說，真要是傳出去，肯定是貽笑大方，人家永陽公主今年才多大啊，尚未成年的小女孩，別把人家想得那麼複雜，省得人家說我自作多情，說您老人家一心想攀皇室的高枝兒。」

徐鳳儀道：「現在不是咱們胡家想攀皇家的高枝兒，而是皇家想要跟咱們胡家套關係，想要咱們胡家為他們效忠賣命。」

胡小天笑道：「娘，您可別多想，人家是君咱們是臣，咱們為皇家效忠賣命也是本分，人家無需跟咱們套關係。」

徐鳳儀道：「你和你爹一樣，什麼事情都瞞著我，以為我只是一個什麼都不懂的婦人，娘雖然沒什麼見識，可是我和你爹這麼多年夫妻，他心裡想什麼，我多少還是能看出一些，你是我兒子，我把你從小拉扯大，你心裡有什麼盤算，也瞞不過我的眼睛。」

胡小天道：「娘，孩兒可不敢有什麼瞞著您，我爹也不會。」

徐鳳儀道：「我此次從金陵回來，帶來的那封信裡面究竟寫了什麼？」

胡小天笑道：「孩兒也不知道，那封信的內容您應該去問爹。」

徐鳳儀道：「你不說我也能夠猜到，你外婆一定是在表面上拒絕了朝廷借糧的要求，而在暗地裡卻給他們指明了方向，所以永陽公主才會做樣子將我和你爹從家中抓走，你們爺倆兒雖然什麼事情都不說，可是有些事終究是瞞不住的，永陽公主已經對我說明，她要讓你爹率領船隊前往羅宋一趟，為大康尋找糧源，如果我沒猜錯，這條商路應該是你外婆在信中指明的。」

胡小天並沒有想到七七居然將這些事都告訴了老娘，可轉念一想，父親出海的事情，老娘早晚都會知道，他歎了口氣道：「娘，孩兒也不騙您，當初之所以沒有跟您說實話，乃是不想讓您擔心，爹也是出於同樣的考慮。外婆的確在信中留下了一張海圖。」

徐鳳儀黯然歎了一口氣道：「我就知道，她不應該對咱們胡家坐視不理，之所以表現得如此絕情，肯定有難言的苦衷。」

胡小天點了點頭道：「她還要兼顧整個徐家的利益，徐家的生意遍及天下，如果她敢明目張膽地幫助朝廷，只怕用不了幾天，徐家遍佈中原的生意就會受到致命的打擊。」

徐鳳儀道：「所以她就想出了這個法子來緩和與朝廷之間的關係？」

胡小天道：「徐家就算富甲天下，可歸根結底只是一個商人，在諸多勢力面前唯有小心謹慎才能保全自身的利益。外婆能夠做到這一步已經很不容易，您想想，她又不是只有您一個女兒，總不能為了幫助咱們而將徐家的其他子女推向深淵。」

徐鳳儀知道兒子所說的全都在理，可是想起丈夫即將前往羅宋尋求糧源之事仍然有些黯然，低聲道：「她完全可以採用其他的方法，沒必要一定要你爹千里迢迢前往羅宋。」

胡小天道：「娘，其實最早我想走這一趟，可是朝廷對我有戒心，對咱們胡家有戒心，斷然不會輕易放我離去。」

其實胡小天明白，不讓自己走這一趟的真正原因還在七七，是七七想要留他在康都為她辦事，其實胡小天走或不走對朝廷來說並不重要，老皇帝在乎的是結果，根本不會在意他和父親究竟誰出這趟苦差。

徐鳳儀點了點頭。

胡小天又道：「我和爹商量了一下，本想趁著這次的機會讓爹和娘一起前往海外，若是此次能夠如願以償順利尋得糧源，那麼我爹立下大功一件，朝廷自然不會為難咱們，若是此次前往羅宋並不順利，你們就可以避禍海外，而我得到消息之後，也有能力逃離大康。只是朝廷應該識破了我的意圖，所以他們不同意娘隨同爹一起前往，要留您在康都為質。」

徐鳳儀道：「其實就算他們答應讓我去，我也不會去，留你一個人在這裡，娘又怎能放心得下。」

胡小天笑道：「娘還把我當成小孩子看待嗎？孩兒已經是個大人了。」

徐鳳儀道：「就算你七老八十那一天，在為娘眼中依然只是一個孩子，更何況你還沒有成家立業，有件事你需要老老實實告訴我，那個黃飛鴻是不是女孩子？」

胡小天哈哈笑道：「娘啊，我真是佩服您的想像力，怎麼會把一個男人看成女人？」心中有些奇怪，老媽為何會這樣問？難道霍勝男有什麼地方露出了破綻？按理說不會啊，霍勝男一直隱藏得都很好，胡府上上下下那麼多人都沒有識破她女扮男裝的真相，老媽和她僅僅見到第二面，而且每次都是匆匆一晤，根本沒有深入接觸過，難道是我在什麼地方露出了馬腳？

徐鳳儀道：「你不用騙我，有些事是瞞不住的，你和那黃飛鴻彼此相望的眼神就不對，根本不像男人看男人，娘是過來人，什麼不懂？」

胡小天嬉皮笑臉道：「娘難道不知道，這世上也有男人看男人比看女人還要熱切還要順眼呢？」

徐鳳儀啐道：「臭小子，你還想騙我？我回來當天，你的那幫朋友過來接我的時候，我無意中握住了她的手掌，膚如凝脂，柔弱無骨，這哪裡會是一個男人的手掌？而且她被我抓住手掌之後，眼神明顯有些慌亂。」

胡小天聽到這裡已經明白再也無法隱瞞，笑瞇瞇道：「孩兒做什麼事情果然都瞞不住娘。」

徐鳳儀道：「你和她孤男寡女共處一個院落，門戶相對，毫不避嫌，究竟已經到了什麼地步？」

胡小天被老娘這句話問得額頭冒汗，想不到老娘也是個不簡單的角色，他決定不再隱瞞，歎了口氣道：「娘，孩兒不敢瞞您，其實我們不但現在同住一個院子，而且我和她從雍都千里相伴一路同行，同生死共患難，私底下已經定了終身。」

徐鳳儀道：「她是……」

胡小天道：「她乃是有大雍第一女將之稱的霍勝男！」

第二章

皇室提親

真要是皇家過來提親，那就是給老胡家天大的面子，
自己若是不答應，那就是藐視皇室，
全天下人都會認為他們胡家不識抬舉，
都會認為他胡小天給臉不要臉，七七那乖戾的性情，
說不定一怒之下就會對他們胡家趕盡殺絕！

徐鳳儀聞言一驚，鳳目圓睜道：「你說的可是那個謀殺了安平公主，又親手射殺黑胡四王子完顏赤雄的那個霍勝男？」

霍勝男最近可謂是名滿天下，因為大康公主和黑胡王子先後被殺，大雍方面宣稱兩件事全都是霍勝男所為，懸賞天下通緝霍勝男，徐鳳儀也聽說了這件事。

胡小天點了點頭道：「是她不錯，可是那兩件事情和她都沒有半點關係，因為兩次刺殺孩兒恰巧都在現場，可以為她作證，所有的事情根本都是大雍朝廷栽贓給她，因為無法向大康和黑胡兩國交代，所以才推她出來背這個黑鍋。」

徐鳳儀向來對兒子所說的一切深信不疑，點了點頭，歎了口氣道：「這女孩子也是個苦命人。」

胡小天道：「可不是嘛，她對孩兒情深義重，此番孩兒前往大雍出使，如果不是蒙她相助，我恐怕已經死在了大雍，再也沒機會見到娘了。」他是擔心老媽會有其他的想法，所以才這樣說。

徐鳳儀道：「既然人家對你一片情深，你也千萬不可辜負了人家。」

胡小天道：「娘啊，其實對孩兒情深一片的不止她一個。」

徐鳳儀道：「還有誰？」

胡小天道：「娘也認識，就是那個隨同孩兒一起前往西川任職的女捕頭。」

「慕容飛煙？」

胡小天點了點頭。

徐鳳儀當然見過慕容飛煙，而且對她的印象相當不錯，輕聲道：「說起來我也有一段時間沒有見過慕容姑娘了，不知她現在身在何處？」

胡小天知道早晚都得把這些事告訴老娘，索性今天全部坦然相告，將慕容飛煙的事情簡單說了一遍，徐鳳儀聽過之後也不禁有些心驚，倒不是因為慕容飛煙的身分，而是因為慕容飛煙此前乃是皇陵護衛隊副統領，這兩天皇陵五萬勞工造反，焚燒皇陵之事正鬧得沸沸揚揚，如果慕容飛煙死了，此事倒還罷了，若是她仍然活在世上，若是讓朝廷知道，必然會追究她的責任。

霍勝男是被大雍通緝，而慕容飛煙卻是為大康律法所不容。我的寶貝兒子喲，你可真是會挑老婆，一下集齊了兩國重犯，此事若是傳出去，胡家豈不是要招來天大的麻煩！

胡小天看到母親聽完自己的話半天沒有吭聲，知道她心中一定是在擔心，於是笑道：「娘不用擔心，孩兒自有辦法妥善解決這件事。」

徐鳳儀道：「娘不是害怕，只是這兩個女孩子都惹下這麼大的麻煩，你有沒有想過，她們跟在你身邊這輩子都要隱姓埋名，甚至不能以真面目示人，人家會甘心這樣跟著你一輩子？其實以你的條件，三妻四妾並不為過，只是還有一件事你不得不多個心眼。我和永陽公主雖然接觸不多，可是也能夠感覺到這小妮子對你似乎格外不同，她對我和你爹如此禮遇絕不是因為你爹的緣故，而是因為她在乎你的感受，這次提前將我放出來，應該是害怕你生氣。」

胡小天道：「娘想多了。」其實他心中也有了這方面的想法，搞不好七七那丫頭當真對自己產生了情愫，她正是情竇初開之年，以她的年齡並沒有太多機會接觸到其他的異性，自己算是她接觸最多的一個年輕男子，而且自己又如此出色，胡小天想到這裡就忍不住有些飄飄然，看來我這身魅力還真是無法抵擋啊。

徐鳳儀道：「娘雖然只是一個婦道人家，可是對這方面的事情看得卻是極準，若是永陽公主當真心裡有了你，你以為她會容得下你有其他的女人嗎？」

胡小天笑道：「娘，這男女之間的事情要講個兩情相悅，她雖然貴為永陽公主，可是在我眼中只不過是個刁蠻任性的小丫頭，我對她根本就沒有那方面的念想，更何況她根本沒有成年，遠未到談婚論嫁的時候。」

徐鳳儀歎了口氣道：「我卻不這麼想，我和你爹被她帶走之後，權德安曾經過來找過我們，談了很多你們相識的事情，說話間透露出永陽公主對你的賞識，還問起你的生辰八字。」

胡小天道：「問我的生辰八字？」

徐鳳儀點了點頭道：「你想想，好端端的，他問這些事情作甚？十有八九是拿去和永陽公主的八字相互映照，看看你們是不是八字相合，我娘家雖然竭力想要撇開和朝廷的關係，可是朝廷卻沒那麼容易放過我們徐家，這種時候很可能要通過某種方式來將咱們和朝廷的命運捆綁在一起。」

胡小天倒吸了一口冷氣道：「娘，您的意思是，他們想招我當駙馬？」

徐鳳儀道：「不但我是這麼想，連你爹也有這樣的想法，如果皇室當真向咱們胡家提親，你會怎樣答覆？」

胡小天心想這事兒由得著我嗎？真要是皇家過來提親，那就是給老胡家天大的面子，自己若是不答應那就是藐視皇室，全天下人都會認為他們胡家不識抬舉，都會認為他胡小天給臉不要臉，七七那乖戾的性情，說不定一怒之下就會對他們胡家趕盡殺絕。

可是如果答應了這門親事，自己就成了駙馬爺，說好聽叫駙馬爺，難聽了那就是連倒插門都不如。歷史上哪位駙馬有過善終，公主豈容駙馬三妻四妾，自古以來都是只許公主放火不許駙馬點燈，大麻煩啊大麻煩！

徐鳳儀看到兒子老半天都沒說話，知道他心中肯定非常掙扎，歎了口氣道：「兒啊，真要是有這麼一天，就由不得咱們胡家說個不字了。娘之所以跟你說這些，絕不是要讓你委曲求全，而是想讓你知道，你不可為任何事情委屈自己，你爹不日就會離開大康，娘最大的牽掛就是你，這大康若是當真容不下咱們胡家，你就儘快離開，以你的能力一定可以開闢一番天地。」

「娘！」

徐鳳儀搖了搖頭道：「你不用管我，若是因為我的事情，而委屈你自己一生受苦，我毋寧去死！」她鳳目圓睜，目光堅定而果決，顯然早已下定了決心。

胡小天道：「娘，其實事情未必會發展到這種地步，我爹沒被免職之前也只不過是一個三品官，門不當戶不對的，皇家怎麼會看得上咱們。」他這句話與其說是在安慰老娘還不如說是安慰自己，不會吧，不會搞到這種地步吧！

徐鳳儀笑了笑道：「不錯，或許是娘多心了。」

此時門外傳來胡佛的聲音：「夫人，少爺，禮部尚書吳敬善吳大人來了！」

徐鳳儀和胡小天對望了一眼，她並不明白吳敬善為何會登門，畢竟過去在胡不為做戶部尚書的時候和吳敬善就少有來往。胡小天笑道：「是來找我的，我和吳大人也算得上生死之交。」他和吳敬善一同前往大雍送親，經歷諸般凶險，此趟出使也讓兩人成為忘年之交。

胡小天向胡佛道：「快快請吳大人進來。」他起身出門相迎。

胡小天聞之色變，當真是怕什麼來什麼，剛才和老娘說起這件事，轉眼的功夫已經變成了現實，他確信自己沒有聽錯，吳敬善乃是受了皇上的委託。老皇帝不是因為金陵徐家的事情正對他們不滿，怎麼突然間又會向胡家提親？這老傢伙變臉也變得太快了。還是這老傢伙根本早已洞悉了一切，現在的昏庸無道只是裝出來的假像，真正的用意是要扶植七七，讓七七贏盡臣民之心？

徐鳳儀心中一驚，表面上仍然從容淡定：「吳大人是要為誰提親呢？」

吳敬善眉開眼笑道：「皇上委託老夫，乃是為了促成永陽公主和胡統領的一樁美滿姻緣，胡大人年輕有為，英俊瀟灑，智勇雙全，永陽公主豆蔻年華，美貌絕倫，知書達理，秀外慧中，他們兩人實在是天造地設的一對神仙伴侶啊！」

徐鳳儀道：「承蒙皇上看重，我們胡家何德何能居然可以獲得皇上如此垂青，只是我們家老爺並不在家，按照常理，此事還需先通知他一聲才好。」

吳敬善笑瞇瞇道：「皇上說了，這件事需要先問問胡統領的意思。」他這樣說等於說胡不為的意見並不重要，最關鍵還是在胡小天。

徐鳳儀秀眉微顰，目光投向兒子，大事上還需兒子拿主意。

胡小天笑道：「娘，吳大人說得不錯，事關我的終身大事，當然要多聽聽我的意見。娘啊，不如我跟吳大人單獨聊兩句。」

徐鳳儀點了點頭，起身向吳敬善告辭離去，吳敬善起身相送。

等到徐鳳儀離去之後，吳敬善又拱手笑道：「恭喜胡老弟，賀喜胡老弟了。」

得蒙皇上提親，胡小天以後就是大康駙馬，平步青雲指日可待。吳敬善對胡小天的氣運真是佩服得五體投地，這小子命可真好，過去有姬飛花罩著他，現在姬飛花倒台，又傍上了永陽公主，誰不知道現在皇上將朝政都交給了永陽公主打理，還封她為永陽王，胡小天若是娶了永陽公主，將來很有可能和永陽公主共用江山。

胡小天呵呵笑了一聲：「吳大人別開我玩笑，難道您不知道我爹讓朝廷給抓了？」

吳敬善笑道：「怎麼可能。」

胡小天心知吳敬善未必瞭解這其中的內情，也沒有繼續向他解釋，低聲道：「吳大人，您跟我說句實話，當真是皇上讓您過來提親的？」

吳敬善道：「怎會有錯，如果不是皇上發話，我豈敢自作主張？老夫又不是嫌自己命長，有多少顆腦袋夠皇上砍？」

胡小天道：「永陽公主自己是什麼意思？」

吳敬善道：「老夫沒見到公主，焉知她是什麼意思？可既然皇上讓我來登門提親，想必這件事已經知會過公主，也獲得了公主的首肯。」

胡小天心中暗忖，此前見七七的時候她怎麼對自己隻字不提，這小妮子藏得夠深，只是她還是個未滿十四歲的女孩子，縱然有再深的心機，可遇到這種婚姻大事也不可能表現出如此鎮定自若，難道她那時還不知道這件事？

胡小天猜得不錯，七七也是剛剛知道提親之事。她第一時間找到了龍宣恩，俏臉之上蒙上了些許憤怒，質問道：「陛下，你為何擅自做主，向胡府提親？」

龍宣恩道：「婚姻大事，父母之命媒妁之言，朕代你提出也並無不妥。」

七七怒道：「你為何不徵求我的意見？」

龍宣恩歎了口氣道：「你已經不小了，最近一段時間，登門求親者絡繹不絕，朕思來想去，與其讓人在此事上做文章，還不如化被動為主動，選一個你喜歡的如意郎君。」

七七聽他這番話，先是秀眉微顰，然後俏臉上居然飛起兩片紅霞，小聲嗔道：「什麼如意郎君，我心中怎麼想，你又怎麼知道？」

龍宣恩道：「你以為朕當真老糊塗了？你將胡不為夫婦搶先帶走，其目的絕不是為了報復他們，而是擔心朕因為金陵徐家的事情遷怒於他們，表面上是將他們控制，實際上卻是將他們保護起來，朕承認，讓你和胡小天訂親，也有朕的一番私心在內。」

七七道：「你是想利用我和胡小天訂親的事情，讓胡家和我們共同進退，從而將金陵徐家的命運和大康聯繫在一起？」

龍宣恩點了點頭道：「正是！」

七七道：「你有沒有想過，我如果根本不喜歡胡小天怎麼辦？」

龍宣恩道：「現在只是訂親，婚約只不過是一張紙罷了，如果你不喜歡他，將來大可將他殺掉。」他的雙目中迸射出森然寒光。

七七在心底打了一個冷顫，婚約對他們來說是一張紙，隨時可以撕毀，可是對胡家的意義卻極其不同，等於給胡氏一門戴上了緊箍咒，以胡不為父子的精明不會看不破他們的用意，胡小天該不會因為這件事而仇視自己吧？七七咬了咬櫻唇，忽然想起，自己為何要在乎他的感受？自己從一開始對他不就是利用的目的，絕不可心慈手軟。

七七道：「你剛剛說有人在這件事上做文章，這個人是誰？」

龍宣恩沒有回答，只是長歎了一聲。

七七道：「洪北漠？」

龍宣恩道：「何須刨根問底，總之，朕絕不會讓他人左右你的幸福。」

七七望著龍宣恩沒有說話，心中卻暗自冷笑，你不讓他人左右我的幸福，你卻想要操縱我的命運。

胡不為靜靜坐在院落中，看著滿園繁花，內心頗不寧靜。他一直都將永陽公主當成一個小女孩，可現在忽然發現，這小女孩並不簡單。無論他情願與否，胡家的命運已經和大康王朝的存亡聯繫在一起。

身後傳來一聲低沉的咳嗽聲，胡不為轉過身去，看到權德安端著托盤緩步走了過來，托盤內放著剛剛沏好的香茗。胡不為微笑道：「權公公怎麼有空？」

權德安將托盤放在石桌上，倒了一杯茶，雙手呈給胡不為。

胡不為接過茶盞嗅了嗅茶香，臉上浮現出陶醉的表情，輕聲讚道：「好茶！」

權德安道：「這茶葉是宮廷極品月兒眉，乃是公主殿下特地拿來給大人品嘗的。」

胡不為微笑道：「茶是好茶，不過胡某說句不中聽的話，月兒眉不該是這種泡法。」

權德安唇角露出一絲笑意道：「胡大人見識多廣，這茶是咱家泡的，咱家只是個沒見識的奴才，幹不來這些風雅事。改天等公主有空，讓她親手給您泡茶，公主自小鑽研茶藝，在此方面頗有建樹。」

胡不為淡然道：「權公公這番話倒讓胡某誠惶誠恐了，胡某只是一介布衣，怎敢勞動公主大駕。」

權德安自己也斟了一杯茶，湊在唇邊抿了一口道：「皇上有意將永陽公主許配給胡大人的寶貝兒子。」

胡不為聽到這消息並沒有任何吃驚，其實從他們夫婦被永陽公主帶走之後，他們兩夫婦就已經有了這方面的預感，只是沒想到這件事會來得這麼快。看來皇室對他們父子已經有所警覺，他們預先籌謀想要借著前往羅宋尋找糧源一事脫身，應該已經被皇室識破，皇上提親，此事對胡氏意味著無上榮耀，同時也代表著聖命不可違，由不得他們拒絕。兒子成為駙馬之後，他們胡家也就理所當然地成為皇親國戚，無論他們情願與否，以後的命運必將和皇室緊密聯繫在一起，想到這裡胡不為的心情頓時變得沉重起來。

權德安悄然瞄了胡不為一眼，意味深長道：「胡大人好像有些不開心呢？莫非是覺得我們公主殿下配不上你們胡家公子？」

胡不為歎了口氣道：「權公公想錯了，我不是不開心，而是有些惶恐，我的兒子我清楚，他向來頑劣成性，放蕩形骸，我是擔心他委屈了公主殿下。」

權德安呵呵笑道：「咱家還以為胡大人不高興呢，您哪個兒子的確有些放蕩形骸玩世不恭，可是不知什麼緣故，這樣的性子卻偏偏容易贏得女孩子的青睞，咱家從未見過公主殿下對誰這麼好過。」

胡不為心中暗歎，這樁婚事根本就是要將他們胡家的命運和大康王朝捆綁在一起，非但如此，只怕還要將金陵徐家拉到這條船上，永陽公主小小年紀居然擁有如此心機，兒子若是當真娶了她，以後也只是被她利用的工具罷了，只怕今生都要抬不起頭來。胡不為道：「卻不知公主殿下是什麼意思？」

權德安道：「公主的意思是聽皇上的安排，其實公主還不滿十四歲，對感情婚姻方面的事情還很朦朧，當然是皇上怎麼說她就怎麼做。」

胡不為更加確定，老皇帝和永陽公主之間應該已經達成了某種默契，永陽公主所做的很多事十有八九都是龍宣恩的意思，他欣然道：「此事我自然十二分的贊同，只是不知我那個混帳兒子作何感想。」

權德安笑瞇瞇道：「父母之命媒妁之言，胡大人答應，這件事就算是定下來了，胡公子忠孝兩全，當然不會拂逆您的意思。」

婚姻大事父母之命媒妁之言，胡小天過去從來對這番話都是嗤之以鼻的，可今天卻意識到自己仍然免不了要墜入這個俗套，在自己目前所處的這個年代想要追求所謂的婚姻自由根本就是天方夜譚，原本他還琢磨著如何能夠讓身邊的諸位紅顏知己和諧相處，將來三妻四妾左擁右抱，左右逢源，可皇上派吳敬善登門提親等若給了他當頭一棒，這一棒將他剛剛編織的美夢全都砸碎。

駙馬爺！聽起來很美，當真成了駙馬爺只怕今生今世納妾無望，以七七那乖戾的性子，只怕連自己多看其他女人一眼都不會答應。

吳敬善看到胡小天沉思良久，終忍不住問道：「胡老弟，此事你倒是給我一個明白的話兒，也讓我好去回覆皇上。」

胡小天道：「吳大人想要怎樣明白的話？」

吳敬善笑道：「胡老弟是明知故問啊。」

胡小天歎了口氣道：「不瞞吳大人，這件事我是沒什麼意見，只是不知道公主那邊是什麼意思。雖然是皇上讓您來提親，可是皇上未必能夠當得了公主的家，若是我這邊答應了下來，永陽公主卻反悔不從，我豈不是什麼面子都沒有了？」

吳敬善道：「老弟的意思是……」

胡小天道：「我想先去問問永陽公主的意思，她若是答應，我自然沒什麼問題。」

吳敬善笑道：「那就是你已經答應了，我這就去回稟皇上。」

吳敬善離去之後，胡小天馬上就去了永陽王府，事不宜遲，必須要當面見過七七，說個清楚，問個明白。

胡小天抵達永陽王府之時，正看到七七的座駕回來，於是翻身下馬，就在路邊候著。

七七從裡面掀開車簾，看到了路邊的胡小天，向他招了招手。

胡小天緩步走了過去，抱拳道：「公主殿下金安！」

七七道：「你又來找我作甚？不是已經將你娘送回去了嗎？」

胡小天道：「這次不是為了我娘，而是為了另外的那件事而來。」他悄然觀察七七的表情，發現七七臉上的表情並無異樣，甚至沒有發現任何的羞赧之色，按理說女孩子遇到未來的夫婿，怎麼都要感到有些害羞，可她卻還像平時一樣，這小妮子的心態怎麼就如此淡定。

七七當然知道他所說的另外那件事是什麼事情，點了點頭道：「你進來吧！」

胡小天跟著進入永陽王府內，七七讓人引他去花園水榭內坐了，這一坐就是多半個時辰，一直到夜幕降臨也沒見七七過來相見，胡小天等得焦躁，在水榭內來回踱步之時，看到兩個小宮女端著酒菜送了上來。胡小天道：「公主殿下呢？」

一名宮女道：「公主殿下正在沐浴更衣，讓我們先準備酒菜，留胡統領在這裡吃飯。」

胡小天心中暗忖，女為悅己者容，七七雖然年齡不大，可畢竟是個女人，看來她應該是對自己產生了情愫，不然何以會對自己如此禮遇？既來之則安之，且看看這小妮子今天要說些什麼？

酒菜上齊之後，看到七七身穿白色長裙，宛如出水芙蓉般出現在他的面前，女大十八變，在胡小天認識她這一年多的時間裡，這小妮子也發生了讓人驚豔的變化，首先是身高，從過去到胡小天肩頭已經到了他的眉頭，約有一米七零左右了，眉眼也長開了，雖然眉間仍有稚氣，可是眉目如畫，五官精緻得無可挑剔，若說缺憾，就是胸部的發育明顯沒有跟得上身高的節奏，胡小天目測七七胸部的規模絕對比不上自己。還有她的身上仍然欠缺女人的嫵媚和風情，好比一朵鮮花開得嬌豔卻欠缺馥鬱的芬芳。

女人味絕對是需要修煉和沉澱的，除非夕顏那種天生媚態的禍水，很少有人能夠在這麼小的年紀就能夠達到那麼深的道行。

七七看到胡小天雙目直愣愣地盯著自己，芳心中不禁一陣慌亂，這在過去還從未有過，不過她並沒有將自己的慌亂表露在外，啐道：「沒見過？盯著我看什麼？」

胡小天道：「沒見過公主洗澡的樣子……」這話衝口而出，這廝說出之後恨不能給自己一個嘴巴子，胡小天啊胡小天，你也忒沒節操了，對人家一個小姑娘怎能說出這種話。這話對霍勝男、夕顏、飛煙她們說那就是調情，對七七說那就是不敬。

果不其然，七七一雙鳳目殺機凜然，冷冷望著胡小天道：「胡小天，就衝著你這句話，本宮就能砍了你的腦袋。」

胡小天道：「女人還是別那麼凶，小心你嫁不出去。」他在桌旁大剌剌坐了下去，自己倒了一杯酒，一口飲盡，渾然沒有將七七的威脅當成一回事。

七七也在他對面坐下：「你來找我有什麼事情，明說吧。」

胡小天道：「我來是想當面問公主殿下幾句話，希望公主殿下能老老實實地回答我。」

七七道：「好啊，你問吧！」

「咱們訂親的事情，究竟是你的意思，還是陛下的意思？」胡小天開門見山。

七七道：「陛下的意思。」

胡小天道：「你自己是什麼意思？」

七七道：「反正早晚都得把親事定下來，與其找個毫不瞭解的陌生人，還不如找你，更何況陛下做主，聖命難違。」

胡小天道：「你喜不喜歡我？」

七七呵呵笑道：「談不上喜歡，也談不上討厭。」

胡小天覺得有些頭疼，又斟了一杯酒，一口飲盡，酒壯英雄膽，他壯著膽子道：「你知不知道男女之情代表什麼？」

七七搖了搖頭：「我不在乎，任何的感情都比不上大康的生死存亡，我就算和你訂親也並不代表什麼，我不可能像別人那樣跟你海誓山盟，更不可能做個相夫教子的女人，至於為你付出為你而死更是無從談起。」

胡小天道：「你這麼說我就放心了，原來咱們只是走走形勢，做對表面夫妻？」

七七道：「看你的樣子好像很不情願這門親事。」

「聖命難違！」

聽到胡小天這樣說，七七的雙眸中掠過一絲寒光，不過稍閃即逝，她低聲道：

「你已經有了心上人？」

胡小天沒說話，只是嘿嘿笑了一聲。

七七微笑道：「可不可以告訴我她是誰？我或許可以幫忙成全你們呢。」

胡小天道：「不敢說。」

七七道：「你擔心我對她不利？呵呵，你只管放心，我才不會管你的閒事。」

胡小天道：「女人一旦嫉妒起來，就會失去理性。」

七七淡然笑道：「我不會因你而生出任何的嫉妒之心，你不說我也知道你的心上人是誰，她是我姑姑對不對？」

聽到七七提起龍曦月，胡小天的目光瞬間變得黯淡了下去，三分做戲，七分卻是真實心情的寫照。龍曦月的不辭而別已經成為胡小天心頭的一塊傷疤，他甚至不願再想起這件事。

七七道：「你對我姑姑倒也算得上有些情意。」

胡小天道：「你知不知道，兩個沒感情的人如果成親，將來生活在一起將會是這世上最為痛苦的事情。」

七七道：「你不用危言聳聽，我和誰生活在一起都無所謂，若是你將來敢做對不起我的事情，大不了我一刀將你殺了。」她語氣雖然輕鬆，可是其中卻蘊含著不容置疑的強大決心。

胡小天聽得心裡有些發毛，低聲道：「你所謂的對不起你的事情是……」

七七道：「對不起大康就是對不起我！你不要以為我看不出你們父子兩人在打什麼算盤。」

胡小天道：「咱們訂了婚，以後就是一家人，我爹就是你爹，你對我爹我娘最好還是客氣一些。」

七七道：「我已讓人送你娘回府，明日就會還你爹自由，這下你該滿意了？」

胡小天道：「我爹年紀這麼大了，現在咱們又已經訂了親，你看出海前往羅宋的事情是不是可以重新考慮一下？」

「考慮什麼？」

「由我替我爹出海走這一趟。」

七七搖了搖頭道：「你另有重任在身。」

「什麼事情？」

「下個月二十三，是西川李天衡的五十壽辰，皇上已經決定讓你前往西川去一趟，為李天衡拜壽。」

胡小天愕然道：「什麼？」

七七道：「我也沒想你過去，只是這是皇上定下來的事情，一來你和我定下婚約就是未來的大康駙馬，派你前去才顯得隆重，皇上準備封李天衡為川王。」

胡小天叫苦不迭道：「你當真不知道我和李天衡之間的關係嗎？」

「知道，他差一點就成為了你的岳父。」

胡小天苦笑道：「你既然知道，還要將我派到西川？難道你不怕還沒成親就先當上寡婦嗎？」

七七道：「決定這件事的是皇上，他對此次的出使極為看重，必須找一個擁有重要身分地位的人，這個人還需有勇有謀，多番斟酌方才選定了你，而且幾位朝廷大臣全都推薦你過去。」

胡小天道：「誰這麼坑我？你說來聽聽，到底都有誰？」

七七並沒有給出答案，其實就算她不說胡小天也能猜到，十有八九是洪北漠的主意，搞不好還有太師文承煥。胡小天淡然笑道：「李天衡狼子野心，當初祭出發兵勤王的旗號，現在皇上重新登基，他卻再也不提率軍歸附，將西川重新納入大康版圖之事，根本就是抱定自立為王之心，皇上難道還對此人抱有奢望？」

七七歎了口氣道：「大康現在四面楚歌，總不能到處樹敵。」

胡小天道：「所以皇上才想出了這麼一個主意，封李天衡為王，以此來穩住他？」

七七道：「既然西川已經在他控制之下，我們不妨做得慷慨一些，李天衡雖有謀反之心，可是此人表面上卻仍然以忠臣自居，他將我皇叔軟禁在西州，其用心不言自明，若然有一天陛下壽終正寢，他就會以大康正統自居，扶持並操縱一個傀儡政權。」

胡小天此前已經聽楊令奇說起過這件事，不由得點了點頭道：「你的看法倒是和我的一位朋友不謀而合。」

七七美眸一亮：「什麼人？」

胡小天道：「一位不得志的才子，他叫楊令奇，我正想將他舉薦給朝廷呢。」

七七道：「有機會安排我見見，朝廷正值用人之際，若是此人有真才實學，我可以破格任用。」

胡小天點了點頭：「出使西川我打算帶他同去，他對時局的認識頗深，對我的西川之行肯定會幫助不小。」

七七道：「使團的人員你自己挑選，需要什麼條件，我會盡力滿足。」

胡小天道：「我總覺得這趟西川之行不會太平，有人只怕想我有去無回。」

七七道：「不如我派權公公跟你同去，以他的武功必然可保你此行平安。」

胡小天聞言慌忙擺手道：「免了，你派他跟我去不是保護我，只怕是要監視我。」

七七禁不住笑了起來，輕聲道：「在你心中我從來都是心機叵測，過去或許有可能，可是咱們訂婚之後，彼此應該休戚與共，患難相隨。」

胡小天望著七七稚氣未脫的俏臉不由得歎了一口氣道：「對你來說只是一紙婚約，對我來說卻是一道枷鎖，我都已經答應要全心全意幫你做事，想不到你還不滿足，非要讓我成為你的駙馬方才滿足，駙馬駙馬，做牛做馬，難不成我這輩子都是要被你騎的命運？」

七七的俏臉上浮現出難得一見的羞澀，小聲道：「你放心，只要你好好對我，我以後絕不會欺負你，也不會為難你的家人，更不會將你當成馬騎。」

胡小天道：「既然如此，先答應我一個條件。」

七七眨了眨眼睛，充滿警惕道：「你哪來那麼多的條件，此前不是已經答應饒你兩次不死了嗎？」

胡小天道：「你先把我爹給放了。」

七七聽到是這個條件，對她來說自然不難，愉快點了點頭道：「好！我這就讓人去辦，今晚就將胡大人送回府中。」

七七說到做到，胡小天返回尚書府的時候，胡不為已經先於他一步回到了家中，兩夫婦正在自己的房間內談論著兒子的婚姻大事，聽聞胡小天回來，連忙將他招至房內，詢問胡小天的最終決定。

胡小天看到父親平安歸來，一顆心也終於放下，微笑道：「我剛剛見過永陽公主，這件事就這麼定了。」

徐鳳儀歎了口氣道：「皇命難違，只是這樣一來，你這輩子恐怕再無自由可言了。」兒子是娘心頭的一塊肉，徐鳳儀對胡小天關愛異常，在她眼中即便七七是金枝玉葉，可仍然未必能夠配得上自己的兒子。

胡小天道：「成為駙馬也是讓天下人豔慕的美事，娘又何必不開心呢？」

胡不為點了點頭，向徐鳳儀道：「鳳儀，你先去歇息，我和天兒有些話單獨相商。」

徐鳳儀搖了搖頭，起身道：「我出去走走，你們爺倆兒什麼事情都瞞著我。」

徐鳳儀離去之後，胡小天來到父親身邊坐下，微笑道：「爹沒事吧？」

胡不為笑道：「沒什麼事情，永陽公主對我還算客氣，本來是要明天才放了我，想不到今晚就讓人送我回來，估計是因為你的緣故。」他停頓了一下，凝望著兒子的面孔，意味深長道：「這次的事情，委屈你了。」

胡小天道：「爹，孩兒沒什麼好委屈的。」

胡不為歎了口氣道：「你娘都跟我說了，其實你已經有了心儀的女子，此次提親豈不是要讓你的希望成為泡影。」

胡小天道：「感情是一回事，婚姻又是另外一回事，看來大康的確是走到了山窮水盡的地步，不然也不會主動和咱們胡家結親。」

胡不為點了點頭，瞇起雙目道：「皇上雖然老了，可是他應該並不糊塗，最近表現出的種種昏庸行為，根本就是在迷惑外界。」

胡小天道：「他和七七是在唱雙簧，一個唱紅臉，一個唱白臉，皇上是要幫助七七在短時間內樹立起威信，取得臣民對她的信心。」

胡不為目光一亮，他想說的正是這些，想不到兒子已經將這件事看得如此透徹。胡不為道：「權德安來找我提起你們的親事，我就知道皇上仍然沒有放棄他的打算。」

胡小天道：「我和七七訂親之後，咱們胡家和皇家成為一家，而金陵徐家無論情願與否都得被綁在同一艘船上。」

胡不為道：「這正是徐家最不想發生的事情。」

胡小天道：「其實對我們而言並沒有什麼損失。」

胡不為道：「你的意思是……」

胡小天傾耳聽去，房前屋後方圓五丈內的動靜全都逃不過他的感知，確信無人在外面偷聽，方才低聲道：「爹，難道你沒有發現，皇上費盡心機，真正的目的卻是要捧七七上位？」

胡不為抿了抿嘴唇，低聲道：「我雖然有這種感覺，可是始終不敢斷定，畢竟大康自開國以來從未有任何女子登上帝位，難道皇上當真有勇氣破除祖上的規矩，選一位女子成為大康王朝的繼承人？」

胡小天道：「皇上年事已高，隨時都可能壽終正寢，他不可能不考慮繼任者的事情，放眼大康皇室，真正適合繼承皇位的只有七七，而皇上最近所做的一切，明顯是在為七七掌權做準備。」

胡不為點了點頭道：「聽你這麼一說，應該不會有錯。」

胡小天道：「只是我有些猜不透皇上的這一步棋，他選擇我來成為未來的駙馬，應該不是通過這種方式將我們胡家和徐家捆綁在一條船上，共同扶持七七那麼簡單。」

胡不為道：「如果你和永陽公主成親，咱們胡家自當要為公主盡力了。」兒子和七七成親，永陽公主就成為他們胡家的兒媳婦，從這一點上來講，胡不為必然要為了兒子和兒媳的利益而盡力，如果老皇帝當真想將大康的權柄交給七七，七七能夠成為大康女皇，大康的江山等於有了兒子的一半，幫大康就是幫兒子。

胡小天搖了搖頭道：「七七雖然聰明，可是論到心機和計謀仍然不及這老皇帝，爹，我仍然懷疑老皇帝沒那麼簡單，他這邊向咱們胡家提親，讓我和七七訂婚，那邊卻又讓我前往西川出使，宣佈冊封李天衡為王的事情。」

胡不為聽說兒子又要被派往西川不由得倒吸了一口冷氣，李天衡乃是他昔日的親家，當初他將兒子送往西川，其目的就是為了給胡家留一條退路，後來李天衡擁兵自立，割據一方，成為西南霸主，胡家就是因為這件事而受到了牽連，險些遭遇滅門之災。雖然他們胡家已經單方面毀掉了婚約，可是現在皇上派兒子前往西川，難保李天衡不會舊事重提，他要怎樣對待自己的兒子都很難說。胡不為低聲道：「皇上為何要這樣做？」

胡小天道：「據說有幾位大臣聯合保舉我前往西川。」

胡不為眉頭緊皺道：「皇上的用意真是令人費解，為何一定要你去？」

胡小天道：「孩兒也想不明白這其中的原因，只是有一點能夠確定，此次前往西川必然不會太平。」

胡不為道：「李天衡那個人野心勃勃，向來不甘心居於人下，皇上居然還奢望用封王之事將之感化。」

胡小天道：「皇上可沒指望感化他，只是想通過這種方式暫時穩住李天衡，畢竟眼前大康和西川還有共同的利益，如果李天衡打破眼前的局面，必然會給大雍可乘之機。」

胡不為道：「只是他為何偏偏要派你去？」

養心殿內龍宣恩赤裸上身盤膝坐在白玉檯子上，身上刺滿金針，不少金針隨著脈搏的跳動而不停顫抖。洪北漠看了一眼香爐內所剩不多的燃香，然後將龍宣恩身上的金針一根根拔除。

龍宣恩長舒了一口氣，緩緩睜開雙目，低聲道：「這金針刺穴的法子果然很好，每次做完針療，朕都有種脫胎換骨的感覺。」

洪北漠微笑道：「只要陛下堅持按照臣的辦法去做，延年益壽絕無問題。」

龍宣恩道：「朕現在最期待的就是愛卿所煉製的丹藥，若是能夠成功，朕就可以返老還童了。」

洪北漠道：「只可惜《乾坤開物》的丹鼎篇始終沒有找到，臣只能自行揣摩鑽研，進展上慢了許多。」

第三章

賜婚陰謀

慕容飛煙咬了咬櫻唇，美眸之中充滿了擔憂之色，
剛才因為胡小天和永陽公主訂親的怒氣
此時早已拋到了九霄雲外。
慕容飛煙心中也明白，皇上賜婚根本由不得胡小天拒絕，
只是她本以為胡小天占盡了便宜，聽胡小天這麼一說，
才意識到這次的賜婚根本就是一個陰謀。

龍宣恩點了點頭道：「楚扶風實在是狡詐，竟然將《乾坤開物》藏得如此隱秘，我們花費了近四十年的精力尋找，仍然一無所獲。」

洪北漠道：「臣本以為這《乾坤開物》藏在天龍寺，所以才派出幾名得力手下前往天龍寺搜尋，卻想不到被胡小天從中作梗，壞了大事。」

龍宣恩道：「胡小天的確是個麻煩啊！」

洪北漠道：「陛下既然已經知道金陵徐氏不肯為大康所用，為何還要對胡家如此寬容，還要將公主殿下許配給胡小天？」

龍宣恩道：「朕做這些事自有用意。」他起身將衣服穿上。

洪北漠望著他的背影，目光顯得有些迷惑。

龍宣恩道：「可曾查到我皇兒的下落？」

洪北漠點了點頭道：「已經查清！」

龍宣恩道：「西川之事不容有失，李天衡雖然擁兵自立，可是他的那幫手下對他多數都不心服，朕讓胡小天前往冊封他為王，真正的用意只不過是為了迷惑於他，讓他以為朕對他沒有加害之心。你所要做的事情就是將李天衡剷除，唯有收回西川，大康才有活路，只要李天衡一死，不必花費一兵一卒即可收回西川，西川的糧食物資自然為我大康所有。」

洪北漠道：「周王殿下怎麼辦？」

龍宣恩雙目中流露出一絲淡淡的憂傷，他輕聲歎了口氣道：「方兒之所以能夠活到現在，全都是因為李天衡想要利用他，朕若是有了什麼三長兩短，李天衡必然擁他為皇，從此大康又多了一個傀儡皇帝。」

洪北漠道：「陛下的意思是……」

龍宣恩的表情突然變得堅定果決：「決不可讓他被任何人利用，若是無法救他脫困，毋寧讓他為國捐軀，也算對得起列祖列宗。」

洪北漠道：「是！」

龍宣恩雙手負在身後低聲道：「朕心中真正的想法也只有你知道，朕真正信得過的人也只有你一個，七七雖然聰明，可畢竟她只是一個孩子，又怎能掌控這麼大的國家？」

洪北漠道：「胡小天此去西川，豈不是死路一條？」

龍宣恩道：「朕待他們胡家恩重如山，他們卻不思回報，朕三番兩次放過了徐家，無非是看在昔日和虛凌空結義的份上，他們當真以為朕有所忌憚？當真以為朕不敢動他們？呵呵，朕就先斷了他們的香火，讓胡家後繼無人。」

皇上賜婚之事，短時間內已經傳遍了整個京城，即便是尚書府內也已經傳得沸沸揚揚，連慕容飛煙也已經知道。

胡小天處理完所有的事情從父母那裡離開，直接去了慕容飛煙暫住的院子，還沒有來到院門前就聽到劍聲霍霍，來到門前發現院門虛掩，慕容飛煙正在院內舞劍，手中長劍揮舞得風雨不透，月光下長劍的光影如同水銀瀉地，又如一條蛟龍纏繞在她的嬌軀周圍。

胡小天笑瞇瞇走入院內，擊掌讚道：「好劍法！」

慕容飛煙聽到他的聲音倏然停了下來，一時間劍光消散無影無蹤，她嬌俏的身影出現在胡小天的面前，俏臉有些潮紅，豐滿的胸膛起伏不停，一雙秀眉微微顰起，眉宇間籠罩著淡淡的憂色。瞪了胡小天一眼道：「你才好賤！」

胡小天笑道：「我說的是好劍法，可不是好賤！」來到慕容飛煙身邊，張開手臂準備給她一個熱情的擁抱，沒等他走近，慕容飛煙已經將長劍揚起，劍鋒指著他的胸膛，讓他不能近身，冷冷道：「駙馬爺，您是不是應該放尊重一些？」

胡小天皺了皺眉頭，難怪慕容飛煙擺出一副拒人於千里之外的態度，搞了半天原來已經知道了這件事，胡小天不由得苦笑道：「想不到這件事這麼快就傳到了你的耳朵裡。」

慕容飛煙道：「若要人不知除非己莫為，原來有人早就有了當駙馬的打算，最可惡就是還要在別人面前惺惺作態，說什麼永陽公主只是一個未成年的小丫頭。」

胡小天歎了口氣，目光落在寒光凜凜的劍鋒之上，伸出手去，輕輕在劍鋒上彈了一下，溫言道：「你將這把劍先拿開好不好？」

慕容飛煙將劍鋒從胡小天的胸膛上移開，胡小天向前方才走了一步，她又將長劍指在他的咽喉之上。

胡小天道：「飛煙，皇命難違，我心中只是將七七當成了一個小丫頭看，對她的感情和你完全不同，就算別人不明白，你也一定會明白。」

慕容飛煙道：「你的事情，我怎麼會明白？」

胡小天道：「皇上之所以主動提親，根本原因是要讓我們父子為大康效力，通過這種方式將金陵徐家捆綁在同一條船上，這場婚姻根本就是出於政治目的，絕沒有任何的個人感情在內。」

慕容飛煙道：「這麼說是人家逼著你娶公主了？」

胡小天道：「你以為當駙馬是什麼好事？若是我當真和她成親，以後做任何事都要處處受限，失去自由，失去自尊，甚至隨時都可能賠上性命，若是我可以說不，我肯定要告訴天下人，老子才不想當什麼駙馬，我胡小天心中喜歡的才不是永陽公主，而是你。」說到這裡，胡小天用手背輕輕撥開劍鋒，趁著慕容飛煙神不守舍之時，一把將她的嬌軀擁入懷中。

慕容飛煙被他抱住，嬌軀酥軟，象徵性地扭動了一下，卻終於還是沒有將他推開。嗔道：「你放開！」

胡小天非但沒有放開，反而抱得越發緊了。

慕容飛煙道：「你已經是未來的駙馬爺，永陽公主的未婚夫婿，居然抱著別的女人，若是讓朝廷知道，不怕掉了腦袋？」

胡小天道：「朝廷是在利用我們兩父子，我爹馬上就要被派往羅宋開拓商途，為大康尋找糧源，我也被皇上派往西川出使，是福是禍還很難說。」

慕容飛煙聽說他又要前往西川，不由得緊張起來，關切道：「你好不容易才逃出西川，他怎麼又要送你過去？」

胡小天道：「因為我是未來的駙馬爺，以駙馬的身分前去封李天衡為王也不算辱沒了他，順便再探望一下周王，表面上看起來也算得上是合情合理。」

慕容飛煙道：「你過去曾經和李天衡的女兒李無憂訂親，後來因為李氏擁兵自立，你才毀掉了婚約，這次前往西川會不會遭到李氏的報復？會不會……」

胡小天微笑道：「你擔心我有去無回？」

慕容飛煙咬了咬櫻唇，美眸之中充滿了擔憂之色，剛才因為胡小天和永陽公主訂親的怒氣此時早已拋到了九霄雲外。其實慕容飛煙心中也明白，皇上賜婚根本由不得胡小天拒絕，只是她本以為胡小天占盡了便宜，聽胡小天這麼一說方才意識到，這次的賜婚根本就是一個陰謀，皇上給了胡小天一個未來駙馬的身分，馬上就將他派往西川，是福是禍還不知道，不由得為胡小天的命運感到擔心。她輕聲道：

「可不可以不去？」

胡小天道：「皇上金口玉言，說出的話自然沒有改變的道理，西川再凶險也比不上大雍，我既然能夠從大雍平平安安的回來，這次西川我也有把握全身而退。」

慕容飛煙道：「我跟你一起去。」她本想說保護胡小天的安全，可是想起在皇陵之時胡小天將她救出重圍的情景，知道胡小天今時今日的武功已經在自己之上，其實是不需要自己保護的。

胡小天道：「飛煙，我想你保護我爹去羅宋一趟。」

慕容飛煙聞言眨了眨美眸道：「為何要我去？」

胡小天道：「皇陵民亂掀起軒然大波，據我目前得到的情報，皇陵民亂還是有一些皇陵護衛逃了出來，而且有人看到了我將你救走，皇上十有八九會追究你的責任，更何況你爹已經知道你逃出生天，也不會放過對你的尋找，你陪同我爹前往羅宋，一來可以躲避風頭，二來可以保護我爹，你不是曾經說過，生平最大的願望就是縱橫四海，浪跡天涯，今次可是一個絕佳的機會。」

慕容飛煙望著胡小天，她過去的確有這樣的願望，可現在卻有些放不下。

胡小天笑道：「怎麼？捨不得我？」

慕容飛煙小聲道：「你這麼急著將我趕走，是不是想跟永陽公主雙宿雙飛？」

胡小天真是有些哭笑不得了：「飛煙，我只是落了一個駙馬的名頭，壓根沒有落到一丁點駙馬的實惠，我連永陽公主的一根手指都沒碰過，再說了，皇上又不是讓我跟她馬上成親，而是訂婚，有名無實，你若是覺得嫉妒，不如我將這身皮肉先讓你享用，省得便宜了別人。」

慕容飛煙霞飛雙頰，啐道：「胡小天，你真是不要臉到了極致，以為本姑娘稀罕嗎？」

胡小天看到她似喜還顰的樣子，不由得心中一熱，正想好好親熱一番的時候，周默和蕭天穆兩位結拜兄長過來了，胡小天知道他們深夜過來肯定是有要事相商，於是他向慕容飛煙說了一聲，來到修文堂和兩人相見。離開慕容飛煙住處之時，迎面卻遇到老娘過來，心中不由得一怔，本想問問老娘來這裡做什麼，徐鳳儀卻笑著朝他擺了擺手道：「你的兩位兄長在等著呢，趕緊過去，我來和飛煙說說話兒。」

胡小天不免有些擔心：「娘，您可千萬別亂說話。」

徐鳳儀笑道：「娘比你更懂女孩子的心意。」

周默和蕭天穆兩人果然是聽說了皇上賜婚之事方才深夜登門，周默是個急性子，一見到胡小天就迫不及待地問道：「三弟，皇上為何突然賜婚？」

胡小天苦笑道：「我也正糊塗呢，賜婚的事情毫無徵兆，應該是他的主意，連永陽公主對這件事也不甚清楚。不過他既然賜婚，就不是一時衝動，想必是經過深思熟慮之後方才做出的決定，老東西必有所圖。」

蕭天穆低聲道：「難道皇上已經產生了疑心？」

胡小天道：「這次我爹前往羅宋尋找糧源的事情，皇上應該已經知道了，這段時間皇上將朝政放手給七七去做，醉心於長生之道，現在看來只不過是他所做的表面功夫。」

周默道：「三弟是說，他只不過是裝瘋賣傻蒙蔽臣民？」

胡小天點了點頭道：「開始的時候我還不敢斷定，現在卻幾乎可以斷定了，當初他正是利用這樣的方法剷除了姬飛花，費盡了那麼大的辛苦，好不容易才爬回龍座，沒理由將剛剛到手的權力送給七七，我看七七或許也只是他手中的一個道具罷了。」

蕭天穆眉頭一動：「三弟為何會突然有這樣的想法？」

胡小天道：「他這邊讓我和七七訂婚，馬上又決定讓我出使西川，敕封李天衡為王，給我一個未來駙馬的身分真正的用意卻在於此。」

周默和蕭天穆兩人聞言皆是一驚，周默道：「三弟當初好不容易才從西川逃了出來，現在他又讓你回去，豈不是等於將你一手送入虎口？」

胡小天道：「老皇帝表面上對我恩寵有加，可實際上他卻因為金陵徐家拒絕他要求的事情懷恨在心，我看這次的西川之行必有陰謀。」

蕭天穆低聲道：「難道他想要奪取西川？」

周默道：「怎麼可能？西川李天衡經營多年，擁有不少忠心耿耿的手下，以大康目前的狀況，連軍餉都供不上，想要奪取西川根本是天方夜譚。」

蕭天穆道：「也不能這麼說，李天衡雖然有不少忠心手下，可是他手下的將士臣民歸根結底還是大康之人，當初李天衡擁兵自立，還是打著勤王的旗號，如今皇上復辟成功，李天衡昔日的藉口就已經站不住腳，他以周王龍燁方為質在道理上更加說不過去。」

胡小天點了點頭道：「其實李天衡現在的處境也為難得很，只怕天下間最巴望老皇帝死的就是他。」

蕭天穆道：「皇上若是死了，李天衡就可以理所當然地擁立周王龍燁方上位，挾天子以令天下，誰也不能說他半個不字。」

周默聽到這裡不禁咬牙切齒道：「奸賊當真該殺。」

蕭天穆道：「皇上派三弟此時前往西川封李天衡為王，應該是為了穩住李天衡，李天衡有了朝廷的封號，在天下人面前總算有了一個正正當當的理由，依然可以穩據西川，只是皇上這麼做好像對大康並無好處。」

胡小天道：「我也是這麼想，就算他不封李天衡為王，李天衡也不敢率兵攻打大康，以當前的形勢來看，西川和大康之間一旦燃起戰火，大雍必然會從北方揮師南下，到時候無論西川還是大康都會有覆滅之憂。老傢伙封了李天衡為王，李天衡也不見得會感動，更不可能率領手下重新回歸大康，也不會對大康目前的狀況施以任何援手。反倒給了他一個理所當然割據西川的理由，這種對自己沒有任何好處的事情，老皇帝因何會去做？」這正是胡小天百思不得其解的地方。

蕭天穆道：「皇上必然還有其他的打算，他封李天衡為王對李天衡只有好處，若是他指責李天衡為國賊，那麼西川內部必然出現動亂，按照常人的想法而論，肯定是選擇後者，皇上卻逆其道而行之，顯然還有其他的打算。」

周默道：「一個行將就木的老傢伙哪還有那麼多的陰謀詭計？」

蕭天穆搖了搖頭道：「西川佔據天險，四周環山，中為平原，土地肥美，江河湖泊星羅棋佈，大康這些年天災不斷，可是西川卻是連年豐收，若是大康能夠將西川順利收回，未嘗不可度過眼前的難關。」

周默道：「想要收回西川談何容易？」

蕭天穆道：「若是大興兵戈必然勞民傷財，縱然兩敗俱傷也未必可以得償所願，但是如果從內部將之瓦解，或許不費吹灰之力。」

周默和胡小天同時望向蕭天穆。

蕭天穆道：「正如我剛才所說，西川的臣民百姓未必對李天衡心服，過去他一直標榜自己忠君愛國，可是現在皇上重新登上帝位，他卻遲遲沒有歸附的意思，其謀反之心已經昭然若示，此時若是有人站出來將李天衡剷除，必然占盡道理。」

胡小天緩緩點了點頭道：「我最擔心的就是這件事，老傢伙表面上派我去西川封王，焉知他背後打什麼主意？如果他趁著我去西川的時候將我幹掉，然後嫁禍給李天衡，順便再將李天衡幹掉，隨手將西川收回大康，豈不是一石三鳥？」

蕭天穆道：「不要忽視大康在西川的影響力，李天衡未必能夠掌控西川的局面，不過三弟所說的乃是一種最凶險的可能。」

周默道：「既然如此，乾脆找個藉口推了這次的西川之行。」

胡小天搖了搖頭道：「從他促成我和七七的婚事就證明他已經開始佈局，我若是不去只怕他會有更加惡毒的方法來對付我，前往西川雖然前程未卜，可未必其中沒有機會。」他轉向蕭天穆道：「二哥和展鵬陪同我爹前往羅宋，這一趟行程極其重要，若是打通了糧道，就等於扼住了大康的經濟命脈。」

蕭天穆點了點頭：「三弟放心，愚兄必盡全力而為。」

胡小天道：「老東西對我既然不仁，休怪我對他不義，不管他打什麼主意，我此次都要讓他血本無歸！」

胡小天成為永陽公主未婚夫婿之事，很快就傳遍京城，一時間京城權貴紛紛登門拜會，想要和胡家拉近關係。別人只看到胡家表面風光，又有誰知道他們真正面臨的危機和凶險，胡不為不得不回到尚書府來應酬這一切。

有了父親幫忙處理這些事情，胡小天自然清靜了許多。在他和永陽公主的親事確定後的第二天，老太監王千親自前來尚書府傳他去宮中面見皇上。

胡小天料定皇上找他十有八九是為了前往西川的事，跟著王千來到了宮中。

老皇帝龍宣恩正在御花園流杯亭內乘涼，人上了年紀，精力明顯有些不濟，坐在亭子裡居然打起了瞌睡，身邊的小太監不敢驚醒他，一個個面面相覷。

王千和胡小天就在此時來到流杯亭前，王千咳嗽了一聲，龍宣恩重重點了一下頭，這才清醒過來，睜開雙目，打了個哈欠道：「朕居然睡著了。」目光落在胡小天的臉上。

胡小天快步上前，恭敬道：「臣胡小天叩見皇上，吾皇萬歲萬萬歲！」

龍宣恩擺了擺手道：「不必多禮，平身吧，陪朕坐一會兒。」他伸手指了指自己身邊的石凳。

胡小天在石凳上坐下，王千使了個眼色，一幫太監宮女跟著他退到了遠處。

龍宣恩上下打量著胡小天，良久都沒有說話。

胡小天在他的注視下心中有點不自在，心想這老傢伙該不是性取向有問題？老盯著我看作甚？就算我長得不錯也不帶這麼看的。

龍宣恩道：「你的樣貌才學倒也配得上七七。」

胡小天垂首道：「皇恩浩蕩，臣誠惶誠恐。」

龍宣恩歎了口氣道：「朕對七七向來寵愛，本不想這麼早為她訂婚，只是朕年事已高，身體和精力也是一日不如一日，不知哪天就會離開這個世界。」

「陛下老當益壯，龍精虎猛，必然可以千秋萬載，壽與天齊。」

龍宣恩呵呵笑了一聲道：「千秋萬載，壽與天齊？從古到今又有誰可以做到？別說千秋萬載，就算百年之壽也很少見到，你們說這些話只怕連自己都不相信。」

胡小天心中暗忖，老傢伙倒是不糊塗，知道這些都是糊弄他的話。

龍宣恩道：「朕將七七許配給你，就是想這世上能多一個人照顧她，就算朕離開人世，也有人能夠關心她疼她，保護她，胡小天，你明不明白？」

胡小天道：「臣明白！」

龍宣恩道：「明白就好，七七性子要強，朕本以為她會不同意這樣的安排，可是從現在的狀況來看，她心底應該是喜歡你的。」

胡小天道：「陛下放心，臣必然會盡全力保護公主殿下。」

龍宣恩滿意地點了點頭道：「七七有沒有告訴你，朕要讓你前往西川出使的事情？」

胡小天道：「說了！」

龍宣恩道：「你有什麼想法？」

胡小天道：「臣不想去！」

龍宣恩的表情略顯錯愕，他並沒有想到胡小天會直截了當地將心中的真正想法說出來。

「為什麼？」

胡小天道：「不瞞皇上，臣過去曾經和李家的女兒李無憂有過婚約，還因為西川李氏自立的事情受過牽連，臣以為自己並不是適合前往西川出使的人選。」

龍宣恩道：「這件事朕知道，西川李氏當初之所以自立乃是為了發兵勤王，李天衡向來忠心耿耿，他豈肯做一個為人唾罵的叛賊？」

胡小天道：「既然如此，他因何現在仍然不願回歸大康？」

龍宣恩微笑道：「只因他心存疑慮，擔心朕會追究他昔日割據西川之責。」他從袖中拿出一封信，在胡小天面前晃了晃道：「朕決定派你前往出使，乃是因為收到了他的密函，李天衡在信中明確表示出願意歸附大康之意。」

胡小天心中一怔，此事卻未聽說，李天衡居然主動來函表示願意歸順。

龍宣恩道：「放眼滿朝官員，真正能夠讓朕信任的並不多，此次前往西川責任重大，封李天衡為王，需要一個身分地位適當的人選，朕思來想去，也只有你過去方才合適。」

胡小天心中暗罵，信你才怪，誰知道你手中的這封信是不是真的？

龍宣恩道：「西川不僅僅是大康的西南門戶，更是大康重要的糧倉，得西川就可緩解大康的糧荒，胡小天，你可願為大康效力，可願為朕盡忠？」

胡小天朗聲道：「臣願為陛下赴湯蹈火，萬死不辭！」

龍宣恩龍顏大悅，撫鬚道：「朕就知道你一定不會讓我失望。」

從老皇帝那裡出來，胡小天徑直去了藏書閣，想從李雲聰那裡打聽點消息，這老太監和老皇帝之間的關係非同一般，或許從他那裡能夠得悉龍宣恩真正的目的。

李雲聰的氣色比起之前明顯好轉了許多，只是因為失去了一隻眼睛的緣故，表情不再像過去那般和善，顯得有些猙獰，看到胡小天過來，李雲聰陰測測笑道：「原來是未來的駙馬爺，今兒不知是什麼風把您給吹來了。」

胡小天笑瞇瞇道：「您老是在挖苦我！」

李雲聰道：「不敢不敢，咱家只是宮裡的一個奴才，胡統領現在已經貴為當朝駙馬，咱家怎敢挖苦未來的駙馬爺。」

胡小天道：「未來的事情誰會知道？正如人不知自己什麼時候生病，什麼時候死去。」

李雲聰獨目之中閃爍著極其複雜的光芒：「你這句話好像很悲觀呢。」

胡小天道：「別人不清楚，您老還能不清楚，我只有半年的性命，就算和永陽公主訂親，也未必有福氣活到娶她過門的時候。」他停頓了一下道：「這一切全都拜您老人家所賜。」

李雲聰歎了口氣道：「想不到你心中仍然記恨著我。」

胡小天道：「自己命苦怨不得別人，小天這次過來是特地向李公公辭行的。」

李雲聰愕然道：「你要走？」

胡小天看出他的表情不像作偽，應該並不知道老皇帝派自己出使西川之事，他點了點頭道：「皇上派我出使西川，恭賀李天衡五十大壽，順便封他為王，怎麼？李公不知情？」

李雲聰皺了皺眉頭道：「皇上重新登上皇位已有多日，李天衡非但沒有率部歸順，甚至連絲毫的表示都沒有，怎麼？這次居然皇上主動要冊封他為王？還要派你為他賀壽？」

胡小天道：「我也不明白呢，皇上說李天衡已經派人送信表示願意歸順大康，將西川重新納入大康版圖的意思，所以才會派我過去。」

李雲聰搖了搖頭道：「政治上的事情咱家不懂，也從不去過問。」他也猜到胡小天此來的目的是為了從自己這裡打探消息。

胡小天道：「李公公對皇上忠心耿耿，如若不是公公捨生忘死，皇上也不會重登大寶。」

李雲聰道：「咱家可不敢居功，皇上能有今日，是他自己洪福齊天。」

胡小天道：「君心難測，皇上今次派我前往西川，是福是禍還很難說。」

李雲聰望著胡小天道：「你懷疑皇上會對你不利？」

胡小天道：「不是我多心，而是我怕皇上多心，擔心皇上因為金陵徐家拒絕借糧的事情而遷怒於我們胡家。」

李雲聰道：「是福不是禍，是禍躲不過，皇上若是當真生了氣，咱家也愛莫能助。」

胡小天忽然問道：「李公公知不知道皇上當年曾經和楚扶風是結拜兄弟？」

李雲聰聞言一怔：「什麼？」

胡小天道：「這消息我是在天龍寺一位雙目失明的僧人那裡聽來的。」

李雲聰面色陰沉道：「當初你為何不說？」

胡小天道：「李公公也沒有把讓我潛入天龍寺的真正用意說明，想要別人真誠首先自己得表示出真誠，你說是不是？」

李雲聰冷哼一聲沒有說話，心中卻明白這小子在天龍寺必然發現了一些秘密，肯定有許多事情瞞著自己。

胡小天道：「那位僧人法名叫做不悟，就是我跟你所說的那個怪人，他問出當年天龍寺藏經閣丟失了三本秘笈之後，就殺死假皇帝離開，就是他告訴了我這些事，還說當年跟皇上結拜的還有一個虛凌空。」

李雲聰道：「這些事情咱家從未聽說過。」

胡小天道：「那《乾坤開物》當真如此神奇嗎？皇上和洪北漠居然花費這麼大的精力去找，缺失的丹鼎篇難道真的記載了長生之道？不然他們何以會尋找整整四十年？」

李雲聰冷冷道：「你還聽說了什麼？」

胡小天道：「不悟武功很高，差點把我殺死，正是他發現了我修煉的乃是虛空大法，而不是什麼無相神功。」

李雲聰聽到這裡不禁臉上勃然色變，低聲道：「他還說了什麼？」

胡小天道：「他說他之所以被困天龍寺三十年，全都是拜他的親兄弟所賜，當年他的兄弟害死了他的家人，又將他騙入天龍寺，害得他被僧人所困，而他的兄弟卻趁機從天龍寺中盜走了幾本秘笈。」到了現在，胡小天完全能夠確定李雲聰就是當年殘害不悟的那個人，他就是不悟的同胞兄弟。

李雲聰一隻獨目凶光畢露，充滿殺機地望著胡小天道：「你又說了什麼？」

胡小天的臉上毫無懼色，笑瞇瞇道：「他告訴我他的兄弟叫做穆雨明，還問我有沒有見過這個人？不過當時他還不知道天龍寺究竟丟失了什麼秘笈，更不知道這其中就有《虛空大法》在內，否則我恐怕無法活著離開天龍寺了。」

李雲聰道：「很好……」

胡小天道：「木子為李，雨從雲生，聰明絕頂，如果真是聰明人就不會起這樣簡單的名字，讓人稍一琢磨就能想到他的真身。」

李雲聰咬牙冷笑。

胡小天道：「他還說他的那位兄弟胯下之物奇大，想要將這麼明顯的物事藏起來，恐怕並不容易，不過人若是想保住性命，任何事情都是做得出來的，說不定會揮刀自宮，一切了之，李公公你說對不對？」

李雲聰從牙縫中擠出兩個字道：「不錯！」他已經明白胡小天對自己的身分已經瞭若指掌了。

胡小天微笑道：「你現在是不是很想殺我滅口？」

李雲聰點了點頭道：「很想，簡直是想到極點。」

胡小天歎了口氣道：「只可惜你被姬飛花所傷，不但成了獨眼龍，而且武功大打折扣，我雖然性命只剩下半年，可是我去天龍寺卻機緣巧合，武功內力增長數倍，有道是拳怕少壯，想殺一個不怕死的人，你首先要不怕死。」說到這裡他又搖了搖頭道：「你若是不怕死，又何必忍受屈辱在這宮中待了三十年？」

李雲聰桀桀笑道：「你忘了一件事，三十年可以改變很多事，當年咱家或許怕死，可現在已經無所畏懼。」

胡小天道：「江山易改稟性難移，不過你也不用害怕，你雖然坑我害我，可我最後還是以德報怨，不悟問我虛空大法從何處學來的時候，我告訴他……」

李雲聰聽到關鍵之處突然中斷，臉上的表情頓時變得急切起來，呼吸也變得急促，以他的修為實在是太不應該。

胡小天微笑道：「我說是洪北漠！」

李雲聰低聲道：「當真？」

胡小天道：「我若是將你的名字說出來，你以為還會瀟瀟灑灑地活到現在？不悟可以在高手如雲的天龍寺中來去自如，區區皇宮一樣攔不住他。」

李雲聰沉默了下去，隱藏三十年的秘密竟然被一個少年當面揭穿，此時他內心中的滋味五味俱全。胡小天有句話並沒有說錯，以他現在的狀況就算是想殺胡小天滅口，也是有心無力。胡小天深諳攻心之道，只有將秘密掌握在手中方能成為要脅對方的武器，他並沒有將這件事公諸於眾，事實上李雲聰的秘密對他來說根本無關痛癢。

李雲聰沉思良久，身上的殺氣已經消失於無形，長歎了一口氣道：「這麼說咱家欠了你一個人情。」

胡小天道：「何止一個，你欠我的實在太多。」

李雲聰道：「恩恩怨怨，孰是孰非，誰又能說得清楚。」

胡小天道：「我對別人的閒事不感興趣，只是關心自己的事情，李公公可否為我指點迷津，告訴我一條明路？」

李雲聰緩緩點了點頭，低聲道：「你有沒有覺得皇上對永陽公主非常特別？」

胡小天想了想，其實這件事他早有覺察，至今也都未想通是什麼緣故，皇上為何會對七七如此厚愛？

李雲聰道：「永陽公主的母妃閨名喚作凌嘉紫。」

胡小天聽到凌嘉紫的名字，忽然憶起當初隨同安平公主龍曦月一起前往縹緲山靈霄宮探望老皇帝的時候，曾經隨同龍曦月一起去雲廟拜祭她的生母李貴妃，而就在那時，他在雲廟內看到了凌嘉紫的畫像，他仍然記得那幅畫像乃是老皇帝龍宣恩親手所繪，當時他就覺得有些蹊蹺，凌嘉紫明明是龍燁霖的妃子，老皇帝何以會親手畫出她的肖像，並將之供奉在雲廟之中，難道老傢伙覬覦自己兒媳的美貌？做過喪盡天良之事？

李雲聰道：「凌嘉紫當年生產之時曾經遭遇難產，瀕死之時，幸虧得鬼醫符刓出手所救。」

胡小天此前也聽說過鬼醫符刓的名字，在雍都之時，聽聞鬼醫符刓死後就葬在雍都城郊的黑駝山。醫者出手救人並沒有什麼可好奇之處，但是李雲聰特地提起這件事，想必其中必有玄機。

李雲聰道：「鬼醫符刓性情古怪，若非皇上親自出面，他絕不會答應出手相救，這件事怪就怪在這裡。」

胡小天低聲道：「你是說皇上和這位昔日的太子寵妃……」

李雲聰意味深長道：「咱家可什麼都沒說。」

胡小天點了點頭，李雲聰把話說到這種地步等於已經挑明了，老皇帝對七七這麼好，其中必有玄機，搞不好七七當真是老皇帝和凌嘉紫的女兒，如果真是如此，就能夠解釋他現在放權給七七的用意了。

李雲聰道：「能夠成為永陽公主的駙馬，對你來說是一件好事，只是不知皇上是不是真心想讓你成為這個駙馬。」

胡小天道：「我也在擔心這件事，就怕他給了我駙馬之名，然後將我送入西川幹掉。」

李雲聰桀桀笑道：「皇上絕對是個雄才偉略的人物，他的想法是我等揣摩不透的。」

胡小天道：「依你之見，皇上究竟有沒有將大康傳給七七的意思？」

李雲聰道：「這就不清楚了，不過以咱家對皇上的瞭解，就算是親生骨肉，對他而言也比不上江山社稷更為重要。」

胡小天歎了口氣道：「看來我這趟西川之行是凶多吉少了。」

李雲聰道：「你自求多福吧。」

胡小天冷笑道：「人不犯我我不犯人，我不自在他們也休想舒服！」

天機局觀星台之上，洪北漠負手而立，深邃的雙目遙望著夜空中的銀河，臉上的表情充滿迷惘，身後忽然傳來腳步聲，他沉聲道：「什麼事？」

來的乃是鷹組統領傅羽弘，傅羽弘在洪北漠身後一丈處停步，恭敬道：「洪先生，剛剛收到消息，永陽公主決定重啟神策府，並將神策府交給胡小天負責，明天就是神策府開門迎賓之日，據說要廣納天下賢士。」

洪北漠緩緩轉過身去，唇角不禁露出一絲嘲諷的笑意：「這麼做是要和天機局對抗嗎？」

傅羽弘道：「先生，他們的目的正是如此。」

洪北漠道：「永陽公主早已開始重整神策府，只不過她一直都是低調從事，現在卻一反常態，看來是受了胡小天的挑唆。」

傅羽弘道：「這個胡小天當真是個麻煩！」他心中恨極了胡小天，天龍寺之辱仍然念念不忘。

洪北漠道：「皇上讓他前往西川，他心中想必生出許多的怨念，搞不好還會認為這件事全都是我的建議，呵呵。」

傅羽弘道：「神策府是先生一手取締，現在他們竟公然重建，而且還要掛上神策府的牌匾，先生難道要對他們的行為置之不理嗎？」

洪北漠道：「他們的心中有怨氣，必然要找一個管道進行發洩，此事永陽公主出面促成，我若是去皇上面前反對，等於現在就要和永陽公主公然對立。」

傅羽弘道：「一個乳臭未乾的小姑娘罷了，先生何必對她如此忌憚？」

洪北漠淡然道：「我敬的不是她而是皇上，羽弘！準備一份大禮，明兒我要親自給他們送過去。」

胡小天之所以要在自己前往西川之前如此高調地重啟神策府，其用意就是讓洪北漠不爽，還有一個原因就是他要推動七七和洪北漠之間的對立，想讓這妮子更緊密地和自己聯繫在一起，最簡單的方法就是擁有共同的敵人，更何況重啟神策府一直都是七七的願望，過去胡小天勸她要低調從事，現在看來低調非但換不來洪北漠的讓步，反而迎來了步步緊逼，既然如此就索性挑起一桿大旗，鼓對鼓鑼對鑼地跟他幹上一場。

鞭炮聲中，胡小天和永陽公主七七兩人共同扯下蒙在神策府牌匾上的紅綢，「神策府」三個金光燦燦的大字在陽光下熠熠生輝，圍觀嘉賓齊聲鼓掌喝彩。衝著永陽公主的面子，今日前來捧場的達官顯貴不少，可是前來者心中大都明白，眼前的神策府和昔日決不可同日而語，雖然格局未變，內外粉飾一新，但是神策府昔日高手如雲，後來被天機局洪北漠取締，其中高手離散，大部分轉投了天機局，還有一部分乾脆離開了康都另謀出路，當然其中的一部分骨幹力量也被洪北漠以謀逆之名清剿。

以胡小天的意思，神策府的府主由七七來擔當最為合適，可七七堅持不從，一定要他來擔當府主之位。胡小天再三推辭不過，只能答應。神策府雖然獲得了皇上的首肯，但是神策府並沒有朝廷的封號和編制，由此可見皇上對此也並不認同，這次得以重新開張，等於是給了七七一個面子。

胡小天集合眾人意見，對應天機局的佈局，將神策府分成了風雨雷電四部，此外專門設立了一個星部，五部職能各不相同，星部乃是神策府的中樞設定，優選天下智者進入其中，目前來說楊令奇是率先進入其中的一個。

風部以速度見長，其內劃分為兩組，一組負責收集天下間寶馬良駒，一組負責打探方方面面消息，前者負責人為唐鐵漢，後者負責人為趙崇武。

雨部以遠程射殺為主，負責人為展鵬，招納天下神射手，擅長狙擊射殺的高手，暗器大家。

雷部長於近身攻擊，其中又劃分為兵器和拳腳兩組，兵器組由熊天霸統領，拳腳組由閆飛兩人負責。

電部重在機關密道，收集各大皇城要塞的內部結構地圖，知己知彼百戰不殆，負責人為梁英豪。

周默和霍勝男兩人分別被胡小天委任為神策府的兩大副座並兼職教頭，以後神策府的具體事務全都要靠他們兩人打理。七七那邊人手不多，只有一個權德安進入神策府，給了他一個護法的職位。現在的神策府人員雖然不多，可是麻雀雖小五臟俱全，基本的輪廓已經搭建起來了。

七七望著那金燦燦的牌匾，俏臉之上也是笑意盈盈，胡小天悄然瞥了她一眼，他知道這妮子權力熏心，自從老皇帝復辟以來一直籌謀著想要組建神策府，今天終於變成了現實，忍不住道：「這下可遂了你的心願。」

七七聞言，臉上笑容倏然收斂，冷冷道：「當初勸我從長計議的是你，現在勸我重啟神策府的也是你，究竟遂了誰的心願，咱們心中都明白。」

此時有人通報，卻是當朝丞相周睿淵前來恭賀，七七和胡小天停下說話，連忙相迎。

這邊周睿淵剛到，太師文承煥也接踵而至，這些在朝廷上舉足輕重的人物之所以放下架子過來，還不是看在永陽王的面子上。

整個上午都在忙著迎來送往接應不暇，幾乎康都有頭有臉的人物全都來了，沒來的也送上賀禮。眼看就要到了正午時分，外面通報道：「天機局洪先生到！」

洪北漠是大康朝一個極其特別的存在，他身無官位，可是卻深得皇上寵幸，平時也不用參加朝會，但是在朝臣的心中仍然有著舉足輕重的地位，有些類似於他國的國師。

胡小天和七七都沒有想到洪北漠要來，當初神策府就是由洪北漠親手取締，現在他們重啟神策府等於是和洪北漠公然對立，他此次過來不知是何目的。

七七並沒有出迎，而是胡小天來到門外相迎。

來到大門外，卻看到洪北漠率領八名弟子前來，在他身邊的正是葆葆。

胡小天目光和葆葆相遇，唇角露出一絲笑意，葆葆俏臉微紅，當著洪北漠的面，必須要壓制住心中的情感。

胡小天拱手道：「洪先生親自前來，真是讓神策府蓬蓽生輝，小天這裡謝過了！」

洪北漠呵呵笑道：「老夫不請自來，還望胡統領不要見怪。」

「哪裡哪裡，請都請不到，小天心中真是喜出望外。」

兩人笑得都是極盡虛偽，洪北漠道：「老夫此來還特地給公主殿下備了一份厚禮。」

胡小天笑道：「公主殿下正在陪周丞相和文太師聊天，洪先生有什麼事情跟我說也是一樣。」胡小天這話的意思擺明了就是公主沒功夫招待你，有什麼事情你跟我說，同時也在嘲諷洪北漠還沒資格與丞相、太師相提並論。

洪北漠並沒有生氣，微笑道：「既然如此，那就請胡統領代為收下。」

兩名弟子將一塊蒙著紅布的牌匾送了過來，洪北漠親手揭開那牌匾，牌匾上卻是皇上親自題寫的神策府三個大字，洪北漠下令查抄取締神策府之後，將神策府的牌匾收走，今日他特地讓人將這塊昔日的牌匾找出來作為禮物送來，可謂是一份不小的大禮。

胡小天笑道：「洪先生這份大禮送來得有些遲了，神策府的匾額已經掛了上去。」

洪北漠望著神策府上方的匾額道：「這塊匾額怎可和皇上親筆題寫的相比？老夫既然送來了匾額，就不妨將好事做到底，阿生！將這塊匾額換上去。」

胡小天心中一驚，洪北漠果然善者不來，表面上是送禮，可他真正要幹的是摘下神策府的匾額，即便是掛上他送來的這塊匾額也是讓神策府灰頭土臉的事情。以後讓人說起，豈不是成了天機局摘下了神策府的招牌，又幫他們掛上去一塊，開張第一天就被人如此羞辱那可不行。

洪北漠身後一名中年男子走出，此人中等身材，白面無鬚，表情溫和，精華內斂，從外表上看平淡無奇，可是隨著此人一步步走近，胡小天卻感覺一股淵如山嶽的龐大能量緩緩迫近自己，心中不由得一怔，微笑道：「洪先生將匾額放在這裡就是，禮我們收下了。」

洪北漠笑道：「既然送禮就要顯出誠意，阿生，怎麼回事？讓你將牌匾換上去你沒聽到？」

阿生恭敬道：「是！」

胡小天正在考慮是不是要親自出手阻止的時候，卻聽到身後響起周默洪亮的聲音：「我們府主說過，牌匾放在這裡就可。」關鍵時刻卻是周默聞訊出來，正看到眼前劍拔弩張的一幕。

看到周默到來胡小天不禁放下心來，周默的武功渾厚霸道，早已躋身一流境界，有他擋住這位阿生應該沒什麼問題。

洪北漠笑瞇瞇望著眼前的一幕，今天他是有備而來，來了就不怕將事情鬧大，要讓這幫小輩知道天機局的厲害，更要讓這群趨炎附勢的朝臣明白見風使舵的後果。

阿生向前踏出一步，身體似乎明顯收縮了一下，周身的骨骼發出劈啪作響，然後身體的筋肉驟然繃緊，整個人如同被機弩激發的箭鏃，原地騰空而起，倏然射向神策府的大門，目標就是高懸大門之上的匾額，他要摘下匾額，當著大康達官顯貴的面狠狠羞辱一下這幫狂妄的小子。阿生離地而起的剎那，足下的青石地板從中龜裂開來，裂縫宛如蜘蛛網般向四周蔓延。

周默啟動雖然稍晚，但是他距離匾額的距離更近，後發先至已經阻截在阿生身前，阿生雙手屈起由左向右劃出兩道弧線，手臂曲張之間將一股渾厚的內力送了出去，淡然道：「請讓一讓。」

周默也是雙掌揮出：「神策府的事情就不勞外人大駕了。」

彼此手掌撞擊在一起，發出蓬的一聲悶響，兩股強大的無形內息相撞，將周圍空氣壓榨得排浪般向四周擠壓而去。宛如狂風大作，圍觀眾人衣袂飄起，武功稍弱者頓時感覺到呼吸為之一窒，不由自主向後接連退出幾步，方才感覺到胸口舒緩了一些。

周默和阿生在內力方面可謂是勢均力敵，彼此身軀都是一震，卻都沒有將對方成功震開，兩人從空中落到了地面，阿生溫和的表情此時突然變得凝重，他並沒有想到神策府內居然還藏著周默這樣一位高手。

洪北漠微笑望著門前的情景，輕聲道：「想不到神策府內也是臥虎藏龍呢。」

胡小天笑瞇瞇道：「沒有兩把刷子豈敢將神策府的招牌掛起來，不然豈不是什麼人都敢登門挑釁，什麼角色都敢過來拆我們的招牌。」

洪北漠點了點頭：「胡統領又何須客氣，老夫只是想送一份厚禮給你們，皇上御筆親書的招牌你們也嫌棄嗎？」

胡小天笑裡藏刀道：「不是嫌棄皇上的招牌，而是無需洪先生代勞。」

洪北漠微笑道：「老夫親自來送這份大禮，胡統領若是不肯收，老夫還真是顏面無光了。」他轉向對峙的兩人道：「阿生，這麼點小事都辦不好嗎？」

阿生向後退了一步，剛才臉上溫和的表情再也不見，雙臂緩緩張開，有如懷中抱月，逆時針緩步遊走，伴隨著他的動作，一股說不出的寒意向周圍侵襲而來，此時已經立夏，周圍眾人卻有種秋風乍起的感覺。

再看阿生身體周圍竟然冒出森森冷氣，一雙手掌也發生了奇怪的變化，從指尖開始被白色的冰霜所籠罩。

周默冷眼望著對方，突然發出一聲虎吼，這次他要先下手為強，向前跨出一步，然後以右腳為支點，騰空飛掠而起，虎軀躍起兩丈有餘，在空中右臂向後屈起，借著俯衝之勢，猛然向下方砸出一拳，這一拳凝聚了周默十成內力。

阿生也是一拳迎出，他的右拳在短時間內已經籠罩上一層厚厚的冰霜，陽光照射下晶瑩剔透，猶如冰雪雕琢而成，因為冰霜包裹的緣故，他的拳頭比起先前增大了一倍有餘。

雙拳撞擊在一起，聽到冰層的崩裂聲，包裹在阿生右拳外的冰甲被周默一拳震碎。

胡小天看在眼裡樂在心底，硬碰硬的拳腳比拚還真沒有幾個會是大哥的對手。

周默的一拳勢大力沉，加上他又利用了居高臨下之勢，可謂是占盡優勢，阿生雖然承受住他的一拳，可是雙腳卻因為周默強大的拳力而壓力倍增，足下青石寸寸斷裂，足見他身體承受的壓力何其之大。

雙拳接觸，冰甲碎裂，而在此時阿生的右拳猛然逆時針旋轉，被震碎成千百片的冰甲碎屑，宛如亂箭齊發，向周默激射而去。在這樣近距離的情況下發動襲擊，就算是一流高手也難以做出反應。

胡小天看到情況突然生變，不由得發出一聲驚呼，他並不知道阿生的這一拳名為冰爆拳，冰甲可以增加拳頭的威力，增強防禦，可是遇到真正高手之時，冰甲也會被對方擊碎，真正的殺招卻在冰甲碎裂之時，千百片碎裂的冰甲為內力驅動，近距離激射向對方的身體，是為冰爆。

周默在對方右拳擰動之時已經意識到不妙，迅速閉上雙目，左臂上揚護在雙目之前，擋住這最為脆弱的部位，周默修煉的一身橫練功夫，刀槍不入，雖然面臨凶險，卻仍然不見任何慌亂，任憑冰甲近距離射擊在他的身上，雖然穿透了他的衣衫，卻無法射入他堅韌的皮膚筋肉。

阿生卻趁著此時的良機閃電般欺至周默的身邊，包裹冰甲的左拳狠狠擊打在周默的小腹之上，他要一拳將周默擊倒在地，這一拳結結實實擊中了周默的小腹，周默的身軀卻不見絲毫晃動，左臂擋住密集的冰屑射擊，因為雙目緊閉看不到眼前的情景，但是他能夠感受到對手的存在，猶如猛虎下山般向阿生撲去，這次是以他的身體作為武器。

阿生躲閃不及被周默撞了個正著，周默被阿生的暗算激起了真怒，他的橫練功夫之強大，在於可以將身體的任何部分化為最具有殺傷力的武器。肩頭撞擊在阿生的胸口，阿生感覺如同被一塊千鈞巨岩擊中，再也立足不住，身體騰空飛起。

周默惱他下手陰狠，並沒有放過他的意思，緊隨其上，於空中照著阿生的胸膛接連兩拳，打得阿生悶哼兩聲，身體四仰八叉落入遠處圍觀的人群之中。

圍觀眾人看到有人落了下來，慌忙向四周散去，阿生眼看就要墜落到地面的時候，橫空一雙手臂伸了出去，將他抱在懷中，卻是洪北漠手下的一名藍衣武士，那武士身高臂長，相貌英俊，阿生雙腳終於落在地面上，臉色蒼白如紙，胸口一股熱流一直向上竄到咽喉，他好不容易才將衝口欲出的鮮血咽了下去，望著宛如天神般屹立於神策府門前的周默，緩緩點了點頭，此時連話也說不出來了。

洪北漠臉上雖然帶著笑意，可是笑容明顯不如剛才那般自在，他低估了胡小天手下的能力，這個周默竟然硬碰硬擊敗了天機局二十八宿之一的阿生，其實力就算放眼大康也已經是有數的高手之一了。

胡小天一旁冷笑道：「洪先生的手下好卑鄙啊！居然還用暗器！」

洪北漠此時仍然不見絲毫的怒氣：「胡統領誤會了，這可不是暗器，這叫冰爆拳，若是真正施展暗器，只怕這位勇士沒有取勝的機會。」

胡小天暗罵洪北漠不要臉，敗就敗了，哪有那麼多的理由，到這種時候還想拿遮羞布蒙臉，識時務者應當灰溜溜滾蛋才對。

此時一個悅耳的聲音傳來：「洪先生不妨請出你手下的暗器高手，讓我們見識見識！」

第四章

掌握自己的命運

胡小天瞇起雙目凝望空中的點點繁星，
經歷了這些事情，他已經完全改變了來到這個世上的初衷，
來到這個亂世，想要平靜地生活只不過是癡人說夢罷了，
若是想隨波逐流，最終必然會被他人掌控自己的命運，
唯有奮起反抗，才能真正將命運把握在自己的手中。

眾人齊齊循聲望去，卻見是永陽公主七七出現在大門處，和她一起出來的還有丞相周睿淵，太師文承煥。

洪北漠微笑道：「洪某參見公主殿下！」

七七冷冷道：「今天神策府重新開門，廣招天下賢士，為朝廷遴選才能，洪先生登門挑釁，卻是為了何故？」

洪北漠呵呵笑道：「公主誤會了，我今次前來乃是為了恭賀神策府破而後立，開門大吉，特地送上皇上御筆親書的牌匾，本想讓手下幫忙換上，怎奈胡統領曲解了我的好意。」

七七道：「洪先生的好意本宮心領了，這塊牌匾乃是由本宮親筆書寫，你這麼做的意思，是嫌棄本宮的書法登不得大雅之堂？」

洪北漠笑道：「公主殿下誤會了，老夫只是一片好意，既然如此，這幅牌匾就留在這裡，老夫心意已到，告辭！」他向周睿淵和文承煥微微頷首示意，轉身就走。

身後響起七七的聲音道：「洪先生不請出你手下的暗器高手，讓我等見識見識嗎？」

洪北漠的腳步卻未曾停留，微笑道：「公主面前豈敢放肆，他日自有機會請公主欣賞。」

望著洪北漠一行人遠去的背影，七七俏臉之上籠上一層嚴霜，周睿淵和文承煥兩人對望了一眼，彼此都流露出只可意會不可言傳的目光，洪北漠竟敢公然來到這裡挑釁，可見其居功自傲囂張到了何等地步，大康王朝妖孽層出不窮，除掉了一個姬飛花，又多了一個洪北漠，可見大康的氣運的確走到了盡頭，眼前的這種局面，絕不是單憑一人之力可以扭轉的。永陽公主雖然聰明，可是畢竟年齡尚幼，在朝中的根基勢力較淺，能有今日的權勢全都依靠皇上為她撐腰。

至於她的這個未婚夫婿胡小天，並不為周睿淵等人所看好，因為金陵徐氏的事情，皇上對胡家的真正態度究竟如何還不得而知，別看胡家目前暫時風光，說不定哪天皇上心情不好就會跟他們秋後算帳。

洪北漠離去後，前來恭賀的嘉賓也都紛紛告辭，多數人對洪北漠還是非常忌憚的，胡小天笑容依舊，正在忙著送別之時，身邊周默忽然道：「府主，你看！」

胡小天舉目望去，卻見從正南方向，一片烏雲迅速向神策府的位置移動而來，可馬上又想到雲層不可能移動得如此迅速，定睛望去，方才發現那片所謂的烏雲乃是一群烏鴉組隊而成，黑壓壓一片，成千上萬的烏鴉轉瞬之間已經來到了神策府的上方。

烏鴉在當今的時代往往代表著不吉利，通常和喜鵲盈門相互對應，尤其是喜慶開業之類的時候，若是烏鴉登門就預示著禍事降臨。

胡小天雖然不信這些，可是周圍人大都相信，看到眼前烏雲壓頂的局面，胡小天的表情也變得凝重起來，他敢斷定，這成千上萬隻烏鴉絕不是湊巧來到這裡，而是有馭獸師有意操縱，這件事應該是洪北漠授意而為。

烏鴉組成的黑雲將神策府上方的天空籠罩，遮天蔽日，烏雲壓頂，前來捧場的賓客看到眼前情景也不由得為之色變，一個個匆匆告辭。

七七仰首凝望著頭頂盤旋縈繞的烏雲，美眸中閃爍著凜冽的殺機，她咬牙切齒道：「都給我聽著，將這些孽障全都給我射死，一個不留！」

胡小天來不及阻止，七七手下的那幫護衛就已經彎弓搭箭向天空中射去，一時間羽箭紛紛射入烏群陣列之中，數十隻烏鴉中箭之後淒慘鳴叫著墜落下來，這下如同捅了馬蜂窩，原本在空中盤旋的烏鴉在同伴被射殺之後，瞬間被點燃了仇恨，一隻隻從半空中俯衝而下，瘋狂攻擊下方的人群。

就算加上前來恭賀的嘉賓，神策府目前也不過只有五百餘人，這天上的烏鴉至少有十倍之數，而且還在不斷增加。再加上現場不懂武功的大有人在，看到這鋪天蓋地發起攻擊的烏鴉已被嚇得膽戰心驚，捂著腦袋只顧逃命，現場頓時亂成一團。

到處都是烏鴉淒厲的聒噪聲，黑色的羽毛在空中四處翻飛，神策府內外瀰漫著一股血腥混雜鳥屎的味道，熏人欲嘔。

胡小天保護七七返回府內暫避，周默和展鵬率領一眾武士在外面驅散烏鴉，其實這些烏鴉並沒有太大的殺傷力，只是這樣一搞，弄得天昏地暗，原本神策府開張大吉的喜慶事弄得大煞風景，七七和胡小天自然顏面無光。

七七返回白虎堂，氣得俏臉煞白，緊咬銀牙，狠狠在茶几上拍了一記，怒道：「洪北漠實在過分，竟敢這樣羞辱於我！」

胡小天走了過去，一探手從七七頭上捏下一根烏鴉的羽毛，七七怒視他道：「你不生氣？」

胡小天笑道：「事已至此，氣有何用？洪北漠那老烏龜深得皇上的信任，就算你去皇上那裡參他一本，皇上也未必肯降罪於他。」

七七道：「這件事不能這樣就算了。」

胡小天道：「君子報仇十年不晚，咱們神策府剛剛組建，論實力還無法和天機局抗衡，更何況我們也沒有證據可以證明這些烏鴉就是洪北漠所操縱。」

七七點了點頭，決定聽從胡小天的奉勸，暫時忍下這口氣。

夜幕降臨，胡小天和父親並肩站在博軒樓上，胡不為也聽說了日間在神策府發生的事情，低聲歎了口氣道：「永陽公主讓你出來擔任神策府的府主，等於將你推出來公然和洪北漠對立了。」

胡小天微笑道：「她心機頗深，從頭到尾都是在算計和利用我，這次的婚約應該也是她和皇上的計畫。」

胡不為憂心忡忡道：「西川之行風險重重，我擔心皇上會對你不利。」

胡小天瞇起雙目凝望空中的點點繁星，經歷了這一連串的事情，他已經完全改變了來到這個世上的初衷，來到這樣一個亂世，想要過上無憂無慮的平靜生活只不過是癡人說夢罷了，若是想隨波逐流，最終必然會被他人掌控自己的命運，唯有奮起反抗，才能真正將命運把握在自己的手中。胡小天道：「我始終看不透皇上真正的想法，他到底是不是真的想扶植七七。」

胡不為道：「從他的種種表現來看，似乎想要將帝位傳給永陽公主，讓她成為大康第一位女皇。」

胡小天道：「也許只是為了掩人耳目而故布疑陣，千萬不可低估了他的謀略，連姬飛花這種聰明絕頂的人物都栽在他的手裡。」

胡不為目光閃爍：「你擔心連永陽公主都只是他的一顆棋子。」

胡小天道：「若是他當真想要全力扶植七七，洪北漠也不敢做出如此囂張的事情，我實在是想不透，洪北漠為何會對他如此忠心？」

胡不為搖了搖頭道：「洪北漠身世神秘，關於他的身世鮮有人知。」

胡小天道：「我本以為皇上想通過婚姻籠絡咱們胡家，進而將金陵徐氏拉到同一艘船上，可是他馬上又派我前往西川，證明他給我這個駙馬身分根本就是為了這次出使做準備。」

胡不為道：「如果僅僅是派你出使，應該不用花費這麼大的精力，難道皇上另有所圖？」他眉頭緊鎖，霍然圓睜雙目道：「不好！」

胡小天點了點頭，父親應該猜到了老皇帝真正的目的。

胡不為道：「難道他想借著這次的西川之行將你除掉？」

胡小天道：「很有可能，目前能夠讓大康儘快走出困境的方法只有一個，那就是收復西川！」

胡不為道：「不錯，唯有收復西川方才能以西川儲備的糧食緩解整個大康的糧荒。可是李天衡野心勃勃，他絕不肯輕易將西川拱手相送。」

胡小天道：「爹，如果你是皇上，你會怎麼做？」

胡不為撫鬚望月，沉思良久方才道：「西川雖然在李天衡的掌控之中，可是他過去以勤王之名獨立，也算是師出有名，現在皇上重新奪回皇位，他卻遲遲沒有表明態度，顯然是不肯重新納入大康版圖，向皇上俯首稱臣，這麼做勢必會讓西川的不少將士心中產生迷惑。若是李天衡死了，那麼收復西川也未必沒有可能。」

胡小天點了點頭道：「不錯，殺掉李天衡就等於成功了一半，西川臣民心中他們仍然是大康的子民，李天衡若是伏誅，臣民就理所當然地回歸大康，皇上巴不得將李天衡殺之後快，又為何派我前去傳旨封王？以他的智慧難道不清楚若是封李天衡為王，就等於給了他一個光明正大的理由？皇上絕不會那麼糊塗。」

胡不為道：「李天衡也巴不得皇上死去，若是皇上死了，他手中的周王就可以發揮巨大的作用。」

胡小天點點頭道：「若是駙馬被李天衡所殺，那麼他就坐實了謀逆罪名。」

胡不為握緊雙拳重重在憑欄上砸了一下道：「老匹夫當真陰險歹毒，竟然想出這樣一箭雙雕的毒計。」想起兒子被皇上如此設計，胡不為怒火填膺，對他再無半點敬意。

胡小天道：「一直以來，皇上都是在故布疑陣，什麼借糧都解決不了大康根本的問題，唯有收回西川方才可以讓大康轉危為安。」

臨行之前，胡小天特地來到父母的住處辭行，老爹一早就被請去了戶部，只有母親在，胡小天到的時候母親正和慕容飛煙聊天，兩人相處看來極其融洽，一邊說話還不時發出笑聲，看到胡小天進來，慕容飛煙止住笑聲，起身道：「徐夫人，我先走了，不耽擱你們娘倆聊天。」

徐鳳儀點了點頭，慕容飛煙和胡小天擦肩而過時，目光都未向他看上一眼。

胡小天的目光追逐著她的倩影，直到慕容飛煙身影消失門外，方才轉向母親。

徐鳳儀當然能夠看出兒子的失落，微笑道：「怎麼？鬧彆扭了？」

胡小天笑道：「那倒不是，就是感覺她這兩天在故意疏遠我。」

徐鳳儀道：「飛煙個性很強，你和永陽公主訂親的事情對她來說是個不小的打擊，不過為娘還是能夠看出，她心底仍然喜歡著你，關心著你，剛才就在和我聊你的事情呢。」

胡小天樂呵呵道：「娘，都聊我什麼？」

「聊你癡癡呆呆十六年，突然就變聰明了！」

胡小天苦笑道：「豈不是揭您兒子的短處。」

徐鳳儀笑道：「蒼天有眼，還給我一個聰明伶俐，智勇雙全的兒子，當初他們周家還退了咱們的婚事，現在讓他們後悔去。」

胡小天暗自汗顏，徐鳳儀永遠也不會有機會知道，自己只是借了這個軀殼重生而已，他的意識和頭腦根本就不是那個傻子。前往西川的凶險胡小天和父親全都藏在心底，胡小天當然不想母親擔心，所以徐鳳儀雖然心中有些不捨，可是並沒有當初胡小天出使大雍之時那種生離死別的感覺。今天胡不為特地提前離開，目的就是為了淡化離愁，讓妻子以為兒子的這趟行程並不是什麼了不得的大事。

徐鳳儀拿出一封信道：「這是你爹留下的，讓你到了西川親手交給李天衡。」

胡小天鄭重接過，胡不為和李天衡交情匪淺，如果沒有龍燁霖的謀朝篡位，或許兩家早已成為了一家，在胡小天前往青雲任職之時，李天衡就讓手下的首席謀士張子謙前往調查這個未來女婿，足見他對這門親事的重視，後來胡小天護送周王前往燮州，又被李鴻翰困住，如果當時沒能從西川脫身，卻不知最後結局又會怎樣。

徐鳳儀道：「咱們胡家和李家畢竟訂婚在前，你現在雖然蒙皇上看重，將永陽公主許配給你，成為大康未來的駙馬，可有些事情還是必須要說清楚的，皇上封李天衡為王，也就是說以後李天衡和你爹很可能還是同殿為臣，就算做不成親家也沒必要傷了和氣，這封信裡面你爹已經將所有的事情寫得明明白白，你去西川見到李天衡之後，也要好好向他解釋。」

胡小天點了點頭道：「娘放心，孩兒知道應該怎麼做。」

徐鳳儀道：「飛煙已經決定要隨同你爹前往羅宋，我本想勸她留下來陪我，奈何這小妮子性情倔強得很。」

胡小天笑道：「她走這一趟也是好事，朝廷已經知道她從皇陵被人救走的事情，目前已經下了海捕公文，將她列為要犯，留在康都勢必凶險重重。」

徐鳳儀歎了口氣道：「你去看看她吧，今次一別，下次相見不知何年何月。」

胡小天點了點頭，辭別母親之後來到慕容飛煙暫住的地方，看到慕容飛煙就站在院落之中，似乎一直都在等待著自己。

胡小天輕輕咳嗽了一聲，用來引起慕容飛煙的注意。

慕容飛煙並沒有回身，輕聲道：「這兩日我始終都在想著在青雲的事情，忽然發現那時候才是我這一生中最快樂的時光。」

胡小天道：「這世上不如意的事情實在太多，想要偏安一隅，享受寧靜和快樂這麼簡單的事情卻都成為奢望。」

慕容飛煙慢慢轉過身來，美眸之中淚光閃爍：「一路珍重！」

胡小天抿了抿嘴唇，大步走上前去將慕容飛煙的嬌軀擁入懷中。

慕容飛煙俏臉緊貼他的面頰，顫聲道：「答應我，一定要平安回來！」

胡小天重重點了點頭：「你也一樣！」

剛剛離開康都城的西門，天空就淅淅瀝瀝落下雨來，胡小天暗叫晦氣，出師不利是不是意味著他此次的行程充滿波折？熊天霸騎著大黑馬從後面追趕上來和胡小天並轡而行：「三叔！下雨了，咱們要不要避一避？」

胡小天道：「不必，穿上雨具，繼續趕路。」

眾人穿上蓑衣戴上斗笠，此次他們共有二十六人前往西川，包括三駕馬車，除了一輛為楊令奇乘坐，其餘兩輛全都是途中所需的乾糧和輜重。

胡小天本以為是一場短暫的陣雨，卻想不到雨越下越大，等到十里長亭的時候，已經變成了瓢潑大雨，就算有雨具防身也不免被打濕衣衫，胡小天不得已下令眾人進入長亭避雨。

來到長亭內，卻發現已有兩人在亭內休息，讓胡小天詫異的是，這兩人居然還是老熟人，一位是蒙自在，一位是秦雨瞳。胡小天闖入腦中的第一個念頭就是秦雨瞳是專程為自己送別的，不過從兩匹馬上的行囊來看，兩人又像是出遠門的樣子。

蒙自在看到胡小天不由得哈哈大笑道：「真是巧得很，想不到在這裡居然遇到了胡統領！」

胡小天拱手行禮道：「蒙先生，您這是往哪裡去？」

蒙自在笑道：「從哪裡來到哪裡去，京城雖然繁華，卻不是老夫的故鄉，老夫要回西川青雲黑石寨。」

胡小天笑瞇瞇望著秦雨瞳道：「秦姑娘是來送蒙先生的？」

秦雨瞳淡然道：「我陪師伯一起過去。」

胡小天呵呵笑道：「那豈不是說咱們一路！」

蒙自在詫異道：「你也要去西川？」

胡小天點了點頭道：「正是！蒙先生和秦姑娘若是不嫌棄，大家結伴同行可好？途中相互也好有個照應。」

蒙自在撫鬚笑道：「好，當然是最好不過。」秦雨瞳沒說話，看她的樣子似乎也不反對。

說話間雨已經停了，眾人一起重新上路，胡小天請蒙自在上了楊令奇的車子和他同坐。

秦雨瞳雖然是男子裝扮，可是她仍然以黑紗敷面，胡小天放緩馬速和她並轡而行，對秦雨瞳的裝扮頗有些好奇，她曾經數次送人皮面具給自己，以她易容的本事，弄一張人皮面具戴上很容易，可為何從未見她戴過？今天在長亭相遇也實在巧合，胡小天認識秦雨瞳時間已經不短，可是對這個神秘的少女仍然知之甚少，只知道她是玄天館主任天擎的得意門生，想起和秦雨瞳初次相識的情景，兩人相識於青雲，當初秦雨瞳還主動要求隨隊護送周王。

想起此前的種種，胡小天不由得產生了疑心，甚至懷疑這場長亭巧遇乃是他們的精心安排。

秦雨瞳率先打破了沉默：「胡統領此次前往西川所為何事？」

胡小天微笑道：「賀壽！」

秦雨瞳道：「李天衡的五十壽辰的確是轟動天下的大事。」

胡小天道：「秦姑娘去西川又是為了什麼？」

秦雨瞳道：「胡統領是不是在懷疑我們另有目的？」

胡小天呵呵笑道：「怎麼會？」其實他被秦雨瞳戳穿了心思，他的確懷疑秦雨瞳他們的動機。

秦雨瞳淡然道：「既然抱有疑心，又何必虛情假意地邀我們同行，胡統領不怕我們跟著壞了你的大事。」

胡小天笑道：「秦姑娘這話說得真是有趣，你倒是說說看，我有什麼大事？」

秦雨瞳並沒有回答他的問題，輕聲道：「忘了恭喜你，現在你已經是大康未來的駙馬爺了。」

胡小天道：「沒什麼好恭喜的，娶了公主，等於請回一個祖宗，摸不得碰不得，打不得罵不得，我可不認為是什麼喜事。」

秦雨瞳道：「這話最好別讓永陽公主聽到，不然她一定會要你好看。」

胡小天道：「山高皇帝遠，我現在想說什麼就說什麼。」

胡小天很快就發現了和秦雨瞳蒙自在同行的好處，蒙自在與楊令奇同車，和楊令奇接觸之後非常欣賞這個年輕人的才華，進而產生了惜才的念頭，看到楊令奇雙手殘廢興起了同情心，主動提出為楊令奇治療左手，蒙自在的治療方法就是用金針將黏連的筋肉分離開來，這樣可以恢復楊令奇部分的手指功能，可是想要根本性的改善，必須要將斷裂的肌腱重新縫合。通過蒙自在的治療之後，楊令奇的左手功能已經恢復了一部分，這為胡小天以後進行手術創造了便利的條件。

此次前往西川正如胡小天預料的那樣順風順水，他料定了老皇帝不可能在途中對自己動手，幾乎能夠斷定抵達西州之後危險方才拉開序幕。秦雨瞳生性冷淡，雖然和胡小天一路同行，兩人卻很少交談，就這樣一行人順順利利抵達了西川境內。

越過蓬陰山，也就到了分道揚鑣的時候，胡小天向西北前往西州，而秦雨瞳和蒙自在則要前往西南方向的青雲。

胡小天本以為秦雨瞳要和蒙自在一起離去，卻想不到走的只是蒙自在，秦雨瞳繼續與他同行前往西州，這讓胡小天越發懷疑起她的動機，送走蒙自在，胡小天忍不住問道：「秦姑娘也去西州？」

秦雨瞳點了點頭。

「這麼巧？」

秦雨瞳道：「是不是又在懷疑我別有用心？胡大人儘管將心放踏實了，雨瞳前往西州乃是為了和師父會面。」言語之間明顯在譏諷胡小天多疑。

胡小天訕訕一笑：「秦姑娘不要誤會，能與姑娘同行實屬求之不得，只是到了這裡不由得想起你我相識的種種，在下有件事心中始終都不明白，秦姑娘當年為何要從燮州匆匆離去？」

秦雨瞳道：「原來胡大人始終惦記著當年發生的事情，是不是因為雨瞳當年的不辭而別而耿耿於懷呢？」

胡小天呵呵笑道：「我可不是那麼小氣的人，只是有些想不通罷了，以我對秦姑娘的瞭解，姑娘應該是看破紅塵世事的那種，清高孤傲，當年何以會對朝廷的事情感興趣呢？」

秦雨瞳冷冷道：「你很瞭解我嗎？」

一句話將胡小天噎住了。

胡小天雖然認識秦雨瞳時間不短，可是瞭解兩個字絕談不上，想了一會兒方才答道：「秦姑娘是個好人。」

秦雨瞳道：「一個人的好壞絕不能用外表來判斷，任何事情也不能只看表面，春風得意馬蹄疾，可這種時候卻往往最容易馬失前蹄。」

胡小天微笑道：「秦姑娘在暗示我什麼！」

秦雨瞳道：「胡大人多心了！」她說完縱馬向前方飛奔而去，轉瞬之間已經在遠方的天際成為一個小黑點。

胡小天望著秦雨瞳遠去的身影不由得搖了搖頭，身後熊天霸和梁英豪兩人同時趕了上來，熊天霸道：「三叔，秦姑娘怎麼走了？生氣了嗎？」

胡小天輕聲歎了口氣道：「我怎麼清楚，女人心思比六月天變得更快。」

梁英豪道：「府主，要不要派人跟上去？」

胡小天搖了搖頭道：「不用，她做事理智得很，是走是留她心中明白。」

秦雨瞳此去並未回頭，胡小天一行順風順水來到了西州，他們這群人都是第一次來到這裡，胡小天雖然曾經在西川青雲為官，可是未曾來得及到西州拜會未來的岳丈，就發生西川兵變，想起當初逃離西川的驚險情形仍然歷歷在目，如果不是西川神醫周文舉仗義相救，只怕自己根本沒有逃出燮州返回大康的機會，當然還要多虧了秦雨瞳送給自己的人皮面具。

西州乃是西川首府，也是大康西南最大的城池，城牆高闊，城外有幕清河環繞，河水從怒沙江引流而來，當初築城的工匠巧妙利用了當地的山勢，地勢的落差造成水流湍急，成為西州最大的屏障，西州四周群山環繞，因為山形像極了七位老人，被稱為七老山，在山峰之上駐紮了不少的軍隊，可以第一時間發現外敵入侵，若是西州有難，駐紮在七老山的軍隊會在第一時間內前往城池增援，構築成西州的鋼鐵防線。

西州城牆無論高度還是寬度都可與皇城康都相提並論，據當地人所說，西州城牆之上可以容納四輛馬車並排行進。

胡小天一行隨著熙熙攘攘的人群來到西州東門，門前數十名盔甲鮮明的士兵正在一絲不苟地檢查過往行人客商。

胡小天讓梁英豪上前將他們的身分說明，那群守門的士兵聽說之後，馬上通報當值守將。其實廣大西川將士的內心都迷惘得很，過去他們隨同李天衡從大康分裂出去，所打的旗號是替天行道，剷除逆賊，入京勤王，李天衡指責龍燁霖陰謀篡位，顛覆大康皇權，可謂是理直氣壯。可誰也沒有想到短短一年的功夫，皇位再次易主，這次是老皇帝重新登上皇位。

如果李天衡是他自己所標榜的忠臣，那麼就應該在龍宣恩重登大寶之後馬上率部回歸，可是李天衡卻遲遲沒有做出明確的表態，正是因為他這種曖昧莫名的態度讓西川的軍民感到迷惘，甚至不清楚他們現在還究竟是不是大康的子民。

在多數人心中，西川還是大康的一部分，至少李天衡並未公開謀反稱王，大康的周王殿下如今還在西川，李天衡專門為他修建了西川最為豪華的周王府。

大約過了一袋煙的功夫，東門守將劉義慌忙過來相見，大步來到胡小天的面前，拱手道：「不知欽差大人到來，有失遠迎還望恕罪。」

胡小天微笑道：「將軍客氣了，我等奉皇上之命前來西川，專程為了恭賀李大人五十壽辰。」

劉義滿臉堆笑道：「欽差大人裡面請，末將已經讓人前往通報李將軍。」

胡小天一行進入西州城不久，就看到前方一對黑甲騎士迎面而來，為首一名將領身材魁梧，騎在馬上猶如一道黑色閃電般飛馳而來，正是李天衡的長子李鴻翰，胡小天和李鴻翰在當年逃出西川的時候就打過交道，當時李鴻翰將他困在燮州行宮，如果不是周文舉捨身相救，恐怕他根本沒有離開西川的機會。

李鴻翰在距離大康使團約有三丈之處勒住馬轠，胯下烏雲驄發出一聲嗚律律的鳴叫，胡小天胯下的小灰也跟著江昂江昂叫了起來。前來的西川將士看到眼前的場面不由得笑了起來，胡小天胯下所騎的這匹應該是頭騾子吧？怎麼都是一位欽差大臣，居然坐騎如此寒酸，當真好笑之極。

李鴻翰有些不滿地向周圍掃視，一干手下對他非常敬畏，顯然意識到此時不應發笑，一個個畏懼地將目光垂落下去。

李鴻翰的目光落在胡小天的臉上，唇角流露出淡淡笑意，在馬上抱拳道：「原來是胡大人，果真士別三日，刮目相看。」他語氣冷淡，其中隱含著些許的不屑。

胡小天笑得卻如春風般溫暖，抱拳還禮道：「李大哥好，我這次是奉了皇上之命專程來給李伯伯拜壽的。」他這句話既點明了我此次前來是為了公事，同時又提醒了李鴻翰，胡李兩家是世交的關係。

李鴻翰聞言，神情頓時緩和了許多，微笑點了點頭道：「先去驛館休息吧，回頭我會安排父親和你見面。」

兩人對當年發生在燮州的事情全都隻字不提，其實都心領神會。

在禮數上李鴻翰還算做得周全，率領手下武士將胡小天一行護送到宣寧驛館，驛館方面也做足了準備，明顯可以看出他們已經準備了不少的時日，並不是倉促應對，胡小天由此推測出西川方面應該早就已經得到了他們要來這裡賀壽的消息。

李鴻翰安排胡小天一行入住之後，並沒有逗留，辭別胡小天之後離去。

胡小天這邊剛剛安頓下來，就有一位昔日的老熟人過來拜會，此人正是西州長史張子謙。早在胡小天在青雲擔任縣丞之時，他就和張子謙相識，只是那時張子謙是代表李天衡過來考察他這個未來女婿的，那時龍燁霖還未篡位，李天衡還未割據自立，西川仍然屬於大康治下，短短的一年多時間內卻發生了天翻地覆的變化。

胡小天對張子謙還算是有些瞭解的，知道張子謙乃是李天衡手下的第一謀士，這些年為西川的經略出謀劃策奉獻了不少力量。張子謙現在過來絕非是為了跟自己聊敘舊情，其真正的用意就是打探自己前來西川的目的。

胡小天已經換上便裝，讓梁英豪將張子謙請到自己的房間內相聚。

張子謙未著官府，身穿葛黃色儒衫，手持羽扇，笑瞇瞇步入房內，人還未進入房間內，洪亮的聲音就先傳了進來：「胡老弟，真是想煞我也！」

胡小天早已起身靜候，快步迎向門前拱手行禮道：「晚輩給張先生行禮了。」

張子謙大笑伸手握住胡小天雙手道：「南橋頭二渡如梭，橫織江中錦繡。」

胡小天微笑道：「西岸尾一塔似筆，直寫天上文章。」

兩人所對的正是初次相逢，張子謙扮成老漁翁載胡小天一行過河前往青雲的對子，張子謙對此記憶猶新，正是這幅對子讓他對這個年輕人的才華深深嘆服。

兩人同時大笑，胡小天道：「難為張先生還記得這幅對子。」

張子謙道：「千古絕對，豈能輕忘，這段時間老夫時常念起胡老弟的才華，康都事變之後，就失去了胡公子的下落，當時老夫托人到處打聽，卻始終沒有結果，正在擔心之時，方才聽說胡老弟在康都落罪的消息，真是讓老夫好不擔心啊！」他聲情並茂，表情顯得極其真摯，胡小天卻心如明鏡，熱情只限於表面，他們現在立場不同，可謂是各為其主，張子謙可不會擔心自己的死活。

在官場上摸爬滾打的時間久了，胡小天對其中的感悟自然就深了許多，大家玩得就是個虛偽，你若真實你就敗了。

胡小天微笑道：「多謝張先生為我擔心。」

張子謙道：「後來才聽說胡大人入宮代父受過，此等孝義當真是感天動地。」

胡小天道：「過去的事情已經過去了，張先生就不必再提了。」

張子謙點了點頭道：「不錯，不錯，老夫見到胡老弟一時激動有些口不擇言了，失言之處還望胡老弟多多海涵。」

胡小天笑道：「張先生和我乃是故交，何須對我如此客氣。」

此時手下人送上香茗，胡小天請張子謙用茶。

張子謙喝了口茶，終於將談話轉入正題：「不知胡老弟此來所為何事？」

胡小天道：「兩件事，一是來為李將軍賀壽，二是奉了皇上的命令傳一道旨意給李將軍。」

張子謙緩緩將茶盞落下，向胡小天湊近了一些，低聲道：「胡老弟可不可以透露一下，皇上的這道聖旨裡面的內容是什麼？」

胡小天本可以直接拒絕張子謙，可是他並沒有這樣做，看了看周圍，故作神秘道：「皇上的聖旨我可不敢偷看，不過皇上的意思我多少聽說了一些，不瞞張先生，皇上是要封李將軍為王！」

其實老皇帝要封李天衡為王的消息早已通過種種管道散播出去，這也是老皇帝的一個計策，他要讓天下人都知道我對你李天衡恩重如山，自從明宗皇帝之後，大康就再也不封異姓為王，龍宣恩等於破除了固守數百年的規矩。在這種狀況下你李天衡如果還想謀反，就證明你狼子野心，是亂臣賊子，在天下人面前抬不起頭來。

張子謙點了點頭，臉上喜形於色道：「如此說來還真是大好事，真要早些告訴李將軍知道呢。」

胡小天道：「還請張先生儘早安排我和李將軍見面，將皇上的旨意傳達給他，也早些完成我此行的任務。」

張子謙歎了口氣道：「胡老弟，真不巧，難道你不知道李將軍不在西州嗎？」

胡小天聞言一怔，剛才見到李鴻翰的時候他對此事隻字未提，李天衡不在西州？還有七天就是他的壽辰，從周圍列國各大部落前來給他賀壽的嘉賓不少，難道李天衡真要放那麼多人的鴿子不成？胡小天對張子謙這番話深表懷疑，但是表面上並沒有流露，略顯遺憾道：「果然不巧，難道李將軍不準備做壽嗎？」

張子謙笑道：「胡老弟不必擔心，距離將軍的壽辰還有七日，他肯定會在二十三日之前回來。」

胡小天心中暗自冷笑，老狐狸，你這是擺明了讓我在壽辰之前見不到李天衡，留給你們多一些時間來考慮應對之策。

張子謙道：「胡老弟還未來過西州吧，這次過來一定要多盤桓幾日，好好遊覽一下這裡的山山水水，等忙完將軍的壽辰，老夫一定抽些時間多陪陪胡老弟，你我剛好可以談天說地，舞文弄墨，不亦快哉。」

胡小天呵呵笑道：「好啊！好啊！」心中卻暗忖，我跟你一個糟老頭子可聊不出什麼花樣來，不過張子謙的話看來是一句都不能當真，老傢伙是代表李天衡的利益而來，在自己面前極盡虛偽。

胡小天道：「張先生，小天有一事相求。」

張子謙道：「胡老弟請說。」

胡小天道：「我曾經有位舊友，他乃是有西川神醫之稱的周文舉，聽說他人在西州，只是不知具體的下落，還望張先生能夠幫我打聽一下。」

張子謙滿口應承下來。

西川城北閱江樓，開國公李天衡負手站立在閱江樓的七層，從這裡可以看到遠方的怒沙江，洶湧澎湃的怒沙江在這樣的角度看來顯得溫柔婉約，在七老山的峽谷中蜿蜒流轉，夕陽下如同一條金色的飄帶，聽不到濤聲，看不到波浪，傍晚的風就像少女溫軟柔膩的手掌輕輕撫摸著面頰的肌膚，李天衡愜意地閉上雙眼，他喜歡這樣孤獨的感覺，彷彿天地間只有他一個，他凌駕於萬眾之上，只要他願意可以讓山川崩塌，可以讓江河改道，可以改變任何一個人的命運。

身後傳來矯健有力的腳步聲，李天衡微微皺了皺眉頭，單從腳步聲他已經聽出來人是他的長子李鴻翰，雖然李天衡還沒有見到兒子，卻已經猜測到了他此時的心情，鴻瀚仍然欠缺沉穩，腳步節奏明顯比平時要急促得多，來到自己身後的時候方才開始放慢。

李天衡沒有轉身，目光仍然投向遠方夕陽下的江水，低聲道：「距離容易讓人產生錯覺，站在閱江樓上，怒沙江彷彿平整如鏡，如果不到江畔，是不會看到它真實暴虐的一面。」

李鴻翰並沒有父親那樣的閒情逸致，忙裡偷閒，一個人在閱江樓上眺望遠方江景，他躬身抱拳道：「父親，大康使臣到了。」

李天衡點頭低聲道：「你啊，總是專注於家國大事，卻從不留意身邊風景。」

李鴻翰不知父親這句話是什麼意思，想了想，笑了笑道：「這閱江樓孩兒來了不下一百次，就算閉上眼睛也知道可以看到什麼。」

李天衡轉過身來，深邃的雙目盯著兒子英武的面龐：「大千世界，萬事萬物，無時無刻不在發生著變化，即便是剎那之間，景物也全然不同，更何況春夏秋冬，斗轉星移。」

李鴻翰道：「孩兒的境界比不上父親。」

李天衡笑著搖了搖頭，他雖然是大康赫赫有名的武將，可是卻生得非常儒雅，膚色白皙，劍眉朗目，頷下三縷長髯為他平添了幾分飄逸若仙的味道。

李鴻翰道：「朝廷派來的欽差是胡小天！」

李天衡輕輕哦了一聲，並沒有流露出任何詫異的表情，康都內有他的眼線，老皇帝的一舉一動，都會有人在第一時間內通報給他。李天衡道：「這孩子不簡單呢，當初來西川的時候，我就知道他非常了得，卻沒有想到他擁有這麼大的能量。」他停頓了一下，歎了口氣道：「他和無憂本該是天造地設的一對。」

李鴻翰道：「父親未免高看了他，他們胡家現在還不是要看著皇上的臉色過日子，別看他們暫時風光，說不定什麼時候就會失寵落難。」

李天衡緩緩搖了搖頭：「他現在已經是大康未來的駙馬了，皇上派他前來到底是什麼用意？」

李鴻翰正想說話，卻聽有人通報，原來是張子謙到了。

李天衡道：「鴻瀚，你去安排一下，務必要以貴賓之禮相待，千萬不要讓他們覺得咱們有所慢待，這兩日還會有許多嘉賓陸續前來，你一定要做到平等對待，不可讓任何一方感到咱們有所偏頗。」

李鴻翰點了點頭，他本想和父親說些事情，可是張子謙的到來讓他失去了這個機會，他知道父親的性情，在他和張子謙這位首席幕僚談話之時，不喜任何人在場，即便是親生兒子也不例外。

李鴻翰離去的時候和張子謙走了個對面，恭敬行禮，張子謙不但是西川首席幕僚，還是他的老師。

張子謙微笑頷首示意。

李天衡向張子謙招了招手：「子謙兄，我一直都在等著你的消息呢。」

張子謙笑道：「讓主公久等了。」

李天衡故意板起面孔道：「跟你說過多少次，你我單獨相處時以兄弟相稱。」

張子謙道：「君臣、主僕、父子、師徒，這些禮節是不能亂的。」

李天衡道：「我不跟你這個老夫子辯駁，快說說你得到的情況。」

張子謙道：「和此前我們瞭解到的情況相符，胡小天此來乃是為了皇上傳旨，要封主公為王！」

李天衡點了點頭，轉身再度望著遠方，過了好一會兒方才重重拍了拍憑欄道：「皇上對我果然恩寵有加，居然打破近兩百年的規矩，破例封我為異姓王，此等恩德何其隆重，讓我如何敢當。」

張子謙道：「主公當真準備接受皇上的冊封？」

李天衡道：「聖旨未到，已經傳得天下皆知，皇上是在用綱常來綁架我，逼我就範，若是我不答應，就會給我扣上一頂亂臣賊子的帽子，讓我為千夫所指，遺臭萬年。」

張子謙道：「大康天災不斷，國內多地鬧起糧荒，百姓流離失所，單單是我西川新近收納的難民就有百萬之多，大康國情實已到了山窮水盡舉步維艱的地步。」

張子謙所說的這一切，李天衡何嘗沒有意識到，他點了點頭道：「大康必亡無疑。」

張子謙道：「我們能夠認識到，皇上又怎能意識不到，人在這種時候往往會做出破釜沉舟的選擇。」

李天衡道：「所以他才想出封王的辦法，想讓我率部重新回歸大康，不費一兵一卒將西川重新納入大康的版圖。」

張子謙道：「您會答應嗎？」

李天衡沒有回答張子謙的問題。

張子謙也沒有等待他的答案，低聲道：「主公絕不會答應！」

第五章

絕世妖孽

薛靈君如同秋水般嫵媚的眼波在霍格的臉上掃了一下，
唇角飛起一絲極具誘惑的笑意，單單是這一笑，
就將霍格勾得七魂不見了六魄，只差沒把鼻血噴出來了。

李天衡目光一亮，其實他的心底早已有了答案，只是他卻沒有一個冠冕堂皇的理由。

張子謙道：「大康走到今日乃是多年弊制所累，絕非一日之過，可謂是積重難返，主公忠君愛國，就算是率領西川臣民重返大康，其結局必然是舉西川之力，救大康於水火之中，西川雖然蒙上天眷顧，連年豐收，可是西川所儲備之糧絕對無法緩解大康之難，屬下舉一個例子，西川只是一個孩童，雖然擅長水性，可有能力在江河之中自保，卻無能挽救大康這個溺水的巨人，若是勉強去救，必然面臨同歸於盡的下場。主公應當斷然拒絕皇上的冊封，當機立斷和大康劃清界限，即便是承擔一時的罵名，但是可以避免西川百姓陷入水火之中。」

李天衡緩緩點了點頭，張子謙無疑教給了自己一個冠冕堂皇的藉口，我拒絕大康皇上的冊封不是為了我個人，乃是為了西川的百姓。李天衡道：「若是我公然拒絕了他的冊封，恐怕就會坐實謀逆的罪名，子謙兄，西川的多半百姓心中還認為是大康的子民，即便是我手下的這幫將士，有不少人也心向大康，我擔心真要是走到了這一步，會讓許多人心生不滿，若是因此而發生動亂，又該如何收場？」

張子謙道：「皇上做出這一步的抉擇，必然是經過深思熟慮之後的計畫，也許他就希望出現主公所說的局面。」

李天衡道：「必須有個萬全之策，若是接受了他的冊封，但是我仍然固守西川，拖得一時就是一時。」

張子謙道：「等待絕不是辦法，周王這張牌始終沒有發揮他應有的作用。」

李天衡緩緩點點頭：「謀事在人，成事在天，皇上的氣運實在超乎我想像。」

張子謙歎了口氣道：「想不到龍燁霖這麼快就會落敗。」機會稍縱即逝，其實在龍燁霖登基之初，張子謙就提議讓李天衡捧周王龍燁方上位，可是李天衡權衡之後還是決定暫緩這一計畫，等到他覺得時機成熟，準備捧周王上位之時，老皇帝卻又復辟成功，可謂是錯過了最佳時機，所以才會導致目前如此尷尬的局面。

李天衡的內心遠沒有表面上那樣平靜，正如他剛才所說，西川並非鐵桶一塊，過去臣民之所以忠於他，是因為他打著勤王忠義的旗號，現如今老皇帝重新登上皇位，自己卻沒有第一時間回歸大康，他的真實用心已經為很多人覺察到。自從老皇帝復辟之後，李天衡都在忙於鞏固自身的統治，但凡發現有對自己不滿的將領，不是處死就是免職，可以說西川軍中變動極大。

張子謙道：「聽聞大雍的使臣這兩日也會抵達西州，主公的這場壽宴驚動了不少大人物。」

李天衡冷笑道：「大雍薛勝康一直都對大康土地虎視眈眈，他的用心我何嘗不知，無非是想穩住西川，先攻打大康，接著就會向我們發起進攻。」

張子謙道：「大雍今時今日的實力的確稱得上是中原之霸，放眼中原大地，並沒有可以與他一戰者。」

李天衡道：「我西川四面環山，易守難攻，他若是敢來，我便放手跟他一戰，看看最後究竟鹿死誰手！」

張子謙道：「主公當真打算接受皇上冊封的王位？」

李天衡道：「雖然我心中不想，可是若是不接受他的冊封，又怎能堵住天下悠悠之口。」

張子謙心中暗自感歎，李天衡這個人關鍵時刻終究還是優柔寡斷了一些，他太在乎自己的名節，既然想做一方霸主，又何必立這些虛假的牌坊，搞得掩耳盜鈴一樣，就算你現在對大康俯首稱臣，別人也不會將你視為功臣，也同樣不會名垂青史，張子謙道：「主公，我有句話不知當說還是不當說。」

李天衡道：「你我之間無所不談，我視你向來如同兄長一般，有什麼話你只管說出來。」

張子謙道：「當斷不斷，必受其亂！我認為主公應當到了和大康徹底劃清界限的時候。」

李天衡眉頭緊鎖：「不是不想，而是我覺得還不到時候。」

張子謙道：「大康之所以落到如此的狀況，和皇上的昏庸統治有著脫不開的關係，主公何不趁機推周王上位，讓周王寫一封討伐詔書，歷數皇上的罪名，何謂民心，民以食為天，只要能讓百姓吃飽穿暖就可讓他們效忠於您。」

李天衡的表情複雜而糾結，過了好久方才歎了口氣道：「容我再想想，容我再想想。」

張子謙道：「封王只是朝廷的第一步，若是此次封王不成，他們必然再生出其他的主意，主公千萬要看清局勢，大康已經到了沒有退路的境地，想要苟延殘喘，就必須拿下西川。」

康都城內烏雲密佈，這場雨已經接連下了十一天，京城內澇嚴重，連皇宮的不少地方都開始積水，龍宣恩站在景德宮外，望著正在院中忙著排澇的宮人們，不禁眉頭緊皺。

洪北漠在此時到來，恭敬道：「陛下為何不進宮早些休息，這些事讓宮人們去做就是。」

龍宣恩搖了搖頭，聲音沉重道：「城內的情況怎麼樣？」

洪北漠道：「京城到處積水嚴重，水深的地方已經可以淹沒成人，不少地方可以行舟。」

龍宣恩抬起頭看了看昏沉沉的天色，雨仍然在淅淅瀝瀝的下著，他喟然長歎，轉身走入景德宮內。

洪北漠跟著龍宣恩走了進去，龍宣恩道：「連老天都不幫朕，天災不斷，難道真想將朕逼入絕境嗎？」

洪北漠道：「陛下放心，臣夜觀天象，明日就應該放晴。」

龍宣恩歎了口氣：「你看得透陰晴圓缺，卻無法將之改變。」

洪北漠唇角現出一絲無奈的笑意：「陛下，這些事情的確是臣無力改變的。」

龍宣恩喃喃道：「天命難違……」他的情緒的確有些低落。

洪北漠道：「臣剛剛得到消息，胡小天已經抵達了西州。」

龍宣恩點了點頭：「再有五天就是李天衡的壽辰了，胡小天有沒有將朕的旨意傳達過去？」

洪北漠道：「還未聽說李天衡接受聖旨的消息，也許胡小天仍未見到李天衡。」

龍宣恩雙目流露出陰沉沉的光芒：「李天衡會不會抗旨不尊？」

洪北漠道：「不排除這種可能，他手中所倚重的就是周王，這是一張他隨時都可以向我們發難的王牌。」

龍宣恩抿了抿嘴唇：「事不宜遲，必須剷除後患。」

洪北漠道：「陛下放心，西州方面已經佈局完畢，只要陛下一聲令下，即刻就可以展開行動。」

龍宣恩道：「李天衡壽宴之時，就是他壽終正寢之日。」

抵達西州之後，胡小天及其屬下全都繃緊了神經，因為對老皇帝的目的有所覺察，胡小天不敢有一絲一毫的大意。來到西州三天，全都足不出戶，除了練功就是休息。

他通過射日真經將部分內力輸送給了霍勝男之後，感覺丹田氣海的壓力減輕了不少，再沒有發生過內力相互衝突的狀況，當然他無法確定究竟是射日真經還是李雲聰教給他的《菩提無心禪》起到了作用。

內力方面胡小天已經無需修煉，對他而言更需要的是如何將丹田氣海中強大的內力減弱一些，以免自身的丹田經脈無法承受過於強大的內力。平時胡小天的修煉花費在劍法方面的精力更大一些，誅天七劍的招式已經被他使得爐火純青，只是劍氣外放仍然達不到隨心所欲的境地，儘管如此成功率比起過去也是大大提高。

至於須彌天臨行之時教給他的靈蛇九劍，胡小天已經將全套劍法完全吃透。兩套劍法都是上乘武功，一剛一柔，風格迥異。

清晨胡小天正在練劍之時，看到楊令奇急匆匆走了進來，他將大劍藏鋒隨手插在了地上，拿起掛在樹枝上的汗巾擦了擦臉上的汗水，笑道：「楊兄，這麼早！」

楊令奇道：「剛剛去外面轉了一圈，打聽到一些消息。」

胡小天道：「什麼消息？」

楊令奇道：「大雍使團也已經抵達了，聽說這次是燕王薛勝景親自過來賀壽。」

胡小天聽到薛勝景的名字不由得一怔，薛勝景乃是他的結拜大哥，這次幸虧霍勝男沒有一起前來，不然若是被薛勝景識破身分，豈不是又要帶來一場大麻煩。想起他和霍勝男一路從大雍逃亡而歸，途中接連遭遇追殺，那些殺手很可能就是薛勝景所派，胡小天不由得有些惱火。

楊令奇道：「李天衡這次的壽宴動靜很大，據說不僅僅是大康，黑胡、沙迦甚至南越都派來了使臣前來恭賀。」

胡小天道：「你儘快調查清楚他們來的都是什麼人，以及住在什麼地方。」

楊令奇笑道：「已經調查清楚了。」他將寫好的名單地址遞給了胡小天，通過蒙自在的途中治療，楊令奇左手的功能恢復了不少，雖然無法完全恢復正常功能，但是已經可以提筆寫字，當然書法和他過去不可同日而語。

胡小天看到楊令奇的那隻手，抿了抿嘴唇道：「楊兄，等咱們返回康都，我就想辦法幫你再治療一下。」

楊令奇笑道：「已經很好了，過去雞爪子一樣，什麼事情都做不了，現在至少可以握持，還可以寫字了。」

胡小天心中暗歎，想不到蒙自在居然做了一件大好事。自己最近實在抽不出時間為楊令奇做手術，等他們返回康都，首先就要解決這件事情，希望楊令奇終有一天可以重新握筆書寫丹青。

胡小天看了看名單，楊令奇的這份名單大都是道聽塗說，自然談不上完整，不過使團的負責人都應該沒有什麼謬誤，統率大雍使團的是燕王薛勝景，黑胡方面派來了八王子完顏天岳，沙迦方面來的居然也是胡小天的結拜兄弟霍格，他還有一個身分是李天衡其中一個女兒莫愁的丈夫，身為女婿過來給丈人拜壽也算得上是天經地義，至於南越方面過來的親王胡小天並不熟識。

胡小天笑道：「不錯啊！居然有我兩位結拜兄長在內，看來我要去登門拜會了。」

楊令奇提醒他道：「府主，這裡畢竟是西州，凡事還是要小心謹慎，依當前局勢來看，李天衡態度曖昧未明，或許他未必肯接受陛下的冊封，倘若發生這種狀況，我們的處境就危險了。」

胡小天真正擔心的卻不是李天衡，對李天衡而言，自己只是一個可有可無的小人物，即便是頂著大康欽差外加大康未來駙馬的光環，可兩國交兵還不斬來使呢，更何況大康和西川一脈相承，西川到目前為止還沒有明確獨立呢。若是老皇帝想將這把火燒向自己，自己不妨多拉幾個墊背的，讓老傢伙投鼠忌器，想要對自己不利之前也必須要三思而後行。

胡小天準備出門拜訪薛勝景之際，卻見熊天霸從外面走了進來，風風火火道：「三叔，有一群沙迦人到咱們這兒來了，看樣子來者不善，要不要我去打發了他們？」

胡小天馬上聯想起沙迦十二王子霍格，笑道：「我去看看。」

胡小天來到外面，果然不出他的所料，來人正是沙迦十二王子霍格。霍格比上次相見之時膚色黑了許多，滿面虬鬚，相貌粗獷，見到胡小天，他哈哈大笑起來：「兄弟，果然是你！」

胡小天也呵呵笑道：「大哥，想不到你也來了！」

霍格上前伸出手和他相握：「兄弟比我上次見你時健壯了，也越發英俊了。」

胡小天笑道：「大哥比我見你的時候更加魁梧了，也更有王者之氣了。」兩人相視大笑。

胡小天卻知道霍格此人看似粗獷豪放，其實心思縝密，不然沙迦可汗桑木札也不會對他如此看重，屢次將出使西川的任務交給他負責。

霍格坐下之後，從腰間噌的一聲抽出匕首，站在胡小天身後的熊天霸吃了一驚，正準備衝上去保護三叔，卻聽胡小天咳嗽了一聲，笑道：「大哥還將這匕首隨身攜帶啊。」原來這柄匕首正是他們結拜之時相互交換的信物。

霍格道：「兄弟送給我的東西，我自然極其珍視，時時刻刻都將這柄匕首帶在身上，每次見到匕首就如同見到了兄弟一樣。」說得情真意摯。

胡小天卻不相信，他笑道：「大哥送給我的短刀我並沒有隨身帶著，我對那柄短刀格外珍惜，平時都深鎖在家裡的地庫之中，不過每到月圓之日，我就會將那柄刀拿出來，睹物思人，就像見到大哥一樣。」這廝才是信口開河，其實那柄刀早讓他轉送給了慕容飛煙。

霍格暗罵這小子虛偽，若是當真珍視自己的禮物，肯定會時刻攜帶在身上，胡小天這麼說十有八九是把他的那把刀不知扔到了哪裡。

胡小天道：「大哥，我雖然知道沙迦會有使團過來，可是並不知道是大哥親自前來呢。」

霍格道：「兄弟難道忘了，西川乃是我妻子的娘家，李將軍乃是我的岳父。」

胡小天佯裝糊塗，拍了拍自己的腦門道：「你看我這記性，居然連這件事情都忘了。」他微笑道：「大哥，我嫂子可好？這次有沒有跟隨你一起從沙迦過來？」

提起妻子，霍格滿臉都是溫暖的笑意，有些情感是藏不住的，看得出他對這位妻子應該是相當滿意，霍格道：「本來她是要跟我一起同來，親自向父親大人拜壽的，可是她剛剛有了身孕，不宜長途奔波，只能作罷。」

胡小天道：「嫂子懷孕了？」

霍格點了點頭，一臉的自豪。

看到別人想到了自己，胡小天不由得想到，自己跟須彌天，霍勝男都有了多次親密接觸，不知她們到底有沒有誰懷上了自己的骨肉，須彌天應該不可能，她武功高強，而且每次和自己歡好之後都利用內力將自己的東西從體內逼出去，這級數的高手如果真心想要避孕那還不是輕而易舉。反倒是霍勝男希望應該很大，射日真經不但將內力傳給了她，同時也附贈了她一些自己的東西，很可能已生根發芽了呢。

霍格看到胡小天突然走神，還以為胡小天觸景傷情，想起他也差點成為李天衡女婿的事情，如果不是大康發生政變，或許他們已經成為連襟了。霍格道：「我聽說兄弟現在已經成了大康未來的駙馬，和大康永陽公主訂下了婚約？」

胡小天點了點頭道：「確有其事。」

霍格歎了口氣道：「兄弟和無憂妹子看來是有緣無分啊！」

胡小天道：「此事陰差陽錯，回頭我見到李將軍會當面向他說明這件事。」

霍格道：「愚兄實在是有些不明白，當初兄弟為何會從夔州不辭而別呢？」

胡小天心中暗忖，你不明白才怪，當初你出使的目的地明明是康都，卻轉而和西川李氏結盟，還成為了李天衡的女婿，由此可見，李天衡早就有了自立之心，沙迦和西川早已暗通款曲。這些心知肚明的事情沒必要說破，胡小天歎了口氣道：「不瞞大哥，當初之所以選擇不辭而別，實屬無奈，皆因我父母落難，身為人子當以孝道為先，我豈能眼睜睜看著親生父母置身困境而不顧，就算是歷盡千難萬險，我也要前往大康，盡全力營救父母雙親，就算搭上我的性命也不在乎。」

霍格讚歎道：「果然是一條好漢子，不枉你我相交一場。」

胡小天道：「只顧著聊天，忘了一件重要的事情，大哥還沒吃飯吧，咱們這麼久沒見，今天一定要好好喝上一場。」

霍格笑道：「為兄正有此意。」

胡小天道：「驛館旁就有一家聞名西州的酒樓，咱們去嘗嘗。」

霍格連連點頭，胡小天讓梁英豪即刻前往百味樓訂位子，自己和霍格隨後就到。因為百味樓就在驛館對面的街道上，所以兩人並未乘車，選擇步行前往，方才走出驛站，就看到一輛馬車朝著他們的方向過來了。

胡小天停下腳步，有種預感這輛車是衝著自己來的，那輛馬車果然來到他身邊停下。聽到一個嬌柔嫵媚的聲音道：「胡小天，你答應我的事情始終沒有兌現，這次我看你往哪兒逃？」

胡小天聽到這聲音不由得為之一怔，聽聲音分明是大雍長公主薛靈君，不對啊，不是說大雍過來拜壽的那個是薛勝景嗎？怎麼變成了薛靈君？

車簾緩緩掀開，薛靈君那張妖嬈動人的俏臉從中顯露出來，雖然她也是一身的男裝打扮，可只要不是瞎子就能夠看出這是個風情萬種的女人，更何況她的聲音絲毫不加掩飾。

胡小天呵呵笑了起來：「君姐，果真是你嗎？」

薛靈君衝著胡小天甜甜一笑，嬌滴滴道：「不是我，還會有誰呢？」

霍格在一旁看著，一雙眼睛都要看直了，他雖然見過無數美女，可是像薛靈君這種騷媚入骨的女人還是第一次見到，霍格此次前來拜壽，也有一月未曾親近女色，見到薛靈君這種極品女人，感覺心底發熱，內心中原始的慾望頓時升騰起來。

薛靈君如同秋水般嫵媚的眼波在霍格的臉上掃了一下，唇角飛起一絲極具誘惑的笑意，單單是這一笑，就將霍格勾得七魂不見了六魄，只差沒把鼻血噴出來了。

薛靈君嬌柔道：「小天，這大鬍子是誰？好生無禮，居然這麼看著我。」

霍格這才意識到自己失態，慌忙將右手放在心口行禮。

胡小天看到霍格失魂落魄的樣子心中不禁有些想笑，這廝看來也是個好色之徒，他為薛靈君引薦道：「君姐，這位乃是沙迦王子霍格。」他本想將薛靈君的身分告訴霍格。可薛靈君向他使了個眼色，顯然是不想暴露自己的身分。胡小天馬上意會，向霍格道：「這位是我的遠方堂姐胡靈君。」他倒是省心，直接讓薛靈君跟了他姓。

薛靈君掩住櫻唇，一舉一動，一顰一笑，無不盡顯女人的嫵媚風情，將霍格已經迷得七葷八素，連北都找不到了。聽聞胡小天兩人是去喝酒，薛靈君道：「小天，我可還餓著肚子呢。」

「那就一起去吧！君姐若是願意大駕光臨，實乃我等的榮幸。」霍格迫不及待道。

薛靈君聽到他討好自己的這番話，卻突然將俏臉一板，冷冷道：「王子殿下叫我什麼？」

霍格被她弄得一怔：「君姐……」在他看來自己和胡小天是結拜兄弟，胡小天既然叫薛靈君為君姐，自己當然也應該這樣尊稱她，的確沒有褻瀆她的意思。

薛靈君瞪了他一眼道：「看你的樣子應該快四十歲了，居然稱呼我為姐姐，真是佩服你的眼光。」

別看霍格一臉大鬍子，長得老相，其實他今年才二十五歲，薛靈君事實上的確比他大。霍格被美人兒當面呵斥，鬧得臉皮發熱，別人臉紅就是臉紅，他膚色黧黑，臉一紅就變成了豬肝色。

胡小天見到薛靈君居然當面讓霍格下不來台，正想出言緩和下氣氛，卻想不到薛靈君又格格嬌笑起來，朝霍格飄了一個動人心魄的眼兒媚，嬌滴滴道：「王子殿下，跟你開個玩笑，你可千萬不要介意。」表情變化之快讓胡小天瞠目結舌。

霍格這會兒功夫已經是冰火兩重天，面對薛靈君這種風情萬種的美人，他一顆心都酥軟了，這才是女人，若是能將她納入房中，豈不是享盡人間豔福。咧開大嘴笑道：「胡小姐真是風趣呢。」這次不敢輕易套關係叫她君姐了。

胡小天趁機道：「君姐，一起去百味樓吃飯。」

薛靈君居然點了點頭，落下車簾道：「我先過去，咱們百味樓見。」

霍格望著遠去的車影，腦海中仍然是薛靈君薄怒輕嗔的嫵媚模樣，心曳神搖，至今無法平復，他向胡小天道：「兄弟，你這位堂姐果真是不可多得的一代尤物，美到了極致。」

胡小天心中暗笑，薛靈君最大的武器就是成熟女人的嫵媚風情，像她這樣的美貌女子並不少見，可是能夠將自身資源展示得淋漓盡致的，她卻是唯一。不知為何，胡小天想起了夕顏，那小妮子雖然也善於魅惑自己，可是夕顏的嫵媚和薛靈君又有著根本性的不同，夕顏表演的成份更多一些，不像薛靈君渾然天成，舉手抬足，自然流露，霍格對她的評價並沒有誇張。

霍格道：「兄弟，不知你這位堂姐有沒有嫁人？」

胡小天聽他問話就已經知道他對薛靈君產生了想法，微微一笑道：「我這位堂姐命不好，嫁人嫁過幾次，可丈夫都是新婚不久就暴斃身亡，無一例外，有高人給她算命，說她剋夫。」胡小天這麼說是想讓霍格知難而退，卻想不到霍格聽完感歎道：「如此美人，若是能跟她有一夕之緣，縱然身死也心甘情願。」

胡小天道：「大哥，有沒有搞錯，她是我堂姐噯！」

霍格道：「我不介意跟你親上加親！」

胡小天暗罵這廝臉皮夠厚，居然要占自己的便宜，當然薛靈君並不是他真正的堂姐，沙迦人性情向來奔放外露，霍格如此表現也算正常，胡小天提醒他道：「大哥說話還是小心一些，若是傳到您岳父的耳朵裡只怕不好。」

提到李天衡，霍格猶如被當頭澆了一桶冷水，整個人頓時冷靜了許多，嘿嘿笑道：「愛美之心人皆有之，我也只是說說，兄弟不要當真。」

談話間已經來到了百味樓，梁英豪已經提前訂好了位子，薛靈君的車馬也來到門前，看到他們兩人走了過來，推開車門走了下去，剛一亮相，就吸引了周圍人豔慕的目光，縱然是一身男裝打扮，依然掩蓋不住她誘人的女人味。

霍格的一雙眼睛幾乎就黏在了薛靈君的身上，壓根就忘記了他來百味樓的本來目的。

胡小天暗歎，薛靈君一舉一動、一顰一笑無不流露出勾引人的味道，別說霍格這種沒見過世面的蠻人，就連自己也感覺心底有些發癢呢。

百味樓並沒有雅間，這也算是風格之一，梁英豪辦事非常穩妥，已經為他們點好了冷碟，這裡的特色菜就是魚，產自怒沙江的野生鰱魚，一尾至少四斤以上，在魚池內當場挑選，由廚師即刻宰殺。用大鐵鍋燉上，輔以白嫩嫩的豆腐，脆生生的豆芽，紅豔豔的辣椒，色香味俱全，還未動筷子，已經讓人食欲大開。

胡小天叫了一罈百味樓自釀的西州白，這一年代勾兌技術尚未開展，純糧釀造的酒口感就是格外醇香。

三人共飲了三杯，魚雖然好吃，可是夠麻夠辣，霍格這個沙迦人明顯有些不習慣，額頭上已經佈滿了黃豆大小的汗珠，掏出汗巾不停擦臉。

反觀薛靈君卻沒什麼反應，夾起一顆紅豔豔的辣椒，櫻桃小口微微開啟，一口就將辣椒吃了下去，吃相雖然文雅誘惑，可是這吃辣的能力實在不容小視，居然是個如假包換的辣妹子。

霍格道：「好辣……」

薛靈君笑道：「這麼點辣都受不了，你是不是男人？」

霍格道：「我當然是……不過我就是害怕吃辣……」抓起茶盞，咕嘟咕嘟將茶水喝了個乾乾淨淨。

薛靈君搖了搖頭道：「果然是人不可貌相，長得高大威猛的未必是真漢子。」美眸瞄了胡小天一眼道：「口口聲聲說自己是太監的，居然是個純爺們！」

胡小天聽她這句話指東打西，不由得笑了起來：「君姐是說我呢。」

薛靈君端起酒盞，白嫩的手指將酒杯輕輕旋轉了一下：「胡小天，咱們乾上一杯，為你的謊話連篇。」

胡小天也不解釋，端起酒杯跟薛靈君共飲了一杯。

霍格眼巴巴望著兩人喝酒，發現自己居然被晾在了一邊，堂堂沙迦國王子居然被人無視，這種滋味很不好受，他端起酒杯道：「胡小姐，我也敬你一杯。」

薛靈君道：「你當初答應我的事情還沒做呢！」一雙妙目仍然望著胡小天，彷彿根本沒有聽到霍格的話。

霍格的一張面孔頓時又開始發紫了，太傷人了，自己這不是把臉主動湊上去讓人打嗎？霍格也不是傻子，隱約看出胡小天跟他的這位遠方堂姐之間好像關係很不一般。

胡小天笑道：「大哥，咱們兩人一起敬君姐一杯。」一來是迴避薛靈君的話題，二來是為霍格化解尷尬。

薛靈君這才陪同霍格飲了這杯酒。

霍格心中暗歎，美女果然天生帶著一股傲氣，其實薛靈君眼中是看不起霍格這個沙迦王子的，大雍和沙迦相隔遙遠，一直以來都缺少交往，在薛靈君眼中，沙迦人比起黑胡人還有不如，霍格長相粗獷，從見到她第一眼就表現得色授魂與，讓薛靈君很是鄙視。

人性往往就是這樣，你越是寵著她捧著她，她或許就越是看不起你，反倒是你不搭理她，故意冷落她，反倒容易引起她的興趣。

胡小天放下酒杯，微笑道：「君姐，我大哥有沒有來？」聽說大雍使團的首領是薛勝景，可是率先找上門來的卻是薛靈君，所以胡小天才有此問。

薛靈君美眸中蕩漾著些許幽怨：「沒良心的小子，看來分別這麼久，你心中根本就未惦念過我。」

胡小天頭皮一陣發麻，要說自己和薛靈君可沒熟悉到這種地步，在大雍之時胡小天就知道此女很不簡單，尤其是她深得其皇兄大雍皇帝薛勝康的信任，此次前來西川必有目的，說不定就是薛勝康派她前來也未必可知，你既然跟我來這套溫柔功夫，我也不必跟你客氣，有了這樣的想法，胡小天笑瞇瞇盯住薛靈君水汪汪的一雙眼眸道：「君姐，自從小天走後，心中無時無刻不惦念著你呢。」

薛靈君聽到他這麼說，俏臉之上蒙上幾分嬌羞，越發顯得魅惑眾生，從鼻息中哼了一聲道：「這還差不多，不過你向來滑頭，焉知你是不是騙我？」

「天地良心，我騙誰也不敢騙君姐。」

薛靈君掩住櫻唇巧笑顰兮道：「那我可不信。」

霍格一旁傻愣愣看著兩人，這兩人怎麼看都不像是堂兄妹，說起話來根本就是在打情罵俏，更讓霍格鬱悶的是，自己這麼大塊頭坐在這裡，居然被兩人無視，全然當成空氣了。霍格一時間也不知道應不應該插口，盯著面前的酒杯呆呆坐在那裡，早知如此，就不該跟著過來。可回頭一琢磨，不對啊，明明是這位胡靈君中途加入的。

胡小天意識到了霍格的尷尬，自然也不會將他當成空氣，微笑道：「大哥，咱們再敬君姐一杯。」

霍格總算有了點存在感，端起酒杯敬薛靈君，這會兒話都有些不會說了。

薛靈君朝他拋了個媚眼，嬌滴滴道：「大個子，你這麼拚命灌我酒，目的何在？」

霍格呵呵笑道：「只是表示敬意。」

薛靈君將櫻唇一撇，連不屑的表情都如此勾魂攝魄：「誰不知道你們這些男人，嘴上說得冠冕堂皇，心中都是一些齷齪下流的想法，說！是不是想將人家灌醉了，你們好為所欲為？」

霍格感覺熱血上湧，腦袋似乎都突然大了不少，真要是能將這位絕代尤物給灌醉了，老子只怕還真要把持不住，眼角的餘光看了看胡小天，發現這位結拜兄弟卻依然淡定自若，胡小天的定力分明要比自己強上許多，霍格心中悄悄提醒自己，紅顏禍水，此女絕對是絕世妖孽，千萬不能被她給迷惑住。

胡小天將那杯酒飲盡：「君姐放心，有我在這裡，誰也不敢對君姐有一絲一毫的非分之想。」

霍格聽他這麼說，心中一怔，暗忖，胡小天難道是說給自己聽的？這對堂姐弟處處流露出曖昧，難不成他們兩個是在自己面前聯手做戲？

薛靈君嬌聲道：「你當真願意保護我？」

胡小天笑著點了點頭，反正大家都是做戲，不妨做足全套。

薛靈君雙手托腮，柔情脈脈地望著胡小天：「若是有人對我無禮你會怎樣？」

胡小天笑道：「我就將他變成太監。」

薛靈君格格笑了起來，美眸翩翩在這時候看了看一旁的霍格，霍格感覺身下一股涼意，她看自己是什麼意思？難道是說我對她無禮？我的確是多看了她兩眼，可沒做什麼無禮之事。

薛靈君將酒杯放下，起身道：「我去去就來。」嬌軀一擰，宛如風中擺柳般離開了座位。

霍格望著她倩影，盈盈一握的纖腰和豐滿的玉臀組合成火辣至極的曲線，他不禁咕嘟吞了口口水，胡小天滿懷深意地望著他。

霍格訕訕笑道：「兄弟，她……她當真是你的堂姐？」

胡小天點了點頭，現在當然不方便揭穿薛靈君的真正身分。低聲道：「這次大哥的國師摩挲利有沒有一起同來？」

霍格搖了搖頭道：「他沒來……」話還未說完，卻被薛靈君的一聲尖叫打斷。

胡小天和霍格兩人循聲望去，卻見薛靈君俏臉緋紅，站在那裡，雙眸怒視鄰桌的幾名大漢。

那幾名大漢彷彿什麼都沒有發生一樣，仍然坐在那裡喝酒聊天，薛靈君指著其中一個身材魁梧的壯漢道：「是不是你摸我？」

胡小天頓時皺起了眉頭。

那身材魁梧的壯漢怪眼一翻，冷笑道：「小白臉，我對摸男人沒興趣，你是不是看我生得威武雄壯，很想讓我摸一下呢？」周圍幾名同伴全都哈哈大笑起來。

薛靈君咬了咬嘴唇，怒不可遏道：「你們幾個是不是不想活了？」

那壯漢冷哼一聲道：「既然想讓我摸，就滿足你的心願。」張開大手向薛靈君當胸抓去。

薛靈君嚇得尖叫一聲，慌忙向胡小天他們這邊撤退。

不過那壯漢只是故意嚇嚇她，大手伸到中途又縮了回去，哈哈大笑，周圍同伴笑得越發猖狂。

薛靈君一張俏臉因為惱怒由紅轉白。

霍格拍案怒起，指著那壯漢道：「混帳東西！光天化日之下竟敢如此猖狂！」

胡小天卻不慌不忙將面前的酒杯倒滿，他剛才雖背著身子，可是周圍的動靜並沒有逃過他的耳朵，薛靈君的那聲尖叫非常突然，在薛靈君尖叫之前，那幾名壯漢根本在聊著其他的事情，注意力並沒有放在她身上，胡小天敢斷定眼前一幕是薛靈君自導自演的一齣戲，這女人真是一個麻煩，越是漂亮的女人，麻煩也就越大。

薛靈君咬了咬櫻唇來到他們兩人身邊，俏臉上寫滿委屈，搖了搖頭，低聲道：「算了，他們人多！」

胡小天聽她這樣說差點沒笑出聲來，若是做戲你不妨做得像一些，與其說薛靈君是在勸他們息事寧人咽下這口氣，還不如說她在使用激將法。

霍格已經如同猛虎般衝了過去，一拳照著那壯漢打了過去，壯漢身體不見任何動作，身下的座椅卻向後平移出去，閃電般將他和霍格之間的距離拉遠。

胡小天微微一怔，行家一出手就知有沒有，那壯漢的武功非同泛泛，從他躲避霍格的攻勢來看，就知道絕對是一流高手。

霍格又是一拳揮出，壯漢揚起右手，兩根竹筷劃出一道清影，啪的一聲打在霍格的手上，霍格頓時感覺到腕骨欲裂，痛得他不禁皺起了眉頭。那壯漢手腕旋轉，手中竹筷繞過霍格的手臂，已經抵在了他的咽喉之上，微笑道：「王子殿下又何必衝動呢！若是讓李大帥知道他的女婿衝冠一怒為紅顏，不知他又會作何感想？」

霍格絕非魯莽之人，他之所以第一個衝上去為薛靈君出氣，無非是想要藉此來博得美人的歡心，而且在百味樓外就有他的手下。聽到對方直接點明了自己的身分，霍格瞬間冷靜了下來，這大漢不僅武功高超，而且似乎對他們的來頭已經清清楚楚。

胡小天至今仍未有任何動作，端起面前的那杯酒平靜自若地抿了一口，壯漢出手之快遠超他的想像，如果他手中不是筷子而是一把刀，只怕現在已經割破了霍格的喉嚨。那壯漢的話他聽得清清楚楚，他可以斷定對方應該不會傷害霍格。

薛靈君一雙美眸充滿幽怨地望著胡小天道：「還說願意保護我，甚至都不如你的這位大哥對我好。」

胡小天笑瞇瞇道：「我和大哥八拜為交，對天發誓說過要同生共死，若是有人膽敢對他不利……」他輕輕在桌面上一拍，放在桌上的筷籠騰空而起，然後胡小天揚起右手在虛空中劈斬了一下，一股無形劍氣從筷籠中間斬過，筷籠連同裡面的筷子全都被無形劍氣斬成了兩段，稀哩嘩啦散落一地。胡小天的劍氣外放仍然是時靈時不靈，不過今天關鍵之時居然漂亮地完成了這一系列動作，宛如行雲流水收放自如。

那群大漢看到胡小天竟然虛空一斬將筷籠劈成兩半，望著散落一地的半截竹筷，全都流露出震驚的目光，誰都沒有想到這小子年紀輕輕竟然已經達到了引無形內息為劍的地步。

制住霍格的大漢緩緩點了點頭，將竹筷從霍格的咽喉移開，起身道：「兄弟們，咱們走！」幾人頭也不回地離開了百味樓。

霍格雖然第一個衝了過去，可是一招沒過就被對方所制，原本想在薛靈君面前逞英雄，不料卻搞得顏面盡失，自然心灰意冷，他向胡小天抱拳道：「兄弟，我還有要事在身，先走了！」不等胡小天挽留，已經大步離開。

胡小天知道霍格惱羞成怒，這種時候勸他也不會回來。

薛靈君一雙妙目笑盈盈望著他，輕聲道：「你好厲害啊，難怪可以輕易擊敗劍宮邸慕白。」

胡小天笑道：「我這招是虛張聲勢，銀樣鑞槍頭，中看不中吃。」

薛靈君聽到他的後半句話也不禁有些臉熱，這小子雖然年輕，可看起來已經是個情場老手呢。薛靈君嬌滴滴道：「可是人家覺得你真的很厲害呢。」兩次誇讚胡小天厲害，這其中的含義大不相同，尤其是用她嬌柔軟糯的語氣說出來，更具有一番不同尋常的意味。

胡小天盯住薛靈君的雙眸道：「我厲不厲害，君姐怎麼知道？」

薛靈君暗罵這小子夠無恥，應該是看出了自己故意魅惑於他，居然以其人之道還治其人之身，轉而挑逗起自己來了，薛靈君嬌嫩的舌尖有意無意舔了舔櫻唇，美眸如絲，目光顯得格外迷濛，說話之時，胸膛起伏的幅度明顯增加了不少：「我是你君姐，你有什麼花花腸子我怎能不知道？」

胡小天為她斟滿了面前的那杯酒：「這杯酒給君姐壓壓驚。」

薛靈君端起酒杯，彷彿才想起了什麼：「你那位結拜哥哥走了。」

胡小天道：「男人都愛惜面子。」

薛靈君道：「他還不錯，至少第一時間衝上去為我出頭。」

胡小天笑道：「君姐還在埋怨我，要不我現在出去將那幾名大漢全都閹了。」

薛靈君啐道：「你說話可真是粗俗。」

胡小天道：「聽他們的口音好像都是北方人呢，君姐從大雍來，應該能夠聽出他們來自何處吧？」

薛靈君聽他這樣一說，臉上的笑容倏然收斂，秀眉微顰，顯得有些不開心：「你這話是什麼意思？」

胡小天笑容不變道：「沒什麼其他意思，只是覺得君姐跟我們開了一個不大不小的玩笑。」

薛靈君柳眉倒豎，鳳目圓睜，似乎已經生氣了，胡小天笑眯眯和她對望著，真當別人都是傻子嗎？那幾名大漢十有八九就是薛靈君的手下，剛才發生的一切，根本是薛靈君故意在佈局。

薛靈君凝望胡小天良久，突然格格笑了起來，揚起手中的酒杯跟胡小天碰了碰，然後抿了一口，小聲道：「還是你聰明，那個傻大個就沒看出來。」

胡小天道：「我也沒看出來。」

薛靈君哼了一聲道：「撒謊，你老實交代，到底是什麼時候猜到這件事的？」

胡小天只是笑而不語。

薛靈君催促道：「快說！」

胡小天道：「我說出來君姐可不許生氣。」

他越是這樣，越是勾起了薛靈君的好奇心，她自認為自己演技夠出色，剛才的表演應該毫無破綻，胡小天怎會發覺？點了點頭道：「你就說嘛！」

胡小天道：「我始終認為，以君姐的性情，應該喜歡男人摸才對！」

薛靈君感覺肺都要氣炸了，明明知道胡小天是故意在氣她，這次卻終於忍不住有些生氣，這小子在拐彎抹角地罵自己是個蕩婦嗎？她咬牙冷笑，冷不防一揚手，將半杯殘酒向胡小天的臉上潑去。

讓薛靈君意外的是，胡小天居然不閃不避，任憑她將這半杯酒全都潑在臉上，其實也沒有多少。這小子做事總是讓人出乎意料，薛靈君本來被他激起的怒火，這下煙消雲散了，非但煙消雲散反而還有那麼點的小理虧，明明是自己設局在先，被胡小天識破之後，又被他成功激起了怒氣，局面完全被胡小天掌控，在重逢之後的首度交鋒之中，薛靈君可謂是落盡下風。

胡小天被潑之後仍然嬉皮笑臉，彷彿被潑的不是他，伸出舌尖舔了舔唇角的酒漬，砸了砸嘴道：「香，真的很香！」

薛靈君望著胡小天的樣子，心中真是有些迷惘了，這小子的表現根本就是一個情場老手，可是在雍都之時，她曾經讓貼身侍婢劍萍試探過他，而且貼身為他沐浴，劍萍信誓旦旦地對她說過胡小天是個如假包換的太監，壓根就沒有子孫根，可後來大康傳來的消息卻說胡小天是個假太監，到後來胡小天甚至和永陽公主訂親成為了未來大康駙馬，這就讓薛靈君真正產生了懷疑，按理說老皇帝不可能將親孫女嫁給一個太監，難道他忍心將自己的親孫女一手推入火坑？可政治上的事情又怎能知道？為了自身的利益，又有哪個君主真正會念及到親情。

薛靈君笑靨如花道：「你這小子說出來的話沒有一句是真的。」說話間端起酒壺幫胡小天將他面前酒杯斟滿，等於間接表達了自己剛剛潑他的歉意。

胡小天道：「我對君姐可沒有任何欺瞞。」他端起酒杯喝了半口酒，遞給薛靈君道：「這酒的味道好像有些不對啊，君姐該不是在其中給我下藥了？」

薛靈君意味深長地望著他，以她的頭腦焉能看不出這小滑頭的目的，一報還一報，剛才自己用半杯殘酒潑他，現在他反過來逼著自己飲下他喝剩下的半杯殘酒，可謂是現世報。薛靈君本可以拒絕，可是轉念一想，若是拒絕豈不是等於甘拜下風？望著胡小天充滿挑釁的目光，薛靈君莞爾一笑，接過他遞來的酒杯仰首一飲而盡，輕聲道：「這酒沒什麼不對，是你多心了。」

胡小天一臉壞笑，這杯殘酒無論薛靈君喝與不喝都等於他占了上風，任你是大雍長公主，遇到我胡小天也唯有低頭的份兒。他故意道：「忽然想起了一件事，君姐這次有沒有帶劍萍一起過來？」他是故意提起劍萍，知道薛靈君上次派劍萍試探自己，而自己恰恰用提陰縮陽騙過了劍萍，即便是聰明如薛靈君肯定也會糊塗了。

薛靈君笑道：「你想那妮子了？其實我在大雍就已經看出你喜歡她，當時就要將她送給你，你還假惺惺地推辭，怎麼？現在又念及她的好處了？」

胡小天道：「劍萍的推拿手法真是不錯，想起上次她伺候我入浴的情景彷彿就在昨日呢。」

薛靈君美眸流轉道：「其實她會的那些全都是我教給她的。」分明在暗示胡小天，劍萍會的我全都會，而且我若是做起來肯定要比她更加地到位。

胡小天笑道：「有機會真是要好好嘗試一下呢。」赤裸裸的目光直視薛靈君，絲毫沒有顧忌。

薛靈君暗罵這小子夠無恥，她見過形形色色的男子，其中情場高手也有不少，可是沒有一個像胡小天這般老道，這般無恥，小小年紀怎會如此厲害？薛靈君今天可謂是極盡風情，施展了渾身解數，可胡小天卻絲毫沒有被她迷惑，但凡是個正常男人不可能不動心，結合此前劍萍告訴她的真相，薛靈君可以斷定胡小天是個真太監無疑。像薛靈君這種女人對自身魅力具有著相當的信心，正因為如此才會走入誤區。讚歎胡小天精明的同時，又不禁有些惋惜，不得不承認胡小天的身上充滿了許多吸引女性的魅力，可惜他的真身卻是一個太監。

薛靈君迷濛的目光漸漸變得清明，臉上的表情也開始變得矜持而高貴，再不像剛才那般嫵媚妖嬈，拿起酒壺將兩隻空杯添滿，輕聲道：「我二皇兄來了！」

胡小天佯裝驚喜道：「大哥來了，我理當去拜會他。」

薛靈君道：「他這兩日忙得很，只怕抽不出時間見你。」

胡小天道：「和李天衡會面嗎？」

薛靈君微笑道：「他的事情我也不清楚。」

胡小天端起酒杯跟她碰了碰道：「大雍這次真是給足了李氏面子，居然派出燕王和長公主兩位大人物過來為他賀壽。」

薛靈君道：「李天衡畢竟是一方霸主，據西川之利，現在的西川方方面面的實力只怕比大康還要強大得多。」

胡小天原本湊到唇邊的酒杯停頓下來，不屑道：「李天衡仍然是大康的臣子，西川仍然是大康的土地，難道君姐不知道這個天下皆知的事實？」

薛靈君道：「我聽說的卻是李天衡割據自立，西川已和大康劃清界限了。」

胡小天笑道：「君姐這次前來又是為了什麼？」

薛靈君道：「我聽說西川山靈水秀，所以特地跟二哥一起過來遊歷，不過二哥這次過來卻有重任在肩。」

胡小天道：「不是為了賀壽嗎？」

薛靈君道：「好像是商談和西川聯盟的事情呢。」她是故意拋出這個消息，看胡小天的反應。

胡小天表情淡然：「早這樣想就對了，聯盟好，大家都交好聯盟，最好整個中原成為一體，建立一個聯盟共和國那就最好不過了，何必爭來鬥去，打打殺殺。」

薛靈君有些愕然地望著胡小天，聯盟共和國？什麼東西？我怎麼從未聽說過？

胡小天心想就算我說了你也不懂，大雍此番派使團前來，名為祝壽，實際上卻是要聯盟西川，其用心不言自明，若是大雍當真可以和西川聯盟，大康就會面臨腹背受敵的局面，亡國之日必不久也。只是李天衡應該沒那麼傻，大雍皇帝薛勝康野心勃勃，他的雄心絕不止吞併大康疆土那麼簡單，滅掉大康之後，下一個目標說不定就是西川。胡小天道：「李家女兒倒是不少。」

薛靈君聽他突然冒出這樣一句話不由得愣了一下，旋即就明白了他的意思，格格笑了起來，美眸閃爍道：「我聽說你和李家的小女兒李無憂有過婚約？」

胡小天淡然道：「老黃曆了。」

薛靈君道：「水往低處流，人往高處走，你這麼聰明當然明白自己的選擇，娶公主當駙馬當然要威風得多。」

胡小天歎了口氣道：「當駙馬真的好嗎？怎麼我聽說駙馬不是受氣就是短命呢……」這番話脫口而出，卻在無意中觸及了薛靈君的痛處，她貴為大雍長公主，當年就曾經嫁給大雍才子洪興廉，新婚不到三月洪興廉就暴病而死，不到半年，洪興廉的父母兄弟接連身故，自此以後，薛靈君剋夫之名遠播，一代妖嬈尤物竟然被舉國上下視為洪水猛獸，即便是有人欣賞也只敢遠觀不敢接近。

薛靈君忍無可忍，咬牙切齒道：「胡小天，你當真是個小混蛋！」

胡小天剛才真是無心，卻想不到無心之言戳在了薛靈君的痛處，他笑道：「君姐何必跟我一般見識，小弟乃是無心之過。」

薛靈君道：「你就是存心故意的。」

胡小天道：「天色不早了，我送君姐回去。」

薛靈君氣哼哼站起身來，揚聲道：「結帳！」

胡小天笑道：「今天是小弟做東，理當由小弟來辦。」

此時那小二跑過來，笑瞇瞇道：「這位公子你們的帳已經結過了。」

胡小天不覺有些好奇，轉念一想應該是霍格離去之時會過了賬，這位結拜大哥做事還算慷慨，不知是不是衝著薛靈君的面子呢。

薛靈君氣呼呼上了馬車，關上車門，卻又將車簾拉開，一張迷死人不賠命的俏臉露了出來，朝胡小天勾了勾手指道：「你上來！」

胡小天道：「小弟還是騎馬護送……」

「讓你上來你就上來，少廢話！」

在一旁候著的幾名武士不禁莞爾，胡小天無奈搖了搖頭，將小灰交給了梁英豪，拉開車門坐了進去。

馬車內以粉紅的色調為主，顯得旖旎浪漫，一看就是女子所用，車廂內瀰散著淡淡的芳香，這些芳香來自薛靈君身上。胡小天還算恪守禮節，儘量靠著左側和薛靈君之間保持著大約兩拳的距離。

薛靈君美眸朝兩人之間撇了一下，看到中間的空隙，唇角不覺露出一絲淡淡的笑意，嬌軀一歪，翹臀輕輕挪動了一下，已經將兩人間的空隙填補，一股芬芳迫近了胡小天。

胡小天心中暗笑，欲擒故縱，難道這麼簡單的計策你都沒有看破？薛靈君啊薛靈君，既然你執意要跟我鬥法，那我就不客氣了，送上門的便宜不占白不占。

薛靈君近距離打量著胡小天，以她對男人的瞭解，真正能夠做到坐懷不亂的只有太監，一個人藏得再深，也藏不住眼中的慾望。

若說面對薛靈君這種妖嬈性感的尤物沒有一絲一毫的慾念根本是不可能的事情，胡小天又不真是太監，不過這廝的自控力還算出色。既然藏不住心底的慾望，不妨表現得更為肆無忌憚一些，胡小天也不閃避，事實上在狹窄的車廂內也避無可避，任憑薛靈君誘人的肉體依偎在自己的身邊，目光俯視透過薛靈君領口的暴露部分落在她雪白細膩的前胸之上，隱然可以看到渾圓起伏。

薛靈君自認為算得上瞭解男人，可是對這個年輕的小子實在是有些看不透，主要是劍萍當初的那番話讓她先入為主了，她對劍萍是極其信任的，劍萍不可能欺騙自己，正因為此才讓她格外迷惑，如果單從胡小天的種種表現來看，他絕對是個正常男人，而且還是個遊戲風塵的老手，可這小子實在太精明，隱藏得也實在太深。

第六章

平和的假象

薛西州的平靜並沒有因為列國使臣的到來而改變，
百姓生活富足安康，日子依然按照他們固有的節奏度過。
胡小天卻知道眼前的平靜祥和只是暫時的現象，
或許從李天衡的壽辰開始，一切就會發生天翻地覆的變化。

胡小天雖然美人在側，卻沒有被她迷惑住，表面笑嘻嘻的，實則卻傾聽著外面的動靜，追隨馬車的共有六名騎士，除了陪護薛靈君的四人，另外兩個是梁英豪和唐鐵鑫。剛才在百味樓遇到的那幾名高手應該並未隨行。

薛靈君附在胡小天耳邊吹氣若蘭道：「知不知道我為什麼要來西川？」

胡小天笑道：「君姐之前不是說過了？你是專程過來遊歷的。」

薛靈君小聲道：「其實人家是想你了，這次來西川是專門為了跟你會面的。」

胡小天暗歎這女人說謊臉都不紅，眼睛都不眨一下，從雍都到西州路途遙遠，薛靈君幾乎和自己前後腳抵達西州，必然先行出發，按照常理來推算，她應該至少提前半個月動身，而且要日夜兼程方才可以做到，現在說這種話誰會相信？胡小天道：「難怪說千萬不能欠女人的債，不然註定一輩子不得安寧，早知如此當初就應該在雍都幫君姐把重瞼術給做了。」

薛靈君看到這小子裝傻賣呆，自己說東他偏偏扯西，嬌滴滴道：「你知道欠我就好。」

胡小天道：「不如咱們挑時間幫你把重瞼術給做了，也省得君姐對此事念念不忘。」

薛靈君白了他一眼道：「我剛來西州，你就要讓我無法見人嗎？胡小天啊胡小天，你心腸很是歹毒啊。」

胡小天歎了口氣道：「我本將心向明月，奈何明月照溝渠，君姐誤會我了。」

薛靈君道：「你已經是大康未來的駙馬，心中哪還有這位苦命的姐姐。」言語間流露出無限哀怨，當真是我見尤憐。

胡小天正想說話，那馬車忽然停了下來，卻是已經到了大雍使團所在的驛館。

胡小天本想送薛靈君到這裡就回去，可薛靈君執意邀請他去裡面坐坐。

胡小天暗忖，既然到了大門口也不妨進去拜訪一下，燕王薛勝景畢竟是自己的八拜之交，雖然當初這廝曾經害過自己，可是此一時彼一時，自己今次來到西州，凶吉未卜，需要多聯繫一些助力，以粉碎老皇帝的陰謀。

跟著薛靈君走入了驛館的大門，迎面一名大漢走了過來，正是剛才在百味樓所遇的那個，胡小天並沒有猜錯，百味樓發生的那一幕正是薛靈君一手導演，既然那大漢現身，顯然薛靈君也不怕胡小天知道真相，她微笑介紹道：「這位是金鱗衛副統領郭震海，你們剛才已經見過面了。」

郭震海向胡小天抱拳行禮：「胡大人好，剛才失禮之處多多見諒。」

胡小天笑道：「郭副統領客氣了，你對我沒失禮，冒犯的其實是長公主殿下。」

郭震海暗罵這小子夠陰險，一句話就將火燒向自己，事實上，若非長公主授意，借他一百個膽子他也不敢做出剛才的行為。

薛靈君當然明白胡小天想要燒一把火的意思，格格笑道：「郭震海，我這個小兄弟就是喜歡開玩笑，算了，這裡沒你事了，你退下吧。」一句話就輕易為郭震海化解了尷尬。

郭震海離去的時候，薛靈君又想起了一件事：「對了，我皇兄回來了沒有？」

郭震海搖了搖頭道：「燕王爺剛才被請去了帥府，說是要用完晚宴才回來。」

薛靈君道：「李大帥設宴嗎？」說話的時候目光故意向胡小天看了看，意思是怎麼沒請你。

胡小天只當沒有領會她的意思。

周圍人退下之後，薛靈君邀請胡小天在園子裡坐下，輕聲道：「你抵達西川之後有沒有見過李天衡？」

胡小天搖了搖頭道：「還無緣相見呢。」

薛靈君道：「我在途中就聽到一個消息，不知是真是假？」

胡小天笑道：「君姐但說無妨。」

「我聽說你此次前來乃是為了封李天衡為王。」

胡小天點了點頭，此事並不是什麼秘密，早在老皇帝決定封李天衡為王之時，就將這個消息故意散佈出去，其目的就是在道義上給李天衡施壓，他此次的任務可謂是天下皆知。

薛靈君歎了口氣道：「李天衡割據自立，野心勃勃，難道你不怕他抗旨不尊，甚至一怒之下殺了你？」

胡小天道：「他乃是大康的臣子，一直以來都忠於朝廷，當初之所以造反也是因為龍燁霖篡位的緣故。」

薛靈君一雙明眸盯住胡小天的雙眼，似乎想看透他內心中真正的想法，輕聲道：「若是你當真那麼認為，恐怕你的麻煩大了。」

胡小天道：「君姐的意思是李天衡會對我不利？」

薛靈君道：「本來大康內部的事情我一個外人是不想過問的，可是我一直將你當成是我的兄弟，總不能眼睜睜看著你去送死而不顧，所以還是得提醒你一下。」

胡小天裝出一副欣然受教的樣子，恭敬道：「君姐請為小弟指點迷津。」

薛靈君道：「據我所知，李天衡手下的不少將士都在紛紛奉勸他早做決斷，讓他和大康徹底劃清界限。如果李天衡做出了決定，很可能會做出對你不利的事情。」

胡小天道：「君姐莫不是勸我儘早逃走？我若是逃走，那就是有負聖托，回去必然是一個死罪，所以無論如何我都要將聖旨頒佈之後才能離去呢。」

「我可沒勸你逃走，只是好心提醒你要多多戒備。」

胡小天道：「大雍方面最不希望看到的局面，就是李天衡率部回歸大康吧？」

薛靈君聽他這麼說，一張俏臉轉冷：「我好心提醒你，你卻以為我另有目的，志在破壞大康和西川之間的關係嗎？」

胡小天笑道：「君姐千萬不要誤會，我只是就事論事，既然君姐待我如此坦誠，我自當將自己的真實想法說出來。」

薛靈君道：「我向來不關心政治上的事，我是個女人，最討厭那些爾虞我詐、勾心鬥角，我更沒有什麼雄心壯志，從未想過要一統天下，生命何其有限，女人的好時光更是短暫，將這麼好的時光揮霍在虛無縹緲的爭權奪利上，何其浪費？就算得到了天下，成為宇內至尊又能怎樣？到頭來還不是紅顏老去，最終成為一坏塵土。」一雙秋波籠罩胡小天的面龐，意味深長道：「女人最大的心願就是能夠找到一個自己喜歡，同時又喜歡自己，還靠得住的男人。」說話間又流露出騷媚入骨的神態。

胡小天低聲道：「君姐覺得我靠不靠得住？」

薛靈君格格笑了起來：「你？天下間最靠不住的就是你。」

胡小天對薛靈君的這番話一點都不相信，以他對薛靈君的瞭解，這位大雍長公主深得大雍皇帝薛勝康的信任，在薛勝康心目中的地位只怕還要超過燕王薛勝景，她來西川絕不是為了遊山玩水，而是抱著明確的政治目的。胡小天可以斷定，大雍使團今次前來就是為了拉攏西川孤立大康，胡小天微笑道：「靠不靠得住只有試過才知道。」

以薛靈君的性情對胡小天的這句話都有些消受不起了，這小子明顯是在挑逗自己，一雙美眸柔軟的就要滴出水來，輕聲道：「你想怎樣試呢？不妨說給人家聽聽……」

胡小天感覺內心一熱，此女果然非同凡響，若是換成其他的女孩子只怕羞得躲起來，她分明跟自己棋逢對手，絲毫不落半點下風，若是當真和她展開一場盤腸大戰，卻不知是如何激烈的場面，真是想想都讓人激動呢。

胡小天道：「君姐難道看不出，就算李天衡不肯回歸大康，也不至於和大康兵戎相見，拋開道義不言，就算是出於他的自身利益，他也不會這樣做。」

薛靈君笑盈盈道：「願聞其詳。」

胡小天道：「大康現在的情況的確不容樂觀，若是大雍和西川聯合滅掉大康將之分而食之必然是手到擒來之事，可是我聽說貴國皇上早就立下宏圖大志，有生之年要一統中原呢。」

薛靈君笑得越發嬌豔。

胡小天道：「大康若是亡了，下一個就是西川，正所謂唇亡齒寒，這麼簡單的道理你以為李天衡會看不出來？」

薛靈君道：「所以我們從未想過要分裂大康和西川，此次前來只是為了賀壽那麼簡單，白費力氣的事情，我們才不會去做。」她停頓了一下：「大雍不去做，可未必就表示你們的願望能夠達成。我可聽說，連大康周王龍燁方都被一直軟禁在西州，也許李天衡不介意多留一人。」美眸意味深長地看了胡小天一眼道：「你過去好像差點成了李天衡的女婿呢。」

胡小天道：「聽君姐這麼一說，我才感覺到自己在這西州真是有些危機四伏了。」

薛靈君道：「現在才知道我是真正關心你了吧？」

胡小天道：「一直都知道。」他抬起頭來，看到西方漸墜的夕陽，方才意識到只顧著和薛靈君說話時候已經不早，慌忙起身向薛靈君告辭。

薛靈君柔聲道：「你若是不想走，可以留下陪我。」

胡小天對薛靈君的性情已經非常瞭解，她無時無刻不在施展自身的媚術，如果當真只怕就要上當了，胡小天道：「小弟還有要事去辦，改日有時間，我再來拜會君姐和大哥。」

薛靈君顯得依依不捨一直將胡小天送到大門外，胡小天辭別薛靈君之後翻身上馬，梁英豪和唐鐵鑫兩人分別護衛在他左右，唐鐵鑫忍不住道：「這位長公主生得真是美麗啊！」

胡小天露出一絲笑意，策馬揚鞭，向所住的驛館馳騁而去。

西州的平靜並沒有因為列國使臣的到來而改變，百姓生活富足安康，每天的日子依然按照他們固有的節奏度過，若說有所改變的，就是街頭巷尾的議論聲稍稍多了一些。

西州方面對列國使臣的待遇儘量做到一視同仁，甚至可以說，他們接待胡小天一行的規格更高一些，宣寧驛館是西州幾大驛館中地位最高，設施最為完備的一座，昔日大康皇帝前來西州時就曾經住在這裡，從這種意義上來說是皇上的行宮。平日裡對大康使團的招待也算得上是無微不至。

胡小天卻知道眼前的平靜祥和只是暫時的現象，或許從李天衡的壽辰開始，一切就會發生天翻地覆的變化。

距離李天衡壽辰還有兩日，宣寧驛館迎來了一位極其特別的客人，一直讓胡小天念念不忘的老友西川神醫周文舉前來拜會。

胡小天望著面前的周文舉幾乎不能相信自己的眼睛，激動道：「周先生……」話未說完已經噗通一聲跪了下去，不跪不足以表達他對周文舉的感激之情，當初在燮州，如果不是周文舉仗義相救，捨身替換，那麼自己根本沒有機會逃脫出李氏的控制，結局不是被殺就是被軟禁至今，根本沒有機會前往京城，也沒有機會見到父母，更不用談什麼營救了。周文舉是他的大恩人，是他們胡家的恩人，這份恩情，胡小天沒齒難忘。

周文舉看到胡小天居然給自己跪下，慌忙伸出雙臂攙扶起他道：「胡大人，快快起來，這讓周某如何承受得起哇！」

胡小天身邊隨行眾人看到眼前一幕也是吃驚不小，胡小天連見到永陽公主這樣身分高貴的人物都不用跪拜，見到周文舉居然行如此大禮，這其中必有緣故。

胡小天站起身握住周文舉的雙手，抿了抿雙唇，轉身向周圍眾人道：「大家都給我記著，這位就是周先生，他是我的救命恩人，如果沒有先生就沒有我胡小天今日！」

眾人意會，齊齊躬身行禮道：「參見周先生！」

周文舉呵呵笑道：「不必客氣，不必客氣。」

胡小天將周文舉請到驛館內，就在他所住院落的葡萄架下坐了，梁英豪奉上一壺香茗後，眾人退去。

胡小天打量著周文舉，周文舉的樣子比過去顯得蒼老了一些，兩鬢明顯增添了許多的白髮，人也黑瘦了許多，不過從他的精神狀態來看，健康應該無憂，胡小天恭敬道：「先生別來無恙？」

周文舉微笑道：「還好，幸虧李大帥念我有一身醫術，在李鴻翰要殺我之前下了特赦令。」

胡小天鬆了口氣道：「幸虧先生無恙，不然小天肯定要抱憾終生了。」

周文舉道：「胡大人離去之後，我陸陸續續聽說了一些大人的消息，大人年輕有為，讓周某不勝欣慰。」

胡小天謙虛笑道：「小天能有今日，全都拜先生所賜，逃離燮州之後，小天也曾經到處打聽過先生的消息，可是始終沒有得到確實的結果，直到年初前往大雍出使，恰巧遇到大雍太醫徐百川，方才知道先生躲過了一劫。」

周文舉笑道：「徐百川乃是我的師兄，我們之間一直都有書信來往，去年年底他曾經來西州採購藥材，我跟他見過一次面，縱論醫術之時，提到過胡大人，當時師兄對我所描述的那些醫術還不相信呢，現在他想必已經深信不疑了。」言外之意就是徐百川已經將胡小天在雍都救治薛勝康的事情告訴了他。

胡小天心中暗歎，果然是天下間沒有不透風的牆，當初為薛勝康開刀切除膽囊治療膽結石的時候，還特地要求薛勝康要對這件事情保密，可是自己出使回到大康之後，馬上就傳到了朝廷，根本是要借刀殺人的節奏，現在連徐百川也無法保守秘密。不過好在這件事的危機已經化解，胡小天笑道：「先生不要抬舉我了，我那點淺薄的醫術還不是貽笑大方。」

周文舉認真道：「胡大人又何必謙虛，我從未見過你這樣的醫術，應該只有鬼醫符刓能夠和你相提並論，不過我和那位前輩卻無緣相見。」

胡小天道：「先生若是感興趣，咱們有的是機會切磋這方面的事情。」

周文舉道：「胡大人沒有選擇行醫實在是醫界的一大損失。」他向來以濟世救人為己任，一心專研醫術，認為醫術可以強國救民，而胡小天卻似乎在官路之上越走越遠，如今已經貴為大康駙馬，肯定是不可能再去當一位濟世救人的郎中了。

胡小天道：「醫者救人，官者醫國，雖然行當不同，可所做的事情最後還是殊途同歸。」

周文舉點了點頭道：「胡大人今次前來是特地為李大帥賀壽的？」

胡小天道：「陛下派我前來，一是為了李大帥賀壽，而是為了封李帥為王。」

周文舉其實早已聽說過這方面的傳言，現在聽胡小天親口說出來想必不會有錯，不由得歎了口氣道：「若是李大帥願意率領西川回歸大康版圖當然最好不過。」他對政治的關注並不多，在周文舉的骨子裡面始終認為自己仍然是個康人，西川只是他的生養之地，而西川也是大康的一部分，他的這種想法也代表了多數西川人。

胡小天道：「不聊這些了，我此次只是奉命而來，至於結果如何只能盡人事聽天命了。」

周文舉微笑道：「是啊，天命不可違！」

胡小天道：「我讓人準備一下，先生晚上留下來喝酒，你我久別重逢，這次一定要一醉方休。」

周文舉道：「今天不行，我還要去周王殿下那裡，他最近身體有些不適，今天剛好是約好的複診之日。」

胡小天聞言一怔，想不到周文舉居然有接近周王的機會，本想出言相問，可是話到唇邊又改了主意，當初周文舉為了營救自己險些送掉性命，現在可不能再給他找麻煩，不能讓他再有任何的風險，於是微笑道：「既然周先生有事，那只好改天了。」

周文舉微笑道：「明天！你遠道而來是客，明天我在舍下備好酒菜，請胡大人光臨。」

胡小天欣然應諾。

送周文舉離開之後，卻見一群騎士朝著這邊而來，中心一人正是他的結拜大哥沙迦王子霍格，自從百味樓受辱之後，霍格這兩日就沒有現身，胡小天本想去探望，可到了他所住的地方，不巧他又去了帥府。

霍格看樣子已經從那天的挫折中解脫出來，遠遠道：「兄弟！」

胡小天笑道：「大哥！」

霍格翻身下馬，身後十名武士嚴陣以待，自從百味樓之後，霍格也多了個心眼兒，即便是在西州城也會隨時遇到風險，現在出行這十名沙迦高手全都寸步不離。

胡小天本想邀請霍格去裡面坐，霍格卻將他的手臂抓住，拉到一邊，低聲道：

「兄弟，我特地叫你來一起去喝酒呢。」

胡小天道：「什麼地方？」

霍格壓低聲音道：「眾香樓！」

胡小天聞言不由得把舌頭伸了出來，眾香樓他雖然沒去過，可是卻早已聽說過，據說眾香樓乃是西川第一風月場所，比起夔州的環彩閣名氣還要大，據說男人走入眾香樓就如同走入了眾香國，會將任何事情拋得一乾二淨，這其中也包括家人和錢袋子，不花光最後一分錢你都不捨得離開。

胡小天道：「眾香樓？」

霍格神神秘秘一笑道：「有人請客，專門讓我請兄弟一起過去呢。」

胡小天向周圍看了看，壓低聲音道：「大哥知不知道眾香樓是什麼地方？」霍格畢竟是個外族人，很可能不清楚眾香樓的底細，去眾香樓其實沒什麼，可霍格是李天衡的女婿，其身分敏感，若是這件事傳了出去只怕會有損聲譽，對李天衡也不好交代。

霍格道：「不妨事，咱們是去吃酒，又不是去尋花問柳。」

胡小天真是服了他，去那種地方喝酒也是花酒，還說不是尋花問柳，他點了點頭道：「什麼人請客？」

霍格附在他耳邊低聲道：「去了你就知道。」

不同於霍格出入都有高手保護，胡小天決定獨自前往，他對自己的武功已經有了相當的信心，縱然遇到了危險，憑藉著老乞丐教給他的躲狗十八步和從不悟那裡學來的馭翔術，這兩大絕學足可從頂級高手的眼皮底下逃脫。更何況霍格都帶了這麼多的保鏢，他的保鏢等同於是自己的。

眾香樓居於西州城南半月街，街道兩旁種滿了桂花樹，不少已經開花，整條街道蕩漾著沁人肺腑的芳香，人行其中不禁心曠神怡，抬頭仰望夜空，剛好看到夜空中的半闕明月，胡小天心中暗忖，月有陰晴圓缺，為何這裡被稱為半月街？難道這條街道就看不到圓月之時？

前方樹木掩映中現出一座掛滿紅燈的門樓，那裡就是眾香樓的大門了。

道路到了眾香樓處突然變得寬廣，在眾香樓對面有一塊空地，已經停放了數十輛車馬，無一不是裝飾華美，一看就知道車主身分非比尋常。事實上前來眾香樓的人非富即貴，尋常百姓是不敢輕易踏入眾香樓的門檻。

胡小天此時方才注意到霍格是一身漢人的裝扮，他們並沒有從正門進入，而是被候在那裡的人從側門引領進入，沿著眾香樓曲曲折折的風雨長廊，直接來到了後花園。

遠遠就聽到後花園內傳來絲竹之聲，胡小天向霍格道：「看來咱們還未到就已經開始了。」

霍格道：「不會，他說了要等咱們過來的。」

走入後花園內，卻見涼亭之中燈火通明，三名男子坐在涼亭內，在涼亭後方的花園內有幾名女子正在那裡彈奏樂曲。胡小天目力極強，雖然隔著那麼遠的距離，仍然一眼就認出那坐在主位上的人正是他的另一位結拜大哥大康燕王薛勝景，至於薛勝景身邊的兩人他並不認識。霍格還跟自己保密，搞了半天是薛勝景請客，不知霍格對他和薛勝景之間的關係清不清楚。

薛勝景聽到動靜笑瞇瞇站起身來，朗聲道：「兄弟，你可想死我了！」

霍格本以為薛勝景這話是對自己說的，可是看到薛勝景小眼睛盯住的卻是胡小天，而且主動離席向胡小天走了過去。

胡小天也哈哈大笑，雖然心中明白薛勝景十有八九就是雇傭五絕獵人在途中刺殺他的真正主使，可此事也不宜說破，現在也不是找他算帳的時候，笑瞇瞇來到薛勝景面前，雙手抱拳，一揖到地：「小天見過大哥！」

薛勝景呵呵奸笑，一雙小眼睛瞇成了一條細縫，心中暗罵這小子太狡猾，掩飾得那麼好，在大雍之時，自己一直以為他就是個太監，還擔心女兒的終身被他耽誤，卻想不到他居然是個假太監，現在總算明白為何女兒會對他一往情深，甘願為他犧牲女孩子家的清譽，寧肯承認懷了他的骨肉。只是女兒對他如此深情，這小子的心思卻不只是在自己女兒的身上，返回大康之後沒多久就和永陽公主訂親，成為大康未來駙馬，這件事若是讓女兒知道，她該如何傷心？想起這件事，薛勝景的心頭頓時有些鬱悶。

聽到胡小天叫他大哥，薛勝景總有被這小子占便宜的感覺，嘴上還得答應，臉上還得做出欣喜萬分的樣子，真是窩囊極了：「好兄弟，不必大禮，不必大禮。」

霍格一臉迷惘地望著他們兩個，心想怎麼胡小天逢人就叫大哥？明明我才是和他結拜的大哥，怎麼？

胡小天此時轉向霍格笑道：「我來解釋一下。」他將自己和兩人先後結拜的事情告訴他們，薛勝景和霍格方才明白，原來他們都是胡小天的結拜兄弟，霍格笑道：「那都不是外人，那我也跟著小天兄弟叫燕王爺大哥吧。」

薛勝景笑道：「論年齡我的確最大，快，快請入座，我給兩位介紹新朋友。」

胡小天和霍格來到涼亭內坐下，此前陪同薛勝景坐著的兩人也起身行禮，那位身材魁梧梳著十多根小辮的乃是黑胡八王子完顏天岳，身穿藍色錦袍，面如冠玉的那個乃是南越國六王子洪英泰。

胡小天這才知道薛勝景居然將前來給李天衡拜壽的各國使團的重要人物全都請到了這裡，這廝的面子果然很大。

胡小天挨著洪英泰坐下，此時一群美婢開始送上酒菜。

薛勝景道：「本王自從抵達西州之後，就有一個願望，想請各位王子駙馬一起坐坐，直到今日方才達成願望，本想在驛館，可思來想去總不及這裡更有情趣，所以才挑選了眾香樓，不知各位是否滿意？」

霍格笑道：「滿意，當然滿意！」

南越國六王子洪英泰看來非常靦腆，對周圍一切都頗為好奇，東瞅瞅西看看。黑胡八王子完顏天岳面色凝重，不苟言笑，不知是否因為坐在胡小天對面的緣故，陰測測的目光不時向胡小天望去。

薛勝景笑道：「大家初次見面難免生疏，不如本王叫些美女過來陪酒。」

胡小天笑道：「早就聽說眾香樓乃是西川第一風月場所，小弟一直都想開開眼呢！」

薛勝景心中暗歎，這小子也是個風流人物，女兒若是跟了他，也沒什麼好日子過。多數人都是只許州官放火不許百姓點燈，自己如何風流都可以，可是一旦看到別人風流總是覺得看不過眼，尤其是這個年輕人還是女兒心儀對象的時候。

薛勝景使了個眼色，不多時，就看到一群美女從花間小徑中婷婷嫋嫋走了出來，這群美女全都穿著同樣的紅裙，搖曳生姿，全都輕紗敷面。雖然看不到她們的容貌，單單是看到她們如同風中擺柳一樣的身姿，已經可以判斷出這群美女無一不是美貌佳人。

洪英泰一張面孔都紅了，顯然過去並未經歷過這樣的場合。其餘幾人都稱得上是風月場上的老手，尤其是薛勝景，薛勝景笑道：「今天是本王做東，所以主隨客便，你們先選。」

霍格道：「大哥，都看不清她們的容貌，怎樣選呢？」

薛勝景笑道：「就是擔心你們因為看到她們的樣子而發生爭執，這樣就好，要看你們的直覺了，不過你們放心，她們無一不是絕色。」

胡小天暗歎，薛勝景真是個人物，居然能夠想出這種主意，連挑選美女都能弄出懸疑氣氛，不到最後都不揭開真正的答案。胡小天自然不會當第一個出頭的人，霍格生性外向，在他認為，越早挑選，挑到美女的機會越大，目光在這幫美女的身上掃來掃去，大聲道：「我先來！」他指了指從左到右數第五位，那美女稍顯豐腴，不過霍格就是喜歡這種類型。

薛勝景點了點頭，那美女步出佇列，雖然看不清她的樣子，可舉手抬足都充滿了迷人風情，來到霍格的身邊坐下，此時還沒到揭開答案的時候。

霍格挑選之後，完顏天岳也選了一位，胡小天讓洪英泰先選，洪英泰顯得很不好意思，隨便指點了一位。

胡小天發現一個有趣的現象，現場只要被挑走了一人，馬上就會有一位新的美女進行補充，這三名美女被挑走之後，馬上就添了三位新人，不過來的最後這一位就很難稱得上美女了，身材臃腫肥胖，走起路來搔首弄姿。

雖然也學著其他美女一樣蒙著面孔，可怎麼看都是在東施效顰。胡小天卻對她產生了極大的興趣，越看越覺得她似乎曾經見過，雖然看不清她的容貌，可這體形像極了自己當初前往青雲上任，在燮州環彩閣所遇的香琴。

霍格幾人也看到了這個肥胖女子，一個個臉上的表情都顯得有些怪異，眾香樓難道沒人了，居然派出這等貨色出來濫竽充數？難道是故意派出一個丑角來調節氣氛，興許是人家故意安排的，反正絕不會有人挑選她。

薛勝景轉向胡小天笑道：「兄弟，該你了。」

胡小天笑道：「大哥，兄弟怎麼敢搶您的先，還是您先來。」

薛勝景道：「都說過主隨客便，你先來！」

胡小天眉開眼笑道：「既然大哥一意謙讓，那當兄弟的也不客氣了。」他轉過身去，目光在眾女身上逐一望去，霍格在他耳邊低聲道：「第三個不錯！」

胡小天咧開嘴笑道：「蘿蔔白菜各有所愛！」

他伸手一指：「這位美女，請過來！」

眾人循著胡小天所指的方向望去，他所指的正是那最後方才現身的胖妞，霍格驚得張大了嘴巴，洪英泰也瞪圓了雙眼，完顏天岳滿臉的困惑不解，心想究竟是自己看錯了還是這廝指錯了？

唯有薛勝景哈哈大笑：「兄弟選定了嗎？」

胡小天點了點頭道：「選定了，美女，過來啊！」

那胖妞聽到他第二次叫自己，方才如夢初醒般，伸出胖乎乎的手指點著自己的鼻子：「你是跟我說話？」她的聲音也是粗聲粗氣，有些像香琴又有些不像。

胡小天笑道：「不是你還有哪個？在場好像沒有第二個比你更有女人味道呢。」

那胖妞又驚又喜，兩隻手臂支愣著，如同振翅欲飛的小鳥，大踏步從人群中奔跑了出來，跑了兩步又意識到了什麼，改成挪動著小碎步來到胡小天身邊，捏著嗓子道：「小女子這廂有禮了！」說話的時候還不忘朝胡小天猛拋媚眼。

胡小天倒沒有什麼，周圍這幾位都有些坐不住了，我靠，這小子的口味也忒重了，這胖妞惺惺作態的樣子實在是讓人作嘔，雖然不是他們挑選，陪的也不是他們，可是畢竟他們和胡小天同席，突然多出了這麼一位重量級的人物，實在是大煞風景。

薛勝景也挑選了一位，本來他是故意安排這樣一齣戲碼，最後大家讓身邊美女揭開臉上的面紗，這其中帶有一定的賭博性質，也充滿了神秘和期待，誰也沒想到胡小天會挑選那胖妞，這胖妞的確是用來調節氣氛的，其目的只是為了博眾人一笑罷了，卻沒想到胡小天不走尋常路，選了胖妞，這樣一來所有的期待感全都大打折扣。薛勝景又不得不佩服胡小天機智，輕輕鬆鬆已經將所有人的關注全都引到了他的身上，這小子的確是個人才，故意做戲嗎？不枉自己的寶貝女兒對他青眼有加。

霍格笑道：「到了揭曉答案的時候了！幾位美女，是時候露出你們的真面目了。」

薛勝景點了點頭，四位美女同時將面紗取下，正如薛勝景剛才所言，這幾位美女無一不是絕色，各有各的味道，正所謂春蘭秋菊各擅其場。本該這些美女豔光四射，將所有客人的注意力全都吸引到她們的身上，可現在所有人的關注度卻都在那胖妞的身上，這胖妞仍然蒙面故作神秘，在胡小天身邊坐著搔首弄姿，惺惺作態。

霍格幾人看得都直皺眉頭，可畢竟是胡小天自己的選擇，他們也不好說什麼。一個個強忍著笑，感覺實在是遭遇了天下間最可笑的事情。

薛勝景笑道：「這位姑娘為何不揭開面紗，讓我等一睹你的廬山面目？」

胖妞捏著嗓子道：「人家害羞嘛！」順勢給薛勝景也拋了個媚眼，薛勝景差點沒把一口老血給噴出來。

胡小天偏偏還一副怡然自得的樣子，伸手拍了拍胖妞比自己還要壯碩的肩背，觸手處肉感很真實，隨著他的動作還顫巍巍的，應該不是偽裝，因為有了此前夕顏幫助他化裝成一個大胖子的經驗，所以胡小天首先想到的就是這胖妞是不是偽裝。

胖妞嬌滴滴道：「討厭，這麼多人你就開始毛手毛腳的。」

胡小天笑道：「怪只怪你這身段實在是太誘人了。」

噗！一旁洪英泰終忍不住將剛剛喝到嘴裡的那口酒噴了出去，還好轉身及時，沒有當眾出醜。

胖妞格格笑道：「公子真會說話。」她這才慢吞吞揭開了面紗，胡小天近距離看得清清楚楚，不是香琴還有哪個？想起此前的經歷，胡小天已經能夠認定眾香樓和環彩閣十有八九都有關聯，這位香琴可不是普通人物，曾經追隨在夕顏的左右，應該也是五仙教的骨幹之一，難道這眾香樓也是五仙教的產業？搞不好夕顏就在附近呢。

胡小天笑瞇瞇望著香琴道：「這位妹子生得真是嬌媚動人風情無限，看起來好像有些眼熟呢？」

香琴笑道：「我看公子也是有些眼熟呢，說不定你曾經當過人家的恩客呢。」並不是只有美女才能搶風頭，香琴的橫空出世已經將所有美女的風頭搶了個一乾二淨，非但如此，順帶著幫胡小天也拉升了一下關注度，搞得其他人都沒什麼存在感了。

完顏天岳都不去注意身邊的美女，充滿迷惑地望著胡小天，他還是第一次前來中原，過去曾經聽說過中原人一度以肥為美，可眼前這位也太肥了一點，實在是看不出什麼美感。

薛勝景看出場面實在是詭異，心中也有些哭笑不得，胡小天啊胡小天，你這是純粹給我搗蛋啊，他端起面前酒杯道：「美女相伴，花前月下，如此良辰，如此佳景，咱們又是新朋老友齊聚一堂，來來來，共同乾上三杯。」

眾人齊聲回應，一起連乾了三杯，美女們分別為他們將酒滿上。

薛勝景道：「本王有個提議，大家行酒令喝酒好不好？」

眾人還未來得及回應，香琴已經率先鼓起掌來：「好啊好啊！這個我最在行，划拳喝酒！」

薛勝景本來想談的是風雅之事，卻被這胖妮子打斷，心中不由得有些不悅。

胡小天這邊已經應和起來：「美女居然你這麼有才華，你會划拳？」

香琴忸怩道：「人家三歲就會了！」

「那豈不是天才！」

「一點點了！」

胡小天道：「划拳方面我雖然不是天才，可是也算得上是此道中的高手一枚，不如咱們當場切磋一下，讓大家做個見證如何？」

香琴道：「人家可不忍心贏公子呢。」

「哈哈哈，是輸是贏比了才知道。」

「是騾子是馬拉出來遛遛！」

「請了！」胡小天向香琴抱拳行禮，儼然一副高手對決的架勢。

香琴還以一禮，兩人雙目對視，彼此的目光中都流露出一股懾人的煞氣。

薛勝景暗歎，這兩人哪是來喝酒的，分明就是攪局嘛，他們的存在感太強，搞得別人連插嘴的機會都沒有，包括自己這個大雍燕王爺在內。

大戰一觸即發，兩人向彼此湊近了一些，然後彼此的身軀同時向後一仰，只聽他們同時叫道：「哥倆好啊！八匹馬啊！六六順啊！三星照啊……」

兩人的嗓音都不低，而且隨著划拳的進程，聲調都是越來越高，一旁的樂師也驚得停下了彈奏，齊齊望向涼亭內這驚人的大戰。

連續十多個回合之後，胡小天終於以六六順贏得了第一拳，他哈哈大笑道：「六六順，六六順！美女，你敗了！」

香琴雙目圓睜：「六六順，遛你個頭啊！」端起面前的酒杯，一飲而盡，目光盯住胡小天，全然將周圍人當成了空氣：「公子，想不到你的拳法如此厲害。」

胡小天得意洋洋道：「承讓承讓，我其實並未出全力。」

香琴道：「呵！我是害怕公子在各位面前失了面子，根本連一分力氣都沒使出來。」

「那就再來！」

「來就來，以為我怕你啊！」香琴緩緩擼起衣袖，露出一對白白胖胖的粗壯手臂。

霍格看得呆了，連身邊美女都顧不上了，其他幾個人也是一樣，怪只怪胡小天和香琴實在是太能作怪。

如同兩大絕世高手的對決，拳腳未出，目光已經來回交鋒多次，香琴猛然吼叫道：「接拳！姐倆好啊！五魁首啊……」

兩人再次廝殺在一起，這次對決的激烈程度尤勝上次，二十多個來回仍未分出勝負，香琴一激動站起身來，非但站起身還把一條肥腿屈起踩在凳子上，胡小天也不示弱，也是一隻腳踏上了凳子，兩人不但聲音節節升高，身體也是節節升高。

薛勝景臉上的表情哭笑不得，喝酒划拳至於鬧出那麼大的動靜？這下只怕整個眾香樓都知道這裡在划拳喝酒了。

划到第二十三拳，香琴以四喜財艱難贏下了一局。

胡小天也爽快認輸，端起面前的酒杯喝了。

雖然是划拳也需決出一個勝負，兩人開始了決勝局，香琴指著地上的酒罈道：「誰要是輸了，就喝一罈！」

「好！」胡小天毫不示弱，欣然應戰。

薛勝景轉身一看，其他幾名美女一個個呆若木雞地望著胡小天和香琴，她們和自己一樣完全淪為了人肉佈景，一時間心中哭笑不得，胡小天啊胡小天，你今天是要唱哪一齣啊！

胡小天和香琴划拳正酣，兩人只差沒爬到桌子上去划了。

就在爭鬥進入白熱化之時，忽然聽到遠處傳來一個不耐煩的聲音道：「娘的！鬼嚎什麼？老子好好的心情全都被你們給敗壞了。」

一個身材魁梧衣飾華美的男子在四名手下的簇擁下走了過來，顯然是被這邊的划拳聲所驚擾，過來呵斥洩憤。

胡小天和香琴同時停下，香琴怒視那名男子道：「不開眼的玩意兒，沒看到老娘在這裡划拳嗎？」

第七章

彪悍的風塵女子

胡小天眼看馮閑林的長劍就要刺入香琴的胸口，
香琴不慌不忙，伸出白白胖胖的右手向長劍抓去，
不費吹灰之力就已經將長劍抓入手中，
她啟動的速度奇快，在眾人的眼中幻化出一道道殘影，
左拳準確無誤擊中了馮閑林的下頜。

那男子也非尋常人物，乃是太守楊道全的寶貝兒子楊元傑，楊道全也算得上西川有頭有臉的人物，當初擁立李天衡有功，如今仍然負責鎮守夔州，這次李天衡過壽，他特地帶兒子一起過來賀壽，楊元傑也有所有官宦子弟一樣的毛病，聽聞眾香樓的名氣，於是過來見識，剛才正和幾個手下在樓上喝酒，卻被胡小天和香琴的划拳聲打擾，一時不忿過來尋隙。卻想不到香琴比他更橫，居然張口就罵，這樣彪悍的風塵女子實屬少見。

楊元傑依仗著父親的地位在夔州蠻橫慣了，到了西州雖然有所收斂，可並不意味著他會對一個風塵女子禮讓三分，聽到香琴罵他，而且還舉步向他走了過來，氣勢洶洶，彪悍之極。

涼亭內幾人雖然對香琴並無好感，更談不上面對她會興起憐香惜玉的呵護之心，可是看到有人主動來這邊挑釁也不由得生出怒氣，尤其是像霍格這種性情暴烈之人，可今天做東之人是薛勝景，香琴的恩客是胡小天，他們若是不出頭，別人自然也不方便在此時站出來。周圍本有武士守衛，他們也要看著主人的臉色，主人不發話，他們也沒有出手攔截。

薛勝景明顯是在等胡小天的反應，發現胡小天彷彿任何事都沒有發生一樣，穩坐泰山，臉上的表情平靜無波。

楊元傑看到這胖妞氣勢洶洶向自己走了過來，兩隻袖子全都擼起到了肘部，一副興師問罪的樣子，心中怒火更熾，想不到眾香樓的一個風塵女子居然敢公開和自己作對，楊元傑怒道：「賤人，欠打！」揚起右拳照著香琴的面孔就砸了過去。

香琴也不甘示弱，同樣也是一拳迎擊而出，雙拳撞在一起，只聽到蓬的一聲悶響，然後就傳來一陣慘叫，其中一人宛如斷了線的紙鳶一樣倒飛了出去，摔入後方的鮮花叢中，被樹枝荊棘扎得苦不堪言。

香琴好端端站在原地，被打飛的那個自然就是楊元傑。香琴雙手叉腰，一臉傲氣，咬牙切齒道：「你姥姥的，瞎了眼了，居然敢找老娘的晦氣。」威風凜凜霸氣側漏，看得眾人都呆了。

胡小天對香琴的彪悍早有預料，所以他也是眾人之中唯一一個沒有感到驚奇的人，慢條斯理喝了口酒，向薛勝景道：「大哥，還是這種拳法比拚過癮一些。」

薛勝景微笑道：「兄弟的口味果真獨特，此女樣貌與眾不同，性格更是與眾不同，當真稱得上是……」一時間卻想不起合適的詞兒來形容香琴。

胡小天道：「野味難尋！」

「哈哈，不錯，野味難尋！」薛勝景哈哈大笑。

楊元傑的四名手下這才回過神來，看到主子被此女一拳打飛，他們若是無動於衷，以後只怕是連飯碗都要丟了，一個個爭先恐後地向香琴衝去，香琴冷哼一聲：「找死！」宛如下山猛虎一般衝向四人，胖乎乎白生生的一對拳頭上下翻飛，乒乓乒乓，只出了四拳，就乾脆俐落地結束了戰鬥，一人被她擊飛掛在樹枝之上，一個飛上了屋頂，一個落入了花叢和他的主子成雙成對，還有一個噗通一聲落入了水塘。

一眾人等看得瞠目結舌，此女實在是太彪悍，最先反應過來的卻是那幫樂師，在香琴大發神威，連敗四人之際，恰到好處地配上了步步高的樂曲，現場顯得熱鬧而喜慶。

胡小天舉杯向同桌幾人道：「此情此境，咱們理當同乾一杯！」

眾人在胡小天的奉勸之下一起乾了一杯，此時誰也不再把香琴視為一個普普通通的風塵女子，完顏天岳凝望香琴道：「這位姑娘的力氣好大啊！」

香琴笑道：「你看起來也很不錯啊！這麼大個子，力氣應該不小。」

胡小天一旁慫恿道：「不如比試比試！」

香琴啐道：「壞人，是不是想看人家當眾出醜？」

胡小天笑道：「哪裡哪裡，大家聚在一起不容易，自然要圖個開心，大哥你說對不對？」目光望著薛勝景道。

薛勝景微笑道：「兄弟說得不錯。」

完顏天岳本不想和一個女子比試力氣，就算勝了也不見得有什麼榮光，可是薛勝景和胡小天一唱一和讓他有些左右為難，偏偏此時香琴又道：「喂，大個子，你敢不敢呢？不敢就連喝三杯，就當是認輸了。」

完顏天岳霍然起身道：「怎樣比？」

胡小天道：「掰手腕最公平了！」

聽胡小天講完規則，完顏天岳和香琴來到一旁的小石几旁，完顏天岳也學著香琴挽起袖子，露出一條黑黝黝宛如鐵鑄般的手臂，沉聲道：「若是輸了有什麼懲罰？」

香琴小眼睛轉了轉，這一點和薛勝景倒是有些類似，指了指地上的酒罈道：「誰輸了，誰就將這罈酒喝乾！」

完顏天岳痛快地點了點頭道：「好！一言為定！」

香琴搖晃了一下脖子向胡小天道：「我輸了，你替我喝好不好！」她一撒嬌，周圍人全都雞皮疙瘩掉了一地。

胡小天索性表現得大度一些，點了點頭道：「理所當然！」

薛勝景此時也被徹底激起了興趣，他向胡小天低聲道：「此女倒是有趣得很。」

胡小天道：「大哥，我看她長得跟你很像呢，莫不是你失散多年的女兒？」

薛勝景頓時無語，心中暗罵，臭小子，老子怎麼會生出這種姿色的女兒？你分明是侮辱我嘛！想起遠在渤海國的女兒，心中忽然生出思念之情，在得悉女兒仍然活在世上之後，他的心中也開始有了牽掛。

完顏天岳和香琴兩人雙手相握，胡小天將兩人的手放在了中間位置，笑道：「我給大家一個下注的機會，買定離手，以酒為注，贏了不喝，輸的一方要喝。」

霍格哈哈大笑道：「痛快，小天兄弟，我押一罈酒，賭完顏王子會贏！」香琴雖然剛才表現出過人的實力，可是完顏天岳卻是黑胡有名的力士，而且從先天稟賦來說，男人的力氣往往要大一些，所以霍格才會做出如此選擇，由此可見這廝也不是個魯莽人物，知道權衡利弊，也不會因為結拜之義而倒向胡小天的一方。

胡小天心中暗罵這廝沒義氣，又將目光投向南越王子洪英泰，洪英泰道：「我就算了……」身邊美女挽著他的手臂晃動嬌滴滴道：「押嘛，公子你就押嘛，人家想你押嘛……」一番嬌柔婉轉的話實在是惹人遐思，把在場男人的目光全都勾引了過去，胡小天暗歎，畢竟是這個行業的從業高手，說出來的話就是讓人浮想聯翩。

洪英泰終於還是抵不過她的奉勸，他也押了完顏天岳，三杯酒，自然沒有霍格豪爽痛快。

到薛勝景的時候，他小眼睛轉了轉，完顏天岳雖然名聲在外，可是這個女子卻更加深不可測，從剛才她乾脆俐落地擊倒五名壯漢來看，力氣絕非一般，更何況胡小天敢押寶於她，胡小天這小子向來狡詐，從不幹賠本的買賣，跟著他選擇應該不會有錯，出於這種心理，薛勝景也押寶在香琴身上，同樣是一罈酒。

胡小天也押了一罈酒，自然在香琴的一方，他大聲道：「買定離手！開始！」放開完顏天岳和香琴的雙手，雙方頓時陷入一場火花四濺的比拚之中。

完顏天岳手臂上的肌肉一根根隆起，顯然已經用盡全力，香琴雖然也開始發力，不過她那白胖胖的手臂因為脂肪太厚，是無法看出肌肉隆起的。

完顏天岳從一開始就收起了小覷之心，知道香琴並不好對付，可雙方真正交手之後，方才意識到香琴的力量遠比他想像中更加強大，她的那條胳膊如同鐵鑄一般，無論自己如何發力，都無法將之移動分毫。

完顏天岳的左手扶在石几之上，以此支撐可以將全身的力量集中於右臂，右腕一個翻腕動作，終於將香琴的手腕壓下去一些，可香琴卻輕輕動了動手腕，馬上又回歸原位。

胡小天樂不可支，拿了一支摺扇來到香琴身後幫她搧風助威。從場面上看，完顏天岳並不占優，這會兒功夫額頭上已經佈滿了黃豆大小的汗珠。香琴一張大胖臉卻從容自若，和平時沒有一丁點的分別，她輕聲道：「輸贏於我都無所謂，反正我輸了有公子喝。」

胡小天道：「這樣的心態要不得，必須贏，一定要贏！」不算別人押的，若是香琴輸了，自己就要喝兩罈酒。

香琴道：「放心吧，公子對我如此厚望，我豈能辜負！」稍一用力，手腕已經將完顏天岳的大手壓了下去。

完顏天岳竭力對抗，額頭的青筋根根暴起，因為充血臉色變得通紅。

胡小天看出完顏天岳已經是強弩之末，不由得哈哈大笑，霍格眨了眨眼睛，此時方才意識到香琴的厲害，心中後悔不迭，怎麼會押寶在完顏天岳的身上？想不到這廝居然如此不濟，其實倒也不是完顏天岳不濟，而是香琴的力量實在過於強大。

眼看完顏天岳的手臂越來越貼近桌面，胡小天喜不自勝，薛勝景也是唇角現出笑意，可就在這時突然聽到完顏天岳爆發出一聲大吼：「嗨！」局勢突然逆轉，香琴好像突然間就放棄了反抗，完顏天岳手腕一翻就將她的手臂反制，死死壓在石几之上，完顏天岳氣喘吁吁，雙目有些不可思議地望著香琴，別人不清楚他還能不清楚，本以為自己就要輸了，可最後關頭香琴突然放水，才讓他逆轉贏得了比賽。

香琴沒事人一樣，輕描淡寫道：「這位公子贏了，佩服佩服！」

周圍人都愣了，胡小天和薛勝景兩人大眼瞪小眼，這倆貨可都是人精兒，人精兒也有失算的時候，薛勝景失算在太信任胡小天的頭腦，胡小天卻是壓根沒想到香琴關鍵時刻能擺自己一道，想想這事兒也正常，誰讓剛才自己答應香琴輸了，自己替她受罰，應該從那時起她就有了這方面的打算，做好了鋪墊，自己一時大意方才鑽入了這個圈套，願賭服輸，胡小天點了點頭道：「技不如人，願賭服輸！」說話的時候卻是望著香琴，不是香琴敗了，是他敗給了香琴。

胡小天端起一罈酒，爽快笑道：「我將這兩罈酒乾了！」自己押寶一罈，香琴輸了一罈。

看到胡小天如此痛快地認輸，薛勝景也不好抵賴，也端起一罈酒道：「我陪兄弟！」

霍格一旁叫好道：「痛快，實在是痛快！看到你們如此痛快，我也心癢難忍，我陪大哥兄弟也喝一罈。」本來沒他的事情，非要摻和進來，這其中也有想和薛勝景攀交的意思，霍格也是個粗中有細的人物。

三人抱著酒罈一起飲下，反倒是霍格第一個喝完，胡小天第二個，他放下空酒罈，拿起了第三個，別人一罈就完成了任務，他卻要兩罈，正準備繼續飲下的時候，花園內卻傳來動靜，乃是一名身穿灰色長袍的男子緩步走了進來。

門前武士本想攔住，那灰袍男子足下移動，只見清影一晃已經繞過兩名武士的阻攔走入花園之中，身法如同鬼魅一般靈動。

灰袍男子四十多歲的樣子，表情陰鷙，雙目深陷，目光充滿怨毒地望著香琴道：「剛才是誰打傷了我家少爺？」

香琴道：「你家少爺？噢！原來那個出言不遜，滿口噴糞的混蛋是你們家的少爺！」

灰袍男子乃是楊元傑的授業恩師馮閑林，此人也算得上一號人物，出身於劍宮，乃是劍宮主人邱閑光的師弟，單就武功上的造詣來說他並不次於邱閑光，當年也曾經為了劍宮主人之位和邱閑光明爭暗鬥，失敗之後，心灰意冷乾脆離開了劍宮，輾轉來到西川，後來投在夔州太守楊道全的手下，成為他兒子的師父，馮閑林武功雖然很高，可是他卻不會教授學生，楊元傑拜師十多年，武功仍然不入流，這和馮閑林本身怪戾的性情有關，當然和楊元傑自身的惰性和悟性也有一定的關係，一來二去馮閑林也喪失了教授他的興趣，多數時候更像是楊元傑的保鏢。

馮閑林冷哼一聲：「賤人找死！」

香琴這次沒有表現出剛才的凶悍，非但如此，反而嚇得尖叫一聲，轉身就逃躲到了胡小天的身後，裝得如同受驚小鳥一般，顫聲道：「公子救我，公子救我！」

胡小天當然明白，她根本是要把自己拉下水的意思。誰再說女人頭髮長見識短老子就跟他急！其實除了胡小天之外其餘幾人都帶了護衛前來，可沒有人會在這種時候率先出頭，畢竟對方是衝著一個風塵女子來的，如果是為了一位美女仗義出頭，勇於護花，那還算說得過去，可就香琴這種姿色，要是傳出去為她挺身而出和別人大打出手，豈不是要讓天下人笑掉大牙。

更何況現場還有燕王薛勝景，他負責做東，他不發話，大家也不好輕舉妄動。

薛勝景故意向胡小天道：「兄弟，別人的恩怨咱們還是不要插手了。」他不愧是一隻老狐狸，表面上勸胡小天不要多事，可實際上卻在當眾表明自己的態度，順便暗示眾人自己是不會插手這件事的，其實以薛勝景的身分，也的確犯不著為一個風塵女子出頭。

薛勝景這樣一說，其他人也就不再說話，完顏天岳剛才已經領教過香琴的真正實力，知道剛才之所以能夠贏她，根本是香琴故意放水，不然自己肯定會輸得很難看，眼前馮閑林雖然來勢洶洶，可他和香琴交手未必能夠討得到好去。

馮閑林雖然過來的目的是為了楊元傑討還公道，可他也知道但凡能夠來到眾香樓的非富即貴，來的都不是尋常人物，他向眾人抱了抱拳道：「在下馮閑林，徒弟無辜被人所傷，特來為弟子討還公道，此事和諸位無關，叨擾之處多多見諒。」他這番話說得也算是給足了眾人面子。

薛勝景聽到馮閑林的名字內心一動，劍宮本身就在大雍，馮閑林之名當初曾經和邱閑光並稱，他號稱一劍穿心，其劍法可見一斑，薛勝景心中暗歎，想不到這麼厲害的劍手居然會在此地出現。

胡小天並不知道馮閑林的大名，站在香琴身前，倒不是他主動護住香琴，而是因為香琴躲在了他的身後，強迫他成為出頭鳥。

馮閑林目光落在胡小天的臉上：「這位公子，此事與你無關，還望公子不要插手。」

胡小天笑道：「她是我點的美人，誰找她的晦氣就是跟我過不去。」說話間寸步不讓，顯然是要為香琴出頭到底的意思。

馮閑林臉上瞬間籠上一層冰霜，冷冷道：「敢問公子高姓大名，出身何派？」

胡小天道：「你不是想為徒弟出頭嗎？那就放馬過來，哪有那麼多的廢話！」

本來胡小天也不想將事情鬧大，尤其是在察覺香琴故意想要將他拖下水去，心中頓時有了將計就計的想法，反正有那麼多人在，不怕把事情鬧大，真要是驚動了李天衡，大家都沒什麼面子，最沒面子的那個肯定是薛勝景，這廝當初曾經讓人在途中追殺自己，這筆帳還一直沒跟他算呢。

馮閑林見胡小天如此狂傲，心中怒火更熾，怒視胡小天道：「這位公子識相的話，還是不要多管閒事得好。」雖然生氣，可是畢竟不想多樹強敵。

一旁薛勝景故意提醒胡小天道：「兄弟，這位是江湖上有一劍穿心之稱的馮閑林馮大俠，乃是出身劍宮。」

馮閑林聞言一怔，想不到這位胖乎乎的中年男子已經認出了自己的身分，他過去雖然出身劍宮，但是一直無緣和薛勝景相見，所以並不熟悉。

胡小天原本還有些猶豫，聽到劍宮之名，頓時變得異常堅定起來，冷笑道：「現在隨便什麼麼人都敢稱大俠了嗎？就算是劍宮主人邱閑光來了，一樣是我的手下敗將。」

馮閑林聞言大怒：「小子狂妄！」

胡小天笑道：「一貫如此，你若是識相，現在就給這位姑娘道歉，或許我還可以考慮放你一馬，不然的話，我一定打得你親爹都不認識你。」

馮閑林被胡小天氣得七竅生煙，他本來就不善言辭，惱怒之下什麼也說不出來了，指著胡小天然後狠狠指了指地下。

香琴不怕事大，格格笑道：「公子你好帥，你好厲害，人家都愛死你了！」

胡小天心中暗自冷笑，今天的事情全都是你這丫頭故意挑起，香琴出現在這裡說明夕顏十有八九就在附近。

薛勝景假惺惺道：「兄弟，不必衝動。」

胡小天已經舉步向前方空曠之處走去，背身朝著馮閑林道：「既然叫一劍穿心，想必你的劍法必有過人之處，來吧，就讓我領教一下劍宮高招！」

馮閑林被一個年輕後輩當面挑戰，若是他不應戰，肯定顏面盡失，其實馮閑林雖然號稱一劍穿心，但是他並不輕易出劍，出劍就要見血，往往對手就會送命。

胡小天身體緩緩轉了過來，從腰間鏘的一聲抽出一柄軟劍，軟劍又如一條銀蛇在月光下不停顫動，如霜的月光在劍身之上不停躍動，在眾人的眼中，那柄軟劍似乎有了生命。

馮閑林看到胡小天居然率先拔劍，一雙瞳孔驟然收縮，逼人的寒芒迸射而出，他的手也落在了劍柄之上，馮閑林抽劍的動作很慢，他的這柄劍古樸而陳舊，甚至顯得有些寒酸，劍柄之上只是用普通的麻繩編織纏繞，而且磨損嚴重，劍身細窄，長約三尺七寸，劍身韌性極好。單從馮閑林所用的兵器來看，他的劍法也應該走得是輕靈快捷一路。

胡小天不等馮閑林完全將劍抽出，手中一抖，嗤！軟劍挺得筆直，破空向馮閑林的心口刺去，靈蛇九劍乃是須彌天教給他的高招，絕不是鬧著玩的，胡小天一上來就送上一招靈蛇鑽心，先下手為強，看看是你馮閑林的一劍穿心厲害，還是我的靈蛇鑽心強大。

馮閑林看到胡小天出手，內心中頓時一凜，頃刻間已經收起了小覷之心，右腳後撤一步，和胡小天瞬間拉開了距離，然後手中長劍脫鞘而出，從右下向左上一個反挑，搭在對方的軟劍之上，順勢翻腕下壓，凝蓄已久的內力沿著劍身傳遞出去，在雙劍交鋒之處爆發，劍身猛然一震。

胡小天也感受到從劍身中傳來的霸道力量，心中暗讚，果然是劍宮高手，比起那個邱慕白的確強大了不少，馮閑林雖然沒有達到劍氣外放的地步，可是他已經達到對內力控制自如，可以通過交手雙劍相交架起的橋樑，傳導內力，以達到攻擊對方的目的。

如果是普通的劍手，恐怕馮閑林這一招已經將他手中劍震飛，可惜馮閑林所遇到的是胡小天，這廝內力強大的變態，馮閑林根本無法和他的內力相抗衡，還好胡小天並沒有運用自己強大的內力去硬撼馮閑林，而是趁著和這位劍道高手比拚的機會，趁機練習一下自己的靈蛇九劍。

軟劍劍鋒微側，然後手腕連續轉動，劍身又如一條蜿蜒行進的銀蛇，攀援著對方的劍身而上。

馮閑林手臂一抖，劍身迅速抽離而出，胡小天手中軟劍如影相隨，已經刺向他的咽喉，馮閑林劍鋒微轉，以劍身封住對方軟劍的劍鋒，右腳向側方移動，身軀閃電般拉開和胡小天之間的距離。

胡小天也沒有急於繼續緊逼，笑瞇瞇在虛空中揮舞了兩下軟劍，點了點頭道：「不錯哦！一劍穿心倒也算得上是名不虛傳。」

馮閑林老臉一熱，剛才的交手過程中他絲毫沒有占到上風，當著眾人的面被胡小天當眾揶揄，這種滋味並不好受，若是不拿出看家本領，今天非但無法取勝，搞不好還要敗得很難看，有了這樣的想法，馮閑林再不考慮手下留情，手中長劍舉起，自從劍宮創始人藺百濤失蹤之後，劍宮就再也不復昔日之鼎盛，劍宮弟子並沒有得到藺百濤的真傳，劍法開始走輕靈詭異一路，宗旨就是一個快字。

馮閑林捏了個劍訣，手中長劍追風逐電般向胡小天攻擊而去，他所使的也是追風劍法，其實胡小天在雍都之時就已經在邱慕白那裡領教過這套劍法，當時是以劍氣外放戰勝了邱慕白。

馮閑林使的雖然和邱慕白是同一套劍法，但是他畢竟是邱慕白的師叔，無論內力還是在劍法上的領悟都要精深許多，如果在雍都胡小天遇到馮閑林肯定必敗無疑，但是這段時間，他屢有奇遇，再加上從緣空和尚那裡吸取到了強大無匹的內力，現在的胡小天已經不懼任何高手。

劍光霍霍，馮閑林出劍的速度一劍快似一劍，在眾人的眼中，他手中的那柄長劍已經幻化出萬千道光影，這一道道光影織成了一張巨大光網向胡小天籠罩而去。

胡小天也是接應不暇，如果單以靈蛇劍法他也沒有破掉馮閑林追風劍法的把握，看到對方的快劍已經狂風駭浪般湧到眼前，胡小天也只能選擇暫避鋒芒，足尖一點，身軀倏然拔高數丈，一呼一吸，身軀大鳥般俯衝到涼亭之上，正是不悟和尚教給他的馭翔術。

馮閑林已經被他激起了殺氣，大吼道：「小子別逃！」

胡小天站在涼亭之上哈哈大笑道：「逃？老子會逃？有種你上來！」

馮閑林向前跨出一步，一手指著胡小天，一手握緊長劍，騰空飛掠而起，也是向涼亭之上撲去。

胡小天看到馮閑林啟動，唇角露出一絲笑意，他從涼亭頂部跳離，居高臨下，手中軟劍高高舉起，狠狠向馮閑林劈了過去，佔據地勢之利，居高臨下，意圖一劍決出勝負，胡小天本以為自己的這一劍能夠揮出劍氣，可是他的劍氣外放總是在關鍵時刻不靈，這次又是在關鍵時刻沒有奏效，如果胡小天手中的兵器是藏鋒或者是玄鐵劍，即使無法自如將劍氣外放，也能以霸道的力量將馮閑林擊潰，可惜這柄軟劍實在是太輕，無法對馮閑林造成太大的損傷。

雙劍交錯，馮閑林畢竟還是在地勢上居於弱勢，身軀向下一沉，在下墜的同時，長劍變幻，刺向胡小天的下陰。

胡小天暗罵這廝歹毒，畢竟是一位成名已久的江湖前輩，居然用這種歹毒的劍法對付自己這樣一位晚輩，胡小天以軟劍在對方劍身上一搭，丹田氣海中內息膨脹，身軀借著調息之勢又提升了兩丈，然後再度以馭翔術滑翔而出。

外行看熱鬧，內行看門道，圍觀眾人之中不乏高手在內，香琴看到胡小天的身法，臉上的表情顯得有些錯愕，在她的印象中胡小天還是過去那個幾乎不通武功的三腳貓，想不到一段時間不見，這廝居然搖身一變成為高手，而且居然能和劍宮的代表人物之一打了個難解難分。

胡小天落在花叢之上，雙足踏在花木的枝葉之上，盡顯絕佳的輕身功夫。

馮閑林緊追而至，等他來到胡小天近前，胡小天馬上施展躲狗十八步，在花叢之中來回穿梭，就算在空曠的地面之上馮閑林想要抓住他也沒那麼容易，更何況有了花木的掩護，兩人你追我趕，看得眾人目眩神迷。

馮閑林其實現在心中已經明白自己根本就無法戰勝眼前的這個年輕人，對方到現在都沒有暴露出真正的實力，單看他的身法和步法無一不是精妙至極，還不知對方的背景師承，搞不好真是一位了不起的大人物，馮閑林心底深處已經打起了退堂鼓。而在此時他恰恰看到香琴就在距離自己不遠處，正在為胡小天吶喊助威，馮閑林虛晃一招，突然調轉方向，手中長劍毫無徵兆地向香琴刺去。

眾人皆是一驚，即便是像薛勝景這種原本抱著看熱鬧的態度，現在也不禁暗罵馮閑林卑鄙，畢竟也算是在江湖中有名有姓的人物，怎麼連最基本的臉面都不要，竟然偷襲一個風塵女子。

胡小天也低估了馮閑林無恥的程度，根本沒想到他會向香琴發起突襲。劍似流星，劍尖一點寒芒直奔香琴的胸口而去。

胡小天意識到的時候已經晚了，眼看馮閑林的長劍就要刺入香琴的胸口，香琴不慌不忙，伸出白白胖胖的右手向長劍抓去，不費吹灰之力就已經將長劍抓入手中，然後臃腫肥胖的身體倏然啟動，她啟動的速度奇快，在眾人的眼中幻化出一道道殘影，左拳準確無誤擊中了馮閑林的下頷，這一拳將馮閑林打得橫飛了出去，馮閑林落入花叢之中，摔得比他的徒弟楊元傑更加狼狽。

香琴手握長劍，似乎她的手根本就不是血肉鑄成，鋒利的劍刃對她毫髮無傷。

香琴歎了口氣道：「什麼一劍穿心，根本是徒有虛名。」雙手分別持住劍身和劍柄，稍一用力竟然將那柄長劍從中折斷，然後隨手拋在了地上。

圍觀眾人看得目瞪口呆，此時誰都明白香琴這個風塵女子乃是一個真正深藏不露的高手，只是這樣的高手為何會出現在眾香樓這種場合？每個人都猜到香琴的出現絕非偶然。

胡小天望著摔倒在花叢中狼狽不堪的馮閑林，搖了搖頭歎了口氣道：「趁著我還沒有改變主意之前，趕緊滾蛋！」

馮閑林臉色鐵青，什麼話都不敢說，爬起來一瘸一拐地向外面走去。

圍觀眾人齊聲喝彩，叫得最響的卻是那幾位陪酒的美女。

薛勝景端起一杯酒主動走向香琴，微笑道：「這位姑娘今晚真是讓本王大開眼界，來！本王敬你一杯。」

香琴卻沒有給他面子，翻了翻白眼，徑直走向胡小天，反倒將薛勝景晾在了那裡，燕王薛勝景何時遭遇過這種冷遇，一時間也是老臉通紅，尷尬非常。

胡小天本以為香琴要跟自己說話，卻沒有想到她和自己擦肩而過繼續向院門外走去，耳邊飄來香琴的一句話：「今夜子時，浣花溪楓林橋。」

胡小天內心一怔，再看香琴的時候她已經走遠。

薛勝景看到香琴也沒有理會胡小天，這才感覺到顏面上好過了一些，來到胡小天身邊，親切摟住他的肩頭道：「兄弟，不管他，為兄再幫你選一個好的。」

就在此時忽然聽到外面人聲鼎沸，有武士過來稟報，卻是外面有一支百餘人的兵馬將眾香樓團團圍住。

薛勝景臉色不由得沉了下來，冷冷道：「什麼人如此掃興，竟敢來此鬧事？」

胡小天道：「十有八九是剛才那幫人。」

薛勝景道：「我去看看！」

幾人一起出門，到了外面看到果然是燈火通明，一隻百餘人的騎兵隊伍堵住了眾香樓的大門，為首一人正是楊元傑，他剛剛挨了打，馬上回去搬救兵，將此次隨同他前來的兵馬全都叫來了，意圖將胡小天等人全都抓回去好好報復一番。

薛勝景冷哼一聲，胡小天笑道：「這小子當真是不知死活。」他轉向霍格道：「大哥，有人要抓你呢！」

霍格其實這會兒有些心虛，雖然是受了燕王薛勝景的邀請而來，可畢竟所在的地方是煙花之地，這件事若是鬧大，傳到岳父李天衡的耳朵終究不好，胡小天的意思分明是讓他出頭，霍格可不想這麼做。

薛勝景淡然道：「你們都不必出面，本王自會應付。」今晚是他做東，出了事他當然要首當其衝，薛勝景正準備出面時，卻不知為何那幫人突然又退去了。

望著倉皇離去的那群武士，薛勝景也有些糊塗，看來是有人已經得悉了他們的身分，並通報給了楊元傑，那小子知道惹不起他們方才選擇離去。雖然事情並沒有鬧大，可是經過這番折騰，眾人的興致自然受到影響，首先是霍格提出告辭，他是擔心事情鬧大，傳出去對他不利，畢竟在老丈人眼皮底下逛窯子並不是什麼光彩的事情，他這一走，完顏天岳和洪英泰也藉口要走。

胡小天本想跟著他們一起離去，可薛勝景卻提出要送他，胡小天猜到薛勝景一定有話想單獨跟自己說，雖然薛勝景曾經找人害過他，不過時過境遷，現在是在西州，諒他也沒有那樣的膽子，更何況自己剛剛在和一劍穿心馮閑林的比拚中，已經表現出了雄厚的實力，想必對薛勝景也起到一些震懾的作用。

登上薛勝景的豪華馬車，薛勝景望著眾香樓的燈火，長歎了一口氣道：「好好的一場晚宴居然被人給攪和了。」

胡小天道：「都是兄弟的不是，是我給大哥招惹了麻煩。」

薛勝景呵呵笑道：「兄弟，我可沒有指責你的意思，說起來，今晚你的武功真是讓我大開眼界，居然可以擊敗一劍穿心馮閑林，難怪當初劍宮的邱慕白會敗在你的手下。」

胡小天道：「大哥，擊敗馮閑林的是那個胖妞，跟我可沒關係。」

薛勝景微笑道：「當時的場面我看得很清楚，就算她不出手，馮閑林一樣要敗在你的手下，你知不知道，馮閑林乃是劍宮主人邱閑光的師弟，劍法絕非泛泛。」

胡小天心中暗歎冤家路窄，自己無意中又得罪了一位劍宮之人，看來和劍宮的樑子已經是越結越深，只怕沒有化解的可能了，其實追根溯源，自己也勉強算得上是劍宮傳人，他在無意中發現了藺百濤留下的玄鐵劍，因此而機緣巧合學到了誅天七劍，這套劍法雖然沒有練到隨心所欲的境地，可是卻將他對劍的感悟和認知提升到了一個全新的境界。

薛勝景道：「兄弟過去有沒有見過那位姑娘？」

胡小天道：「哪位？」他明知薛勝景問的是香琴，卻故意裝糊塗。

薛勝景微微一笑道：「就是擊敗馮閑林的那位。」

胡小天搖了搖頭道：「第一次見到。」

薛勝景也沒有追問，他忽然歎了口氣道：「老弟，你為何要來西州啊！」

胡小天道：「大哥能來難道我不能來，西州好像還在大康的疆域範圍內吧？」

薛勝景搖了搖頭道：「你我兄弟相交一場，我這個當哥哥的自然不忍心看到你遇到危險，老弟啊，難道你看不出李天衡狼子野心，根本不可能回歸大康嗎？」

胡小天笑道：「這事兒大哥怎麼知道？」

薛勝景壓低聲音道：「不瞞兄弟，我已經見過李天衡，而且李天衡也已經答應和大雍結盟。」

胡小天內心一怔，隨即又覺得此事不太可能，這麼大的事情焉能一點風聲都沒傳出來？李天衡若是真心和大雍結盟就是個傻子，他難道看不出大雍只是想利用他，真正的目的是要一舉南侵，吞併整個中原？薛勝景為人向來狡詐，他可能是故意說謊來欺騙自己，胡小天道：「結盟是一回事，出不出力又是另外一回事。」

薛勝景笑道：「兄弟此話怎講？」

胡小天道：「大康和西川本為一體，就算李天衡真的獨立，也不會做出自掘墳墓的事情。」

薛勝景道：「何謂是自掘墳墓？」

「大康和西川乃是唇亡齒寒的關係，若是大康亡了，西川還有什麼屏障可言？這麼簡單的道理，李天衡豈會不明白？」

薛勝景呵呵笑了起來，深邃的雙目望著胡小天，意味深長道：「以大康如今的狀況，敗亡只不過是早晚的事情。」

胡小天道：「倒也未必！」

薛勝景道：「老弟，良禽擇木而棲，你們胡氏一門忠義，到最後又落到如何下場？金陵徐氏是你母親的娘家，現在大康皇上還不是對他們步步緊逼，如此昏庸的國主，如此日薄西山的朝廷，你何苦為之搭上大好年華，甚至犧牲性命？」

胡小天眨了眨眼睛，他沒聽錯，薛勝景這貨是在策反自己呢。

胡小天道：「大哥，我們胡家之所以落難，乃是拜昏君龍燁霖所賜，如今聖上對我們胡家恩重如山，非但為我爹平反昭雪，還還我清白，承蒙聖上看重，還將永陽公主許配給我為妻，此等大恩，小天沒齒難忘，豈敢輕言背叛。」

薛勝景呵呵冷笑：「我的傻兄弟，你當他真心想讓你當駙馬嗎？據我所知這件事其實是他的一個陰謀罷了。」

胡小天其實早就明白老皇帝選自己當駙馬之事其中必有玄機，可現在薛勝景說出來，從他的口氣不難聽出他應該瞭解到了一些內情。

胡小天道：「什麼陰謀？」

薛勝景道：「全天下人都看得明明白白，他是要通過這件事來綁架你們胡家，進而綁架金陵徐家，他是要你們兩家為大康耗盡最後一滴血汗，他若是當真想讓你娶永陽公主，就應該愛惜你的性命，豈可讓你前來西川賀壽？」

胡小天道：「聖上讓我來西川賀壽乃是出於對我的信任，哪有其他的目的。」

薛勝景道：「天下人都知道李天衡野心勃勃，只差公開宣佈自立為王罷了，你以為你們的皇帝會不知道，他要封李天衡為王？真是天大的笑話，一個即將亡國的君主要封一位西南霸主為王，你以為李天衡會心服？他又怎能斷定李天衡不會加害於你？」

薛勝景所說的一切胡小天幾乎全都想到，可是他在薛勝景面前卻不能有任何的表露，龍宣恩當然居心叵測，可是薛勝景也不是什麼好鳥。

薛勝景語重心長道：「老弟，識時務者為俊傑，你何苦為了一個昏庸的君主而犧牲自己的前程，只要你肯聽我的話，我保你日後享不盡的榮華，用不完的富貴，別留戀什麼駙馬之名，只要你肯棄暗投明，大雍的公主隨便你挑選！」薛勝景的這番話可謂是氣魄驚人。其實他可不是空口白話，他自己就有一位寶貝女兒，胡小天既然不是太監，那麼也就是說他和女兒就有了可能，若是胡小天肯為大雍效力，以此子的能力必然可以成就一番驚人的功業，女兒嫁給了他也不算辱沒，更何況女兒本來就對他一往情深。

胡小天道：「多謝大哥的好意，此事兄弟心領了，只是忠義不能兩全，這件事大哥以後休要再提。」

以薛勝景對胡小天的瞭解，知道這小子絕非愚忠之人，現在之所以乾脆利索地拒絕自己無非有兩種可能，一是他對自己並不信任，二是他自己另有其他的想法，薛勝景知道這種事情不能一蹴而就，反正距離離開西州還有一段時日，等以後再探聽胡小天的真實想法。

薛勝景將胡小天送回了宣寧驛館，兩人拱手作別。

胡小天並沒有回驛館休息，只是向梁英豪等人交代了一聲，就換了身衣服重新出門，在眾香樓之時，香琴就悄悄和他約定見面的地點。浣花溪楓林橋，胡小天有種直覺，今晚在那裡等著自己的必然是夕顏無疑。

想起在大雍的種種遭遇，其中有不少的困惑等待這妮子的解答，若非是她留言，自己怎會知道定魂珠藏在紅山會館的鴻雁樓內，而現在看來，所謂定魂珠只不過是將自己一步步引入鴻雁樓的誘餌罷了，他和霍勝男、董天將、宗元幾人因此而潛入了鴻雁樓，在鴻雁樓內遭遇黑白雙屍，所有一切卻都是在別人的計畫之中，真正的用意卻是為了剷除完顏赤雄。

站在楓林橋上，胡小天眼前浮現出夕顏那張傾國傾城的俏臉，她的話仍然在自己耳邊迴盪，這世上我是對你最好的一個。胡小天唇角現出一絲苦笑，不知為何卻想起了龍曦月，連他一直認為最沒有機心，最單純善良的龍曦月最後還是欺騙了他，他所認識的女孩子又有哪個沒有抱有自己的目的呢？慕容飛煙應該算得上一個，可是她也有自己的秘密，自從他和七七訂婚之後，慕容飛煙和他之間明顯產生了隔閡。

一盞荷花燈沿著溪水漂流而下，從楓林橋下緩緩蕩過，燭光吸引了胡小天的注意，他的目光循著燭光向上游望去，卻見浣花溪的上游一盞盞的荷花燈正依次順水漂來……

因為溪流蜿蜒轉折，樹影剛好將放河燈的位置擋住，胡小天看了看夜空，判斷出已經過了午夜相見之時，別說夕顏未曾露面，就算是香琴也沒有過來。

胡小天沿著小溪溯流而上，那一盞盞的荷花燈為他指引著道路，繞過前方的樹叢，看到浣花溪旁一位白衣少女煢煢孑立，正將身邊的蓮花燈點燃，一盞盞放入小溪之中。

胡小天並沒有打擾她，靜靜站在一旁，凝望著她絕美的輪廓，一舉一動都美得讓人窒息，美景如畫，人在畫中，胡小天望著眼前的情景不由得有些癡了。

白衣少女將手中的最後一個荷花燈放入浣花溪中，美眸追逐著花燈的的軌跡，輕聲道：「你是不是上輩子沒見過女人？」

胡小天露出一個陽光燦爛的笑容：「女人見過很多，像你這麼特別的卻是頭一次見到。」夕顏這妖女的確與眾不同。

夕顏緩緩轉過身去，將一張精緻得沒有半分瑕疵的俏臉展示於月光之下，一雙美眸宛如星光一般靈動：「哪裡特別？」

胡小天道：「不像人！」

「誇我還是罵我？」夕顏咬著櫻唇，一雙秀眉已顰起，這小子向來沒什麼好話，可明知他不會說好話還是偏偏想聽，女孩子家的心思很多時候就是那麼矛盾。

胡小天道：「午夜時分，一身白衣，站在這裡，知道的以為你在放河燈，不知道的還以為女鬼顯靈。」

「我呸！就知道你沒什麼好話。」

「不過這麼漂亮的女鬼估計閻王爺看了也會心動，更不用說我這個俗人了。」

夕顏聽他這麼說，唇角不由露出一絲笑意：「你何時又成了俗人？這身分走馬燈一般變化搞得我都看不懂了，紈絝子、青雲縣令、李家女婿、皇宮太監、遣婚使者、御前侍衛，現如今又搖身一變成了大康駙馬，居然還是個俗人，天下間若論到最善變之人，肯定就是你了。」

胡小天笑瞇瞇道：「彼此彼此！」

夕顏一張俏臉卻突然冷若冰霜：「你說什麼混帳話？以為我和你一樣嗎？」

胡小天道：「我錯了，以我的頭腦真不敢和姑娘相提並論！」

夕顏焉能聽不出他話裡的諷刺味道，輕聲歎了口氣道：「你一個大男人，心眼還真是夠小。」

胡小天道：「不是心眼小，是吃一塹長一智，被人坑的次數多了，得到的教訓自然也就多了一些。」

夕顏道：「我知道怎樣解釋都是無用，你當我是壞人也罷，當我三番兩次的騙你也罷，我懶得跟你解釋，我今天找你是要問你，你既然跟我拜了天地，因何又要答應成了別人的駙馬？」

胡小天被她問得一時語塞：「這……」

夕顏道：「背信棄義，忘恩負義，喜新厭舊，始亂終棄，胡小天啊胡小天，你就是天下第一號混蛋王八蛋！」

胡小天道：「你過去不是不承認咱們拜過天地嗎？」

夕顏道：「我就算說不，可發生過的事情畢竟是事實，我可以否認，你不能否認！」

胡小天知道女人一向不講理，可是像夕顏這般不講理的女人他還是頭一次見到，這個話題似乎自己理虧，這廝決定不在這個話題上糾纏下去，岔開話題道：「還別說，你穿這身衣服還挺好看。」

夕顏冷冷道：「難道你看不出我穿的是孝服？」

胡小天道：「呃，真是不好意思，我不知道有親人去世，丫頭，究竟是哪位親人身故？」

夕顏道：「我那背信棄義的夫君！」

「呃……」胡小天再度無語。

夕顏一雙美眸充滿殺機地盯住胡小天。

胡小天道：「你要殺我？」

「不可以嗎？」夕顏的聲音又變得輕柔而嫵媚，想要殺人都能讓被殺者感覺到楚楚可憐的她也算得上是第一個。

胡小天道：「其實也沒什麼不可以的，只是我還有很多事情沒有做好，許多心願未了，不如多等幾年，我親自送上門讓你殺好不好？」

夕顏搖了搖頭，嬌聲道：「可是人家等不及了！若是不殺了你，我寢食難安。」

胡小天道：「丫頭，我還有爹娘啊！」

「我幫你照顧，既然拜過天地，我就是你的妻子，你爹娘就是我爹娘，你死了，他們自當由我來照顧。」

「我還有不少紅顏知己呢，我死了她們豈不是要悲痛欲絕……」反正是不要臉了，胡小天什麼話都敢說出來。

夕顏道：「你放心，我不會給別的女人為我丈夫傷心的機會，但凡跟你勾搭過的女人，我肯定會將她們斬殺殆盡，一個不留，至於你那個未過門的公主老婆，我會將她送到眾香樓將她捧成第一紅牌。」

胡小天倒吸了一口冷氣，這妞兒不是說真的吧？女人發起瘋來果然失去理智，胡小天笑道：「我好像沒那麼出色，不值得你為我這麼做！」

夕顏道：「值不值得我自己知道，我從小就不喜歡和別人分享東西，就算是痛苦也是一樣。」說到這裡，她的嬌軀宛如鬼魅般向胡小天衝去，胡小天吃了一驚，他知道夕顏素來喜怒無常，就算是幹出怎樣的事情都不奇怪，所以一直都提防她的突襲，夕顏出手之時，胡小天第一時間做出反應，身軀向後飛掠而起，不等他的雙腳落在岸邊，夕顏張開五指五道寒芒向胡小天射去。

胡小天不得已只能再提了一口氣，即將落地的身軀再度提升而起，躲過夕顏的射殺，陀螺般旋轉，向浣花溪內落去，落點卻是浣花溪內的一盞荷花燈，胡小天雖然無法做到緣空那般可以漂浮空中的境界，但是在他跟隨不悟學會馭翔術之後，登萍渡水，踏雪無痕應該不在話下，踩在蓮花燈之上而不下沉更是不在話下。

夕顏雖然知道胡小天的武功不弱，但是沒想到分別的這數月之間他的武功又提升得如此之高，足可用突飛猛進來形容。驚得夕顏一雙美眸瞪得滾圓，盡顯錯愕之色，足尖一點如影隨行，嬌軀在空中螺旋飛升，伴隨著她的飛升，一朵朵五彩繽紛的鮮花從空中落下，向胡小天兜頭蓋臉籠罩而去。

胡小天望著空中美輪美奐的景象，悠然神往，真是美女啊，打架都打得那麼有情調，打得那麼漂亮，胡小天道：「老婆！天女散花嗎？」

說話之時卻發現那一朵朵的鮮花中突然飛出一隻隻宛如琥珀般透明的蜜蜂，胡小天驚呼一聲，夕顏的手段他太清楚了，若是單比武功，他當然敢和夕顏放手一搏，可是夕顏是一個用毒高手，加上她智慧高絕，詭計多端，真正打起來自己絕對占不到任何的便宜。更何況自己對夕顏有著斬不斷理還亂的複雜情愫，又捨不得將真正的殺招用來對付她。

一隻隻的蜜蜂迅速集結成陣，向胡小天瘋狂發起攻擊，胡小天從一個荷花燈跳到另外一個荷花燈，夕顏實在是太彪悍了！小龍女的傳人嗎？居然連驅策蜜蜂都學會了！胡小天逃得雖然夠快，可是那蜜蜂越來越多，眼看就從四面八方向他包繞而來，胡小天暗歎倒楣，眼前唯一的辦法就是投身河水之中，蜜蜂怕水，只有進入水中才能躲過蜜蜂的瘋狂追擊。

胡小天想到這裡，再不顧忌什麼風度面子，一腦袋就栽進了浣花溪中，他所在的位置河水還算深，大概兩丈左右，胡小天一口氣沉到了河底，心中暗自慶幸，得虧我水性好，不然今天肯定要被螯成豬頭了。

他的高興勁兒還沒過去，就感覺周圍水波蕩動，舉目望去，卻見一條條黑色的蛇影向他悄然靠攏而來，胡小天大吃一驚，夕顏翻臉果然比翻書還快，水下原來也有埋伏。胡小天慌忙從腰間抽出軟劍，猛然揮出，將一條率先游到他身邊的水蛇斬斷，焉知這些水蛇有沒有毒，本以為躲到水下就能轉危為安，卻想不到水下要比陸地危險更大。

胡小天慌不擇路，與其在水底被群蛇圍攻，還不如衝上岸和蜂群大戰脫身的機會更大一些。他拚命向岸上游去，就在頭顱露出河面的剎那，眼前卻陡然強光一閃，胡小天的雙目在強光的刺激下，出現了短暫失明的狀況，他本以為是夕顏作怪，可是耳邊卻突然傳來夕顏驚恐的聲音：「小心！」

河邊的垂柳之上，一名身穿黑甲的男子宛如猛虎般撲向胡小天，鐵甲籠罩的右拳以迅雷不及掩耳之勢擊中了胡小天的面門，這一拳將胡小天打得重新沉入了河水之中。

胡小天感覺自己的腦袋嗡的一下，眼前金星亂冒，腦子裡瞬間變得混沌一片，這場襲擊發生得太過突然，先是遭遇強光射目，讓他出現暫時性的失明，然後潛伏在暗處的對手發動襲擊，這一拳傾盡全力，顯然是想要將自己一拳斃命，換成旁人只怕現在已經顱骨盡碎腦漿迸裂。胡小天在危急關頭做出了自我保護，頭部後撤，卸去了對方四分力量，而他強大的抗擊打能力，也保證了他在遭遇對方重拳之後仍然能夠存活下來。

耳邊迴盪著夕顏驚恐至極的那聲小心，胡小天昏沉沉的腦子也能夠推斷出，襲擊者應該不是夕顏所派。

第八章

立場不同

面對夕顏這麼聰明的女人，
若是不將自己的智商放低，她怎肯透露更多資訊？
胡小天斷定，夕顏維護的是西川李氏的利益。
雖然胡小天不否認自己對夕顏的感情非常微妙，
可是雙方的立場不同，出發點自然也不同，
若是被感情干擾到自身的判斷，那麼吃虧的必然是自己。

這場襲擊發動的太過突然，夕顏對此也沒有警覺，當她發現之時已經太晚，黑甲武士已經從垂柳之上完成了他的全力一擊，眼看著胡小天剛一露頭就被對方的鐵拳砸在面門之上，重新沉入河水之中不知是死是活，夕顏悲憤交加，一聲嬌叱，足尖在蓮花燈上輕輕一點，嬌軀提縱，長袖揮舞，五彩繽紛的花朵形成一道色彩斑斕的旋風，向那名黑甲武士包裹而去，成千上萬隻黃蜂緊隨而至。

蜂群將黑甲武士團團包圍，就在此時黑甲武士周身陡然燃燒起紅色火焰，將靠近他周圍的黃蜂燃燒殆盡，蜂群看到火光非但沒有閃避，反而拚命向火中撲去。

夕顏內心一驚，驚聲道：「七重磷火甲！」

黑甲武士一言不發，趁著夕顏錯愕的剎那，縱身躍入河水之中，周身的磷火入水之後即刻脫離盔甲，漂浮在河面之上仍然繼續燃燒不斷。

胡小天被黑甲武士一拳擊中面門，跌入河水之中，身體剛剛沉入水面之下，水下那數千條水蛇就蜂擁而至，纏繞在他的四肢頸部，一時間已經有數條水蛇開始噬咬他的肌膚。

疼痛讓胡小天昏昏沉沉的頭腦迅速變得清醒起來，丹田氣海中一股澎湃的氣流奔湧而出，迅速分佈於全身各大經脈，剛才因強光而短暫失明的雙眼也漸漸恢復了正常的視力。

胡小天看到水下一個黑色的身影迅速向他靠近，鐵甲可以讓對方輕易克服河水的浮力，在水底仍然可以保持行進自如。對方揚起手中分水刺向被眾蛇纏繞的胡小天心口猛然戳去。

千鈞一髮之時，一股龐大真力形成的氣浪以胡小天的身體為中心向周圍輻射開來，將遍佈於身體的水蛇震得四散紛飛，不少水蛇被強大的衝擊力震成數段，河水為胡小天的真力所逼迫，一股強大的潛流拍擊在黑甲武士身上，雖然他身穿七重磷火甲，仍然被這股突然爆發的潛力拍擊得站立不穩。手中的分水刺也因此而微微變向，差之毫釐失之千里。

分水刺擦著胡小天的左臂劃過，撕裂了他的衣衫，擦破了他的肌膚，但是對胡小天並未造成太大的傷害，胡小天右臂屈起，向後回收到盡頭，然後一個全力的刺拳，拳頭在運行之中由外向內逆時針轉動，水流在他這一拳的帶動下形成一團飛速旋轉的漩渦，直徑三尺左右，瘋狂飛旋的水鑽於無聲無息中擊中黑甲武士的胸膛。落點處強大的旋轉力讓黑甲武士的身體踉蹌了一下，水鑽竟然將他的胸甲從身體之上撕扯下來。

黑甲武士心中大駭，手中分水刺向胡小天投擲而出，胡小天此時的目力已經完全恢復，即便是在黑暗的水底仍然可以清晰看到一切細節，覷定分水刺飛來的位置，探出手去，穩穩將分水刺抓在手中。

黑甲武士投擲分水刺只是為了吸引胡小天的注意力，為自己下一步的行動換來喘息之機，右臂甲冑之中忽然延展出一條長約三丈的黑色鐵骨鋼鞭，鋼鞭每一節的長度都在兩寸左右，上方遍佈鐵棘，鋼鞭的尾端長達一尺，兩邊為鋸齒般的刀刃，寒光閃爍鋒利非常。

鋼鞭有如水中靈蛇，劃出一道弧線，向胡小天攔腰纏去，若是被鋼鞭纏住，鋼鞭上方的鐵棘就會深入血肉之中，越纏越緊。

胡小天以分水刺為劍，其實誅天七劍的真正厲害之處並不是在劍法本身，劍在其中只起到了一個介質的作用，胡小天也曾經湊巧達到過手中無劍成功將劍氣外放的境界，不過那種機率實在是微乎其微，生死關頭，又是在水下，胡小天可不敢冒險嘗試，分水刺長約四尺，因為在水中使用，考慮到水的浮力，要比尋常的刀劍沉重不少，分水刺劍身分為三刃，刃緣並不算特別鋒利，但是尖端鋒芒如針穿透力極強。

胡小天在水中虛空一刺的同時雙足在河底全力一蹬，浣花溪的河床都是鵝卵石非常堅硬，所以胡小天才敢做出這樣的動作，依靠反作用力身體加速逃離出鐵骨鋼鞭橫掃的範圍，如果下方是淤泥就不會起到這樣的效果，下蹬的力量越大反而會雙腳深陷淤泥之中。

胡小天以分水刺刺出的這一擊正是誅天七劍中的一式，這一刺竟然輕易將劍氣激發而出，劍氣無形，河水透明，但是無形劍氣在透明的河水中激射而出卻留下一道白亮如箭的軌跡。

鐵骨鋼鞭在此時卻陡然燃燒了起來，綠幽幽的磷火遍佈鐵骨鋼鞭，在水中蜿蜒行進猶如一條燃燒著磷火的綠色大蟒。攻擊的範圍足足擴大了一倍。

劍氣與磷火撞擊在一起，磷火在瞬間暴漲，望著突然強盛的磷火，胡小天雙足點地，雙膝彎曲，丹田氣海中內息急劇膨脹，身體借著河水的浮力全速向上方騰躍而去，饒是如此仍然有不少的磷火沾染在他的身上。

磷火雖然暴漲，可是卻無法阻擋胡小天的無形劍氣，白亮的水箭以驚人的速度穿透磷火，斬斷鐵骨鋼鞭，射入黑甲武士的左肩，堅硬的鋼甲竟然無法阻隔劍氣，黑色的血霧在水中瀰散開來，已經被劍氣斬斷成為四截的鐵骨鋼鞭仍然燃燒著磷火，緩緩沉入河底。

黑甲武士向河岸的邊緣大步行去。

夕顏雖然沒有看清水下的搏鬥，可是從水下光影變化已經知道胡小天凶險的處境，先是看到一個遍身磷火的傢伙從河水中躥升出來，緊接著又看到一個黑乎乎的影子出現在河岸邊緣，夕顏看得真切，那遍身磷火的傢伙就是胡小天，纖手一揚，一顆銀亮的彈丸射了出去，彈射在胡小天身上，蓬的一聲炸裂開來，化成白色的粉末籠罩胡小天的全身，胡小天身上仍在燃燒的磷火瞬間熄滅。

夕顏左手一抖，一條白色長綾激射而出，纏繞住那出現在河岸上的黑影，用力一拖，將之拖上了河岸。

胡小天從地上爬了起來，他的衣服雖被磷火燒出了多個大洞，可好在他的肌膚並沒有受到任何損傷。看到夕顏得手，第一時間衝上去幫忙，抬起腳來照著那黑甲人就是狠狠一腳，這一腳踢了個正著，只聽到叮叮咚咚，這一腳竟然將對方踢得散架，定睛一看，自己踢中的只不過是對方的盔甲，那黑甲人早已逃得不知去向，對方是用了金蟬脫殼之計。

夕顏其實將盔甲從河水中拖上來的時候就已經知道中計，目光投向河水蕩動的浣花溪，看到河面之根本沒有人影，只有幾點磷火仍然在漂浮閃爍，輕聲歎了口氣道：「原來早有人潛伏在這裡。」美眸轉向胡小天，卻見他身上的衣服被燒出了多個大洞，不知傷情如何，關切道：「你怎樣了？」

胡小天摸了摸臉：「不知道，你看我臉有沒有受傷？」

夕顏沒好氣道：「你反正是不要臉了，還怕受傷？」剛才黑甲人的那一拳著實不輕，正中胡小天的面門，雖然胡小天臉皮夠厚，現在也是鼻青臉腫，昔日眉清目秀的樣子已經找不到了。

夕顏確信他沒有受到致命傷害，漸漸放下心來，心中的關切又馬上變成了怒氣：「你哪裡招惹來那麼多厲害的對頭？一個個要置你於死地而後快？」

胡小天道：「干我屁事啊！是你約我到這裡來，他想殺的應該是你吧？」其實胡小天心中明白，今晚的這場刺殺肯定是衝著自己。

夕顏道：「七重磷火甲，據我所知能夠製作出這套護甲的只有天機局。」

胡小天內心一沉，黑甲人出現的時候他就懷疑此人和天機局可能有關，現在夕顏這麼說等於證實，洪北漠要殺自己？胡小天檢查了一下護甲，低聲道：「沒理由啊，我是大康使臣，他們沒理由殺我！」

夕顏道：「你就是天字第一號混蛋，人人都想殺之而後快。」

胡小天道：「畢竟夫妻一場，用不著那麼毒吧？」

夕顏道：「遇到麻煩就想起我來了？」

胡小天忽然笑了起來。

夕顏被他笑得有些糊塗了，斥道：「你笑什麼笑？有什麼好笑？」

胡小天歎了口氣道：「丫頭啊丫頭，果然聰明，故布疑陣，我覺得你為何約我來這裡相見？原來是設好了一個圈套讓我鑽，故意營造出有人刺殺我的假像，讓我懷疑到天機局的頭上，分裂我和洪北漠的關係，這麼複雜的事情真難為你能想得出。」

夕顏柳眉倒豎，美眸怒視這廝：「你這個蠢蛋，還自以為聰明，我為何要做這種吃力不討好的事情？分裂你和洪北漠？對我又有什麼好處？睜開你的狗眼看清楚，七重磷火甲都是有記號的，天機局能夠打造這套護甲的不會超過五個人，每個人都會有自己的特徵，從護甲的工藝上就能推斷出是何人所做。」

胡小天其實早就知道這件事和夕顏無關，黑甲人襲擊他的一拳顯然是奔著殺他而來，夕顏雖然性情多變，可胡小天從未懷疑過她會狠心殺害自己，之所以這樣說是驗證自己的猜測罷了。

胡小天明知故問道：「如果這殺手真是隸屬於天機局，他們為何會這樣做？我是代表大康出使啊！」

夕顏道：「還真把自己當成什麼重要人物了？駙馬爺，昏君之所以要讓你當駙馬無非是想給你一個身分罷了，駙馬若是死在了西川，影響力就會更大。」

胡小天彷彿聽明白了，點了點頭道：「原來你和天機局聯手對付我！什麼時候五仙教和天機局聯盟了？」

夕顏歎了口氣道：「你是豬嗎？」

胡小天當然不是豬，面對夕顏這麼聰明的女人，若是不將自己的智商放低，她怎麼肯透露更多的資訊？有一點胡小天能夠斷定，夕顏維護的是西川李氏的利益，這一點已經多次得到了證明，雖然胡小天不否認自己對夕顏的感情非常微妙，可是雙方的立場不同，出發點自然也不同，若是被感情干擾到自身的判斷，那麼吃虧的必然是自己。

胡小天道：「我還是想不通，殺了我對他們又有什麼好處？」

夕顏道：「若是欽差大臣大康駙馬死在了西州，那麼這筆帳會算在誰的頭上？」

胡小天道：「當然是李天衡。」

夕顏道：「大康如今的困境天下皆知，那昏君急於擺脫困境，唯一的可能就是收回西川，他派你此次前來的目的早已天下皆知。」

胡小天道：「西川原本就是大康的一部分，李天衡本身就是大康臣子，昔日口口聲聲說是要起兵勤王，可這麼久了，誰又曾見到他發兵，只是虛張聲勢，根本沒有為大康出一份力，現在皇上重新登臨大寶，李天衡若是他自詡的忠臣就應當率領部下，讓西川從納大康的版圖，以此來向天下人表白他的忠信誠義。」

夕顏道：「大康之所以陷入今天的困境，還不是因為那個昏君的緣故，西川回歸大康，無非是將西川的百姓也投入水火之中罷了。」

胡小天道：「你們五仙教何時這麼關心國家政事？」

夕顏道：「西川乃是五仙教立足之根本，城門失火殃及池魚，五仙教豈能對這種大事無動於衷？」

胡小天對夕顏的這番話將信將疑，多數江湖門派對國家政事都是不聞不問，江湖和廟堂之間雖然有著斬不斷理還亂的關係，但是彼此間又保持著相當的距離，夕顏多次都是在為西川李氏的利益而奔走，還記得當初自己出使大康之時，她還想趁機冒充龍曦月殺掉大雍七皇子薛道銘，以此來挑唆大雍和大康之間的戰事。若非是自己及時識破了她的陰謀，曉之以理動之以情，對她分析利害關係，說不定她早已得逞。

黑胡四王子完顏赤雄應該就是死在夕顏的設計之下，正是她透露給自己定魂珠的所在，不然自己何以會前往紅山會館？想起發生在紅山會館鴻雁樓內的那場變故，夕顏的心機比起七七也不遑多讓。

想到這裡，胡小天淡然笑道：「只怕你們五仙教所想的，不僅僅是立足那麼簡單吧！」

夕顏秀眉顰起道：「你什麼意思？」

胡小天道：「殺死黑胡王子，意圖挑起黑胡和大雍之間的戰事，五仙教為西川簡直是竭盡全力，赴湯蹈火在所不辭！」他盯住夕顏的雙眸，意味深長道：「不知西川給了貴教怎樣的好處？方才值得你們如此去做？」

夕顏道：「原來你心中始終記恨著我，以為鴻雁樓的事情是我故意設下圈套將你騙過去？」

胡小天微笑道：「過去的事情就算了，反正我也平安回來了。」

夕顏道：「在你心中我始終都是一個壞人，我做任何事都是為了害你。」

胡小天道：「真正被你害了的那個是霍勝男，非但背負了謀害安平公主的罪名，連完顏赤雄被殺也被算在了她的頭上，可憐她從一個戰功顯赫的女將軍變成了一個被舉國緝拿的欽犯。」

夕顏冷哼一聲：「可憐？你可憐她，同情她？胡小天啊胡小天，我果然沒看錯你，你就是見一個愛一個的花心大蘿蔔，什麼時候和霍勝男也勾搭上了？」

胡小天道：「我只是就事論事，不像某些人明明做過的事情卻不敢承認。」

夕顏點了點頭：「好！反正在你眼裡我不是什麼好人，以後你的事情我再也不管了！」

胡小天心想你不給我增添麻煩就謝天謝地了，真要是不來招惹我，老子求之不得。

夕顏看到他一雙眼睛賊溜溜亂轉，唇角似有喜色，馬上猜到了他的心意，怒道：「胡小天，你這個狼心狗肺的東西！」

胡小天表現出極好的修養，儘管被夕顏辱罵，仍然微笑以待，心中暗忖，好男不和女鬥，夕顏之所以惱羞成怒是因為陰謀被自己看穿。

夕顏罵了一句似乎覺得仍然不夠解恨，緊接著又補充道：「簡直是豬狗不如！」

胡小天倒吸了一口冷氣：「丫頭，殺人不過頭點地，還請口下留德！」

夕顏道：「以後你別再來找我！」她轉身就走。

身後胡小天道：「這次好像是你主動約我過來的。」

夕顏憤然轉身，怒視胡小天，過了一會兒，用力點了點頭道：「念在相識一場，我給你一個忠告，趁早離開西州，省得將性命稀裡糊塗地丟在這裡。」

胡小天微笑道：「多謝了！」

夕顏說完縱身躍入浣花溪，纖足在水面上輕輕一點，嬌軀再度騰空掠過河面，向對側而去。

胡小天搖了搖頭，目光落在地上的那堆護甲上，七重磷火甲，也不知是不是真的，他將那堆護甲拾起，這也算得上是他今晚唯一收穫的戰利品吧。

西州大帥府黑虎堂，李天衡仍然沒有入睡，一雙虎目盯住跪在他面前的將領，沉聲道：「楊昊然，你所說的一切全都是真的？」

那名年輕將領乃是西川新近湧現出的年輕一代將領之一，深夜前來大帥府卻是有隱秘軍情向李天衡稟報，他仍然跪在李天衡面前，恭敬道：「大帥，屬下不敢有半句虛言，林澤豐和趙彥江兩人已經在秘密籌畫，只等大帥壽辰之日就舉兵謀反，他們要將大帥拿下，以此向大康的昏君邀功。」

李天衡嘴唇緊緊抿起，雙拳緊握，顯然憤怒到了極點，也惶恐到了極點，一直以來他最擔心的就是這件事，想不到終究還是有部下在籌謀叛亂，選擇在自己壽辰之日，趁著自己疏於防範之時下手，果然好計。

李天衡站起身來，緩緩在黑虎堂內來回踱步，過了好一陣子方才強迫自己冷靜下來，低聲道：「楊昊然，這件事有多少人參與？」

楊昊然道：「他們兩人是主謀，據我所知他們已經聯繫了不下十名將領，大帥，屬下乃是冒著被殺的風險前來向大帥稟報。」

李天衡霍然轉過身來：「趙彥江是你的義父，你為何出賣他？」

楊昊然含淚道：「他雖然是屬下的義父，可是屬下懂得何謂大義，若無大帥的統領怎會有今日西川之安定，我全家都在西川，大康皇帝昏庸，國家敗亡不可逆轉，只有大帥才能夠保住西川，才能帶領我們遠離戰亂過上安定的日子。」

李天衡點了點頭道：「你起來吧，將他們的詳細計畫說給我聽。」

楊昊然謝恩之後站起身來，他將自己瞭解到的一些情報告訴了李天衡，卻是林澤豐和趙彥江在暗地裡攛掇將領謀反，意圖在李天衡大壽之日，救出周王，然後一舉擒獲李天衡，脅迫李天衡帶領西川民眾重新回歸大康版圖。

楊昊然道：「他們說大康的朝廷也知曉這件事，而且答應只要成功回歸之後，所有參與此事之人都可以得到重賞。」

李天衡撫鬚道：「此事我已經知曉，昊然，你暫且當做任何事情都沒有發生，此事務必小心謹慎，千萬不可讓他們知道我已經得悉了他們的陰謀。」

楊昊然抱拳道：「大帥放心，昊然必守口如瓶，為大帥的安危縱然付出性命也在所不惜。」

李天衡望著楊昊然，他點了點頭道：「昊然，本帥對你的人品很是欣賞，若是你願意，本帥想收你為義子，不知你意下如何？」

楊昊然聞言大喜過望，撲通一聲跪倒在地上：「義父在上請受孩兒一拜！」他接連給李天衡磕了三個響頭，李天衡上前將他攙扶起來，之所以突然決定收他為義子，主要是收買人心，讓楊昊然死心塌地地為自己辦事。李天衡語重心長道：「等到這件事順利解決之後，林澤豐的位子就是你的。」

「謝父帥！」

林澤豐和趙彥江兩人全都是李天衡得力的手下，李天衡能夠固守西南，多次擊敗沙迦人的入侵，這兩人都曾經立下汗馬功勞，李天衡也沒有想到他們會背叛自己，在得悉他們的計畫之後，李天衡第一時間將張子謙請到了帥府。

深夜傳召必有急事，張子謙匆匆來到帥府，當他聽說這件事之後，雙眉不由得緊緊皺了起來，此時雖然發生得突然可是並不意外，張子謙最擔心的就是西川內部發生變亂，而這件事很快就發生了。

李天衡此時已經完全冷靜了下來，緩緩將手中業已冷卻的茶盞放了下去，深邃的目光盯住張子謙道：「子謙兄怎麼看？」在西川他最為倚重的那個人就是張子謙。每次面臨抉擇的重大關頭他都會求教於張子謙，正是因為張子謙的幫助，他才得以走到今日。

張子謙道：「大帥必須要做出決斷了。」

李天衡道：「所以才想問問你的意思。」

張子謙道：「拖得越久，越是容易生出變故，對於想要謀反的將領，必須當機立斷，毫不猶豫地給予鎮壓，不可以讓事情繼續擴散，要找出根源，查清他們的同黨，並將之一網打盡。」說到這裡張子謙停頓了一下，低聲道：「依我看，這件事必然和大康方面有關，朝廷也明白這個道理，若是控制住了大帥，或許就可以重新掌控西川的形勢，大帥需要小心了。」

李天衡默然不語，張子謙雖然說得婉轉，可是李天衡已經明白了他的意思，西川雖然在李氏的掌握之中，可是他的基礎並不穩固，過去讓將士心服，民心所向是因為他打著效忠朝廷的旗號，一旦軍民發現了他真正的目的是要謀反自立，那麼內部的分化就在所難免了，憑著多年積累下來的威勢或許可以鎮得住這幫軍民，但是如果自己出了事情，那麼會發生怎樣的狀況實在難說。

李天衡起身緩緩走了幾步，低聲道：「我應該怎樣對待周王？」

張子謙道：「陛下昏庸，大康之所以會有今日，全都因為他昏庸無道，何不讓周王寫下一封征討詔書，歷數昏君的罪狀，擁周王為帝，打著匡扶正統剷除國賊的旗號？」

李天衡表情顯得有些猶豫，不無顧慮道：「可陛下才是大康的國之正統。」

張子謙道：「昔日有姬飛花亂政，今日就有洪北漠篡權，只要想寫，我可以寫出他們千條罪狀，讓他們為天下人萬夫所指！」

李天衡聞言心頭大悅，他重重點了點頭道：「我得子謙兄相助，如魚得水，若不是子謙兄為我指點迷津，天衡不知何去何從！」

張子謙恭敬道：「大帥乃天命所向，天降大任於大帥，還望大帥把握眼前的機會，千萬不可優柔寡斷，做出明確抉擇，保住西川土地造福一方百姓。」

李天衡連連點頭，他沉聲道：「今晚我就要將那幫叛將一網打盡，我倒要看看他們到底有什麼本事！」他本想放長線釣大魚，查清林澤豐和趙彥江的全部同黨之後再著手打擊。可是張子謙的這番話讓他突然改變了主意。

西州的這個夜晚頗不平靜，胡小天並沒有覺察到外面的變化，返回驛館之後就酣然大睡，一覺醒來已經是第二天的清晨，首先找到鏡子看了看自己的面孔，昨晚黑甲人給他的一拳著實不輕，不過經過一個晚上的休息，臉上的肌膚只剩下少許的淤青，如果不仔細看是察覺不到的，看來自己這張臉皮的抗擊打能力還算優秀。

外面傳來輕輕的敲門聲，得到應允之後，熊天霸和唐鐵鑫一起走了進來，熊天霸一進門就咋呼道：「三叔，外面出大事了，到處都是全副武裝的士兵。」

胡小天內心一驚：「什麼？」他以為是衝著他們過來的。

唐鐵鑫補充道：「不是衝著咱們來的，據說是有人想要對前來恭賀的使團不利，所以被李大帥給抓了。」

胡小天皺了皺眉頭道：「什麼人？」

兩人同時搖了搖頭。

熊天霸看到地上的護甲不由得目光一亮，上前抓起一塊護甲在自己的身上比劃了一下：「三叔，這護甲不錯，您從哪兒弄來的？」

胡小天道：「撿的！」

熊天霸充滿羨慕道：「這種好事怎麼沒被我遇上？」

胡小天看他的樣子就知道他喜歡這套護甲，笑道：「這套護甲少了一片胸甲，你若是不嫌棄就拿去用吧。」

熊天霸樂不可支：「謝謝三叔，俺不用胸甲，俺有大錘呢！什麼胸甲也不如俺的大錘結實！」

胡小天打了個哈欠道：「你們繼續打探情況，有什麼消息儘快回來稟報，記住，千萬不要鬧事！」

兩人剛走了不久，熊天霸就回來了，向胡小天通報，卻是大雍長公主薛靈君到了。

胡小天剛剛洗漱完畢，點了點頭讓熊天霸將她請進來。

薛靈君今次前來仍然是一身男裝打扮，像她這種嫵媚嬌柔的女人，就算是一身男裝也掩飾不住她的萬種風情。

胡小天趁著這會兒功夫喝了一碗清粥，看到薛靈君進來，起身相迎道：「君姐來得好早啊！」

薛靈君嬌媚笑道：「我又不像你們這些男人，晚上還要去風流快活，早早就睡了，自然起得早。」

胡小天呵呵笑了笑，從她的這句話就能夠推斷出薛靈君應該是知道了昨晚燕王請他們前往眾香樓喝花酒的事情了。

薛靈君道：「看你的樣子，昨晚玩得肯定非常開心！」

胡小天道：「如果不是被人中途打擾倒也應該開心，只可惜被一個有眼無珠的混帳攪了我們的酒興。」

薛靈君觀察入微，居然留意到了胡小天臉上的淤青，伸出手去，毫不避諱地摸了摸胡小天的面孔，作心疼狀：「你怎麼了？這兒怎麼會受傷？」

胡小天心中暗歎，熊天霸和唐鐵鑫兩個馬大哈都沒有看出來自己臉部受傷，薛靈君一來到就發現了，到底是女人心細，他笑道：「昨晚喝多了，回來的時候沒看清道路，一頭撞在了柱子上。」

薛靈君並沒有生疑，悠然歎道：「痛不痛？這麼英俊的面龐若是撞壞了豈不是可惜？」兩隻手捧住胡小天的面龐，胡小天有種被人大佔便宜的感覺，近距離望著薛靈君美輪美奐的俏臉，她雙眼中的萬縷柔情將胡小天困住，一雙美眸勾魂攝魄，嬌滴滴道：「不知為何？昨晚人家一整夜都在夢到你。」

胡小天笑道：「真是巧啊，昨晚我也夢了君姐一整夜。」

薛靈君俏臉微紅，更顯嫵媚動人，吹氣若蘭道：「你夢到我什麼？」

「君姐先說！」

薛靈君咬了咬櫻唇，秋波流轉道：「人家夢到你……嗯……還是不說了，總之你不是好人！」

胡小天感覺自己某處好像有了些反應，趕緊在頭腦中驅散非分的念頭，薛靈君啊薛靈君，你果然是一號人物，幸虧我定力過人，若是換成其他男人，豈不是要被你迷得暈三倒四，連親爹親娘是誰都忘了。胡小天道：「看來君姐和我想到了一處，我夢裡也做了壞事。」什麼壞事他不說，這種事只可意會不可言傳，你薛靈君既然能說出口，我也不含糊。

薛靈君霞飛雙頰，啐道：「早就知道你不是好人！」伸出手指在胡小天的額頭點了一下。

胡小天趁機伸手將她的纖手抓在手中，入手柔弱無骨，滑膩溫軟，實在是一種莫大的享受，薛靈君卻輕輕掙脫開他的手掌，轉身來到椅子上坐下。

胡小天若是用強，她哪有掙脫的機會，可是薛靈君的身分擺在那裡，借胡小天一個膽子他也不敢，笑瞇瞇陪著薛靈君坐下：「君姐，你來找我難道只為了這件事？」

薛靈君道：「你這個壞小子，一見面就占姐姐的便宜，搞得姐姐心亂如麻，把重要的事情都忘了。」

胡小天道：「怪只怪姐姐生得太美麗動人，實在是引人犯罪！」

薛靈君笑靨如花，俏臉之上浮現出兩個淺淺梨渦，輕聲道：「你想犯罪嗎？」

胡小天道：「姐姐所說的正事是？」

薛靈君本想再逗弄他一會兒，卻想不到這小子突然就回歸了正經，從他清朗的眼神就能夠推斷出，剛才色授魂與的樣子根本就是在做戲，薛靈君牙根都癢癢了，臭小子，居然跟我來這套，我賣弄了半天風情，你居然只是在敷衍我，是人就會有好勝心，薛靈君一向自負美貌，這些年來不知有多少男子拜倒在她的石榴裙下，又不知多少人因為她而送命，如今遇到了胡小天卻有種遭遇剋星的感覺，按照劍萍所說胡小天就是個太監，可是外界傳言胡小天卻是個正常男人，從他的種種表現來看也不像太監，這讓薛靈君深感迷惑。她伸手攏了一下腮邊的秀髮，正色道：「你知不知道昨晚西州發生了什麼事情？」

胡小天道：「不知道，只是聽說西州城內突然遍佈兵馬，剛剛讓人打聽究竟發生了什麼大事呢。」

薛靈君道：「李天衡的兩名得力手下，林澤豐和趙彥江密謀叛亂，計畫提前被李天衡提前洞悉，於是下令將這些叛將一網打盡，據說昨晚有十多名涉事將領被抓呢，整個西州城風聲鶴唳，人心惶惶。」

胡小天道：「人家的事情咱們還是不要過問，畢竟咱們此次前來的目的只是為了拜壽。」

薛靈君盯著胡小天的眼睛，意味深長道：「別人可以不關心，你卻不能不關心，這件事或許跟你有關係呢。」

胡小天不由得笑了起來：「君姐這話什麼意思？」

薛靈君道：「李天衡對外宣稱這些將領意圖對大康使團不利，可據我所知，真實的情況卻是這些將領意圖反叛，計畫在李天衡壽辰之日將之擒獲，逼迫他答應回歸大康。」

胡小天內心一驚，只是不知道薛靈君為何會如此清楚內情。

薛靈君道：「李天衡突然展開行動將這幫意圖回歸大康的將領全都抓起，其用意不言自明。」她歎了口氣道：「我此次前來是提醒你早作準備。」

胡小天點了點頭，如果薛靈君所說的一切屬實，那麼李天衡無疑已經決定徹底和大康劃清界限，那麼自己這次前來大康封王豈不就成了一個笑話？他低聲道：「多謝君姐提醒。」

薛靈君歎了口氣道：「我對政事本來就沒有什麼興趣，這次前來西川本想著到處遊歷一番，可剛到這裡就遇到這種事情，看來天下間沒有一個地方是太平的。」

胡小天笑道：「君姐怎麼突然也變得多愁善感起來了？」

薛靈君道：「只是被這西州的變故影響到了心情。」

胡小天道：「君姐，反正我今兒也沒什麼事情，陪你去城中逛逛，放鬆一下心情如何？」

薛靈君聽他這樣說頓時眉開眼笑，點了點頭道：「好啊，我原本準備去西山進香，你陪我去當然最好不過。」

薛靈君今日乃是騎馬而來，身邊隨行的幾名武士正是那天在百味樓的那幾個，胡小天和郭震海打了個招呼，此人乃是金鱗衛副統領，想必武功不在石川之下。

薛靈君向郭震海幾人道：「你們先回去吧，有胡大人陪我不會有什麼問題。」

郭震海聞言明顯有些猶豫，薛靈君冷冷道：「怎麼？我的話你們也敢不聽？」

郭震海無奈，向胡小天拱了拱手道：「胡大人，請照顧長公主殿下。」

胡小天笑道：「放心吧，我一定將長公主安全送回去。」他翻身上了馬背，薛靈君已經率先策馬揚鞭向前方馳去，胡小天催動小灰，小灰甩開四蹄，頃刻間已經和薛靈君並駕齊驅。轉身看了看郭震海幾個，果然站在原地沒有跟過來。

胡小天道：「我敢打包票，他們肯定還會跟過來。」

薛靈君淡然笑道：「不會的，他們都知道我的脾氣，我說話他們不聽，下場會很慘！」經過前方牌樓，她放緩了馬速，向胡小天看了一眼道：「郭震海說你的武功已經超過了他，你應該會保護我對不對？」

胡小天笑道：「既然君姐對我這麼信任，小弟一定竭盡全力，保證君姐齊齊整整的回去。」

薛靈君聽他這樣說，不禁笑了起來：「你這小子說話真是欠打，什麼叫齊齊整整？」

胡小天正想解釋，前方卻有一隊鐵甲騎兵迎面而來，雖然兩人在各自的國內身分都是皇親國戚，可這裡畢竟是西川，並非他們的勢力範圍，胡小天和薛靈君讓到路邊。

胡小天看得真切，為首一人乃是李鴻翰，李鴻翰一臉陰沉，因為道路兩旁擠滿看熱鬧的人們，所以並沒有留意到人群中的胡小天和薛靈君。

鐵甲騎兵隊伍之中，有五名囚犯被鎖在囚車之中，這五人全都是昔日李天衡的部下，如今都因涉及謀反而被擒獲，髮冠已經被摘去，頭髮蓬亂，滿面血垢。

囚車從人群中經過的時候，一人突然大聲吼叫道：「李天衡，你這個亂臣賊子，擁兵自立，背叛聖上，假仁假義，你是大康的逆賊，千古的罪人……」

話未說完，一名鐵甲武士已經躍上囚車，一拳打得他口鼻噴血，牙齒都掉了幾顆，行進在隊伍最前方的李鴻翰皺了皺眉頭，低聲吩咐道：「把他們的嘴巴全都堵起來，休讓他們胡說八道。」

道路兩旁的百姓只是旁觀，誰也不敢說話，直到那押解囚車的隊伍離去之後，一個個方才敢竊竊私語。

胡小天和薛靈君重新來到大道之上，薛靈君道：「看來又是一場腥風血雨。」

胡小天的心情不覺沉重許多，形勢比他預想中更加嚴峻，不知李天衡要怎麼做？會不會產生加害自己的念頭？那張沒有來得及宣讀的詔書如今已經變成了燙手山芋，如果在李天衡的壽宴之上當眾宣佈，李天衡會不會將之視為對他的侮辱呢？

李天衡將張子謙連夜寫好的那封征討檄文放在周王龍燁方的面前。

龍燁方有些忐忑地望著那封檄文：「李將軍，這是什麼？」

李天衡微笑道：「殿下請看。」

龍燁方拿起檄文緩緩展開，卻見上面寫道：

蓋聞明主圖危以制變，忠臣慮難以立權。是以有非常之人，然後有非常之事；有非常之事，然後立非常之功。

夫非常者，固非常人所擬也。曩者，大康衰落，奸臣執柄，專制朝權，威福由己；時人迫脅，莫敢正言，身處三公之位，而行桀虜之態，汙國害民，毒施人鬼！加其細緻慘苛，科防互設；罾繳充蹊，坑阱塞路；舉手掛網羅，動足觸機陷：是以兗、豫有無聊之民，帝都有吁嗟之怨。

燁方乃大康正統，奉先帝之成業，荷本朝之厚恩。宋微子之興悲，良有以也；袁君山之流涕，豈徒然哉！是用氣憤風雲，志安社稷。因天下之失望，順宇內之推心。爰舉大旗，以清妖孽。

南連百越，北盡三河；鐵騎成群，玉軸相接。海陵紅粟，倉儲之積靡窮；江浦黃旗，匡復之功何遠！班聲動而北風起，劍氣衝而南斗平。喑嗚則山嶽崩頹，叱吒則風雲變色。以此制敵，何敵不摧？以此圖功，何功不克？公等或居漢地，或協周親；或膺重寄於話言，或受顧命於宣室。言猶在耳，忠豈忘心。一坏之土未乾，六尺之孤何托？倘能轉禍為福，送往事居，共立勤王之勳，無廢大君之命，凡諸爵賞，同指山河。若其眷戀窮城，徘徊歧路，坐昧先幾之兆，必貽後至之誅。請看今日之域中，竟是誰家之天下！移檄州郡，咸使知聞……

龍燁方看完不由驚得魂飛魄散，顫聲道：「你……你這是要逼本王謀反嗎？」

李天衡陰測測笑道：「殿下此言差矣，殿下宅心仁厚，愛民如子，深得西川百姓擁戴，擁殿下為大康新皇乃是西川乃至整個大康臣民心中所願，大康朝綱混亂，奸佞橫行，殿下身為龍氏子孫，大康正統，理當應該在此時站出來力挽狂瀾，重振大康社稷，拯救萬民於水火之中，成就一代不世之功！」

龍燁方用力搖了搖頭道：「可是……可是我父皇仍然健在，一國豈可有兩位君主……」他雖生性懦弱，可並不愚蠢，早已看清了李天衡真正的目的何在，李天衡是要扶植自己當傀儡皇帝，這樣就可以理所當然的割據自立，成為真正的霸主。

李天衡道：「陛下老邁昏庸，任用奸佞之臣，橫徵暴斂，殘害百姓，所以大康才會淪落到如今的困境，天怒人怨，災害連連，若是這樣下去，大康必亡，身為大康之孫，殿下若是還不站出來承擔國之重任，社稷危矣，大康危矣！」

龍燁方用力搖了搖頭道：「我豈可當一個不忠不孝之人！你不必多說，我無論如何都不會這麼做！」

李天衡道：「殿下難道就忍心眼睜睜看著大康就此亡國？」

龍燁方道：「就算我答應你的要求，大康一樣要亡。」

李天衡道：「殿下風華正茂，難道真的甘心就這樣了卻一生？」臉上流露出陰冷的殺機，他無需偽裝，赤裸裸開始威脅。

龍燁方被李天衡凜冽的殺氣嚇得打了個冷顫，一時間竟不敢正眼相向。

李天衡道：「殿下還是好好考慮，此事不急，明天就是臣的五十壽辰，明日正午之前，還望殿下能給我一個明確的答覆。」

龍燁方滿面淒苦道：「李將軍，我父皇已經重新掌權，你不是一直都期待著這一天，為何不攜西川將士重新回歸大康，此等不世之功必然可以名垂青史，我父皇也一定會重重賞賜於你，我可以幫忙奏請父皇讓他封你為王……」

李天衡呵呵笑了起來。

龍燁方被他的笑聲打斷，充滿惶恐地望著他。他知道自己的性命完全掌控在這個人的手中，只要李天衡不高興，隨時都可以奪走自己的生命。被軟禁在西州的這段時間，龍燁方無數次想到過死，可是他卻沒有自殺的勇氣，他也清楚李天衡留下自己性命的目的，就是要等到有一天扶植一個傀儡，而現在李天衡終於等不及了。

李天衡道：「我效忠的乃是大康不是皇上，身為大康之臣，怎能眼睜睜看著社稷危亡於不顧，百姓身處水火之中而不聞不問，殿下，大勢不可違，識時務者為俊傑！」他的目光在龍燁方面前的征討檄文上掃了一眼：「我的耐性有限，希望殿下早些考慮清楚，儘快給我一個明確的答覆！」

西山疊岩寺乃是西州香火鼎盛之地，疊岩寺這座千年古剎之所以得名，主要是因為背後的摩崖造像，薛靈君並沒有選擇前往疊岩寺進香，而是直接來到後方的摩崖造像，沿著曲折的幽谷棧道行走其間，卻見兩旁崖壁之上刻滿大大小小的佛像，佛像雕工精美，栩栩如生，周邊草木豐茂，山澗一路隨行，胡小天也沒有想到這裡居然蘊藏著一處如此美妙的所在。

和疊岩寺的人聲鼎沸相比，這裡明顯冷清了許多，偶爾可以看到三三兩兩的香客，兩人來到了半山腰的觀音閣，在這裡刻有一座千手觀音造像，薛靈君來此的主要目的就是為了參拜觀音。

她在蒲團前跪下，雙手合什，抵在下頷之上，默默祈禱念念有詞。

胡小天無意打擾她的虔誠參拜，站在一旁，靜靜觀察著這尊觀音造像，造像高十餘丈，寬也有十餘丈，寶相莊嚴，一千零八隻佛手金光燦爛，掌心生有一目，共計一千零八隻眼睛。

胡小天感歎於造像雕工之精美，等了一會兒看到薛靈君仍然跪在那裡祈禱不停，真沒想到她居然是一位虔誠信徒，終於有些不耐煩，起身來到觀音閣外。

看到前方平台之上，一位僧人正在清掃落葉，胡小天走了過去，那僧人看到胡小天將頭低了下去，繞到一旁繼續清掃。

胡小天道：「這位師父，上面還有佛像嗎？」

那僧人道：「整座西山全都是，你要是一尊尊的參拜，七天七夜也拜不完。」

胡小天道：「只是這裡的香客好像比疊岩寺少了許多。」

僧人道：「這裡的佛像有千百年的歷史了，兩百多年前香火就冷清了下來，真要是想上香，可以去山頂的大佛岩，那裡供奉著西山最大的臥佛。」他將落葉聚成一個小堆兒，裝入背簍之中。背起背簍繼續向山上走去，胡小天目光追逐著僧人的背影，總覺得他有話沒說完。此時看到薛靈君從觀音閣內走出，微笑迎了上去。

薛靈君道：「是不是等得不耐煩了？」

胡小天笑道：「能夠陪伴君姐左右是我的榮幸，怎會不耐煩！」

薛靈君知道他口是心非，指了指山上道：「到山頂似乎沒多遠了，咱們上去瞧瞧。」

胡小天也難得空閒一天，兼之這裡的景色的確讓人心曠神怡，想起剛才僧人所說的臥佛，剛好去開開眼界，於是點了點頭陪著薛靈君繼續上行，走了一段，並沒有看到那名掃地的僧人，距離山頂不遠的地方，看到一座小小的寺院，匾額上書寫著大佛岩三個字，寺院大門虛掩，胡小天從門縫兒往裡面看了看，發現院落之中空無一人，正準備離去之時，卻聽到右側傳來腳步聲，舉目望去，只見一位中年僧人緩步走了過來。

這裡平時應該很少有香客到來，那中年僧人向兩人笑了笑道：「阿彌陀佛，貧僧悟寧見過兩位施主。」

薛靈君和胡小天同時還禮，薛靈君道：「大師，我們來到寶剎特地想參拜臥佛，不知可否行個方便？」

悟寧笑道：「自然可以。」推開大門道：「兩位請隨我來！」

兩人跟著悟寧走了進去，從外面看本以為寺廟很小，可是走進去卻是道路幽深，經過三重院落，方才來到臥佛的入口，放眼望去，石階蜿蜒曲折一路向下，那臥佛乃是雕琢在這山腹之中。

沿著石階走到盡頭，看到五個相連的巨大拱形洞口，走入其中方才看到臥佛的全貌，臥佛安臥其中，長約三十餘丈，氣勢恢宏，胡小天雖然也算得上見多識廣，可是像如此巨大的臥佛還是頭一次看到。

薛靈君自然免不了虔誠參拜一番，進香之後，薛靈君又拿出了一張五萬兩的銀票，贈給大佛岩，作為修繕這裡的費用，也算得上是一件功德。

悟寧連連稱謝，請兩人來到院內喝茶，胡小天知道薛靈君素有潔癖，本以為她會拒絕，卻想不到她居然欣然應允。

悟寧在佛法之上的修為頗深，薛靈君和他談得頗為投機，胡小天本來沒什麼信仰，對他們的話題自然沒有什麼興趣，端起茶盞默默喝了兩杯茶。此時看到那掃地的僧人背著背簍走了進來，他也是這大佛岩的和尚。看到胡小天，他並沒有打招呼，馬上將目光投向遠處，似乎在迴避什麼。

悟寧向兩人笑了笑道：「兩位請稍待，貧僧去取兩盤手珠贈給兩位施主，去去就來。」

望著兩人離去身影，胡小天低聲向薛靈君道：「奇怪，我總覺得有些不對。」

薛靈君笑道：「哪裡不對？」

胡小天道：「一個太過熱情，一個顯得鬼鬼祟祟。」

薛靈君道：「方外之人大都是這個樣子，你不能用世俗的眼光看待他們。」

胡小天點了點頭：「希望如此！」

因為天氣炎熱，薛靈君也很快喝光了杯中的茶水，她拎起茶壺又倒了一杯，忽然感到一陣頭暈目眩，竟然一頭向地上栽倒，胡小天心中吃了一驚，慌忙一把將她扶住，第一反應就是這茶水中有毒。他有過多次奇遇，身體的抗毒性很強，普通的毒素已經無法對他造成傷害，所以才會沒有任何異常反應，薛靈君卻沒有他的本事。

胡小天抱住薛靈君的同時，不由得想起當初第一次來西川的時候，在蘭若寺的經歷，那幫和尚也是用毒將他們迷倒，自己僥倖避過，他決定故技重演，將計就計，如果不裝成暈倒在地，恐怕那兩名惡僧不會現身。於是就勢抱著薛靈君裝出也中毒的樣子，癱倒在了地上。

不一會兒就聽到遠處傳來一陣樂呵呵的聲音道：「倒也！倒也！」

悟寧和那名掃地僧人同時現出身來。

此時薛靈君牙關緊閉已經暈厥過去，胡小天也閉上雙眼，僅憑雙耳就能夠準確把握對方的一舉一動。

悟寧道：「你可看清了，是不是他？」

那名掃地僧人咬牙切齒道：「他就算化成灰我都認得，就是他，是他害死了師父，害死了我的師兄師弟，就是這個小子。」

胡小天心中暗奇，掃地僧人說的肯定就是自己了，可自己實在想不起跟此人有什麼過節？難道是那次在蘭若寺僥倖逃離的餘孽？

那名掃地僧人接下來的話果然證實了胡小天的猜測，他一臉怨毒道：「本來我們和師父在蘭若寺好好的，不知多麼逍遙快活，就是這小子來到蘭若寺殺掉了師父，師叔，我要為師父報仇！殺了他們兩個！」

悟寧嘿嘿笑道：「你師父是我的師兄，我當然要為他報仇，這小子交給你，另外一個交給我了。」

掃地僧人愕然道：「師叔難道不想斬草除根？」

悟寧道：「你難道看不出她是個絕色的美人嗎？就這麼殺了豈不是可惜？等我快活之後，再將她送給少主，還能獲得不少的賞賜，嘿嘿！」

兩人已經來到胡小天的身邊，此時胡小天突然將雙眼睜開了，目光直視那掃地僧人，把掃地僧人嚇了一跳，他伸手從腰間抽出匕首，揚起匕首向胡小天戳去，胡小天一把將他的手腕握住，用力一擰，咔嚓一聲，硬生生將他的手腕折斷，斷裂的白骨刺破皮膚鑽了出來，掃地僧人發出一聲殺豬般的慘叫，叫聲未完，胡小天已經握著他的手將匕首狠狠刺入了他的胸口，叫聲戛然而止，掃地僧直挺挺倒了下去，頓時一命嗚呼。

悟寧一個箭步向地上的薛靈君衝去，雖然在危急關頭，他的頭腦並不糊塗，唯有抓緊時間制住薛靈君，方才有活命的希望，多數人在這種狀況下往往會只顧著逃命，在這一點上悟寧還是很清醒的。

只可惜他的速度根本無法和胡小天相比，胡小天乾脆俐落地幹掉了掃地僧之後，轉而衝向悟寧，悟寧只覺得眼前一花，就看到胡小天出現在眼前，右手一揚，一把黑灰向胡小天面門撒去，胡小天噗地噴出一口氣，他現在的內息如何強大，有如狂風捲過，將黑灰滌蕩殆盡，全都反向撲到了悟寧的臉上，悟寧慘叫一聲，雙手護住雙目，那黑灰有毒，進入眼睛之中灼熱異常，頃刻之間，他的面門都鼓起了黃豆大小的水泡。

胡小天惱他下手歹毒，走上前去，一腳踩在他的右腿之上，清脆的骨骼斷裂聲之後，悟寧的一條右腿被他硬生生踩斷，悟寧哀嚎道：「施主饒命，施主饒命……」

胡小天冷笑道：「此時方知害怕是不是太晚了？」

悟寧慘叫道：「上天有好生之德，我和施主無怨無仇，還望施主慈悲為懷饒了我的性命。」

胡小天道：「你這惡僧，剛才在茶水之中下藥之時可曾想過慈悲二字，現在怎麼有臉面說出口？」

悟寧一雙眼睛已經無法視物，雙手胡亂揮舞：「施主饒命，施主饒命……貧僧只是受了惡人蠱惑，絕沒有傷害施主性命的意思……」

胡小天道：「廢話少說，先將解藥拿來！」

悟寧道：「施主，你們所中的是鴛鴦合歡散，我並無解藥。」

胡小天一聽名字就知道是催情藥物之類，不由得勃然大怒：「混帳東西，你再不交出解藥，信不信我現在就送你去見佛祖。」

悟寧哀嚎道：「施主，我的確沒有解藥，這藥物乃是少主賞給我的，解藥只有他那裡才有，其實還有一個辦法，只要你們共度春宵就能解去體內之毒。」

胡小天罵道：「老套，騙老子沒見過世面嗎？」一腳又踩在悟寧的左腿之上。

悟寧以為胡小天又要踩斷他左腿，叫得慘無人聲：「我發誓沒撒謊……」

胡小天道：「你少主是誰？現在身在何處？」

悟寧道：「我家少主人乃是天狼山少寨主閻伯光……」

第九章

青雲山莊

閻怒嬌心中一驚，她雖然不認識薛靈君，
可是胡小天已經道出了薛靈君的身分，
大雍長公主何等尊貴的地位，
她首先想到的就是胡小天是不是專門來到這裡救人的，
如果這位長公主是被她的二哥劫持前來，
那麼這件事麻煩就大了。

胡小天聽到這個名字不由得一怔，正可謂不是冤家不聚頭，閻伯光豈不就是那個天狼山賊首閻魁的寶貝兒子。當初在青雲縣，這混賬東西意圖擄走樂瑤，幸虧被自己撞破，捅了他一刀，天狼山群賊為了救他的性命劫走了周文舉，脅迫他的葯僮將自己騙去為閻伯光療傷，胡小天當時一不做二不休，挽救他性命的同時悄悄在他身上做了手腳，結紮了他海綿體內的動脈，讓他下半生不舉，想不到他如今已經恢復了健康，而且死性不改，仍然弄出這種喪盡天良的迷葯殘害良家婦女。

此時長公主薛靈君似乎就要甦醒，嚶嚀叫了一聲，當真是酥媚入骨。

胡小天暗嘆果真是一代尤物，雖然你需要的解藥我身上就有，可是我胡小天好歹也有些節操，決不可做這種趁人之危的事，胡小天冷哼一聲：「你老實跟我交代，那閻伯光現在何處？」

悟寧道：「他……他就住在西州城南的青雲山莊。」

悟寧並沒有撒謊，青雲山莊乃是天狼山在西州的一個據點，閻伯光不喜天狼山的枯燥乏味，喜好繁華生活，這段時間一直住在西州，當然還有一個羞於啟齒的原因，就是他自從青雲採花失敗之後，命根子就萎靡不振，來到西州也是為了尋訪名醫，解決這難言之隱。閻伯光生就好色，如果讓他這樣如同活太監一樣度過一生，還不如將他殺了。

在悟寧看來，青雲山莊臥虎藏龍，閻魁為了保證兒子的安全派出不少高手在其中護衛，胡小天雖然厲害，可是如果前往那裡也是死路一條，將胡小天引到那裡也等於間接報了大仇。

胡小天點了點頭。腳下又是一用力，咔嚓一聲踩斷了悟寧的左腿，悟寧痛得慘叫一聲：「你……你……說過饒我性命……」

胡小天冷笑道：「我何時說過？」他轉身將長公主薛靈君從地上抱了起來，臨行之前又一腳踏在悟寧右臂之上，在悟寧的慘叫聲中離開了大佛岩。就算不殺悟寧，也不能任由這種禍害危害人間，今天廢去悟寧雙腿一臂，讓他殘疾終生，諒他以後也不敢再為非作歹。

抱著長公主薛靈君離開大佛岩。來到山間小溪旁，將薛靈君的面孔浸入水中，薛靈君被冷水一激，頓時清醒了過來，嬌嘘喘喘，俏臉潮紅，一雙美眸目光迷離望著胡小天道：「我……我這是怎麼了？」只感覺心中仿若有一支羽毛在不停撩撥，奇癢難耐。恨不能抱緊了胡小天，跟他狠狠廝磨一番。

胡小天嘆了口氣道：「只怪我馬虎大意。剛才那惡僧在茶水中下毒。」

薛靈君道：「我……我還不如你喝得多。」看到胡小天反而沒事，她心中也是非常奇怪。

胡小天道：「可能那些焚香之中也摻雜了催情迷葯。」

薛靈君聽到催情迷葯四個字，當然明白意味著什麼，心中不由得恨到了極點，怒道：「回頭我絕饒不了那淫僧，要將他們碎屍萬段。將這裡夷為平地……」說到這裡明顯有些氣息不足，不由得嬌噓喘喘，慌忙將俏臉浸入溪水之中，頭腦方才恢復些許清明。

胡小天從腰間找出一顆洗血丹給她服下，雖然明知並不對症。至少能夠起到一些心理安慰作用。他向薛靈君道：「咱們必須馬上去找解藥。」

薛靈君此時也不由得有些惶恐：「我……我會不會死？」

胡小天蹲下身去，示意她爬到自己背上，背著薛靈君快步向山下走去，低聲回應道：「死倒是不會，不過如果找不到解藥，我可不敢擔保你會做出什麼事來。」

薛靈君在胡小天背後咬了咬櫻唇，當然明白他的話意味著什麼，默默趴在胡小天堅實的脊背之上，強迫自己驅散雜念。

胡小天迅速來到他們寄存馬匹的地方，薛靈君現在的狀態顯然是無法騎馬的，只能兩人共乘，胡小天翻身上馬，然後一伸手將薛靈君拉了上去，問明青雲山莊的方向，縱馬狂奔。

薛靈君在身後抱著胡小天越抱越緊，她所中的催情藥物極其厲害，剛才全都依靠溪水好不容易才換得短暫的冷靜，這會兒藥性又開始發作，而且尤甚此前。

胡小天感覺兩團軟綿綿充滿彈性的物體用力擠壓著自己的後背，這貨不用回頭也知道是什麼給自己的壓力，心中無奈並快樂著，薛靈君啊薛靈君，這可不是我趁虛而入，是你占我便宜。

薛靈君趴在他的肩膀上豐胸不停摩擦他的後背，一雙美腿也下意識地夾緊，小灰可不知道什麼情況，一邊嘶鳴，一邊撒開四蹄狂奔，胡小天只覺得兩旁的景物飛速後退，只剩下模糊樹影，耳邊聽到薛靈君誘人嬌吟：「小天……我好難受……」

胡小天道：「難受也得忍著！」

薛靈君的意識都開始模糊，看到胡小天的脖子就在前方，俏臉向前貼在他的脖子上，櫻唇輕啟，鮮紅柔嫩的舌尖探伸了出來，舔在胡小天脖子的肌膚上，胡小天打了個機靈，姥姥的，這就無法自控了？這是在馬背上呢。

薛靈君呼吸急促，灼熱的氣息一下下噴在胡小天頸側，胡小天知道她已經意亂情迷，一手牽著馬韁，一手將水囊打開，向後潑了過去，兜頭蓋臉地潑在薛靈君的臉上，薛靈君被水一潑似乎清醒了一些，想起現在的窘態，實在是又羞又惱，可短暫的清明過後，內心中又酥癢難耐。

胡小天道：「你忍一忍，前面就是青雲山莊了。」

薛靈君嗯了一聲，雙眸盯住了胡小天的脖子，忽然張開櫻唇，輕啟貝齒，一口狠狠咬了下去，胡小天萬萬想不到她會咬自己，被咬得慘叫了一聲，險些沒一把將薛靈君給扔出去。

聽到胡小天這聲慘叫，薛靈君心底居然感到舒服了一些，在胡小天流血的脖子上啄了一口道：「我就要死了……」

胡小天苦笑道：「再這樣下去你沒死，我要先死了。」

薛靈君緊緊抱著他，嬌滴滴道：「小天，小天，你想怎樣都可以……人家想你對我粗暴一點……」

胡小天暗嘆，真是啊，可惜你遇到的是我這個坐懷不亂的君子，胡小天倒不是介意逢場作戲，更不會介意捨身救人，可對方是大雍長公主，亂性的後果那是極其嚴重的，想到後果胡小天就不得不做一個君子，遠方的地平線已經出現了一片規模不小的山莊，胡小天心底鬆了一口氣，總算可以解脫了，只要找到閻伯光，不怕他不交出解藥。

可此時薛靈君的一隻手卻探到了他雙腿之間，一把抓住了胡小天的命根子，怪只怪胡小天定力太差，被薛靈君這會兒撩撥的心急火燎，有些反應也實屬正常，他也沒想到薛靈君在這種狀況下仍然可以找準重點，人性本能實在是太強大。

胡小天虎軀一震，薛靈君迷迷糊糊道：「這是什麼？你怎麼還別著一根棍子……」

胡小天臉紅了，大姐，不要說得那麼直白好不好。

薛靈君用力一拽：「給我看看……」

胡小天這個鬱悶啊，真當我帶著個燒火棍出來啊，讓你拽走了老子豈不是成了太監？苦口婆心勸道：「君姐，別鬧！」

薛靈君這會兒腦子已經完全糊塗了，格格笑道：「你是個壞蛋，想占我便宜是不是，我要用棍子敲你的頭……狠狠教訓你……敲你的頭……」

胡小天感到天雷滾滾，這世道徹底亂了，要用我的棍子敲我的頭，這難度可不是一星半點，胡小天終於忍無可忍，揚起左拳，反手一拳擊中了薛靈君的面門，這一拳果然奏效，打得薛靈君眼前一黑暈了過去，胡小天在她摔下馬背之前一把將她抓住，拉到身前橫放在馬鞍之上。

這一拳把薛靈君的左眼都給打青了，胡小天嘆了口氣，心中暗忖，不是我心狠，我若是還不辣手摧花，今日就反被辣花摧殘，要用我的棍子敲我的頭，是可忍孰不可忍！打你是給你一個教訓，讓你知道，男人也是有自尊有底線的。

薛靈君此時已經人事不知，靜靜躺在馬背之上，緋紅的俏臉嬌艷如花，別說胡小天，就算是菩薩看到如此嬌艷嫵媚的美女只怕也會心動，胡小天深吸了一口氣，做人難，做男人更難，做個坐懷不亂，假仁假義的男人更是難上加難，一伸手將薛靈君的身體掉了頭，讓她趴在馬背之上，省得看著她魅惑的俏臉引人犯罪。

可這樣一來視線中出現了她的翹臀，伴隨著小灰的狂奔，翹臀一上一下的跳動更是惹火誘人，胡小天嘆了口氣，伸出手去在上面拍了拍，手感不錯，權當是你剛才非禮我的補償。

胡小天來到青雲山莊，因為擔心打草驚蛇，並沒有從正門進入，而是繞到青雲山莊後方無人之處。看到薛靈君仍然美眸緊閉，心中不由得有些後悔，剛才那拳看來打得太重，薛靈君到現在都未甦醒過來。

胡小天將薛靈君背在身上，再將她牢牢捆好。因為擔心薛靈君醒來發出聲音過早驚動他人，胡小天撕了塊衣袖塞入薛靈君的嘴巴裡，看到她唇角的血跡，這才想起這血跡來自於自己，剛才薛靈君一口咬破了自己的脖子。

胡小天拍了拍小灰的臀部，示意牠在附近吃草，然後凌空一躍，輕輕鬆鬆越過院牆。以胡小天今時今日的武功，這道丈許高度的院牆根本就不成為障礙。青雲山莊比起胡小天預想中要大得多，六進六出的宅院，院內家丁丫鬟眾多，就算是比起胡小天在京城的府邸也不遑多讓。

胡小天心頭暗歎，看來當山賊也是個很有前途的行業，天狼山這些年來積累了不少的財富，在西州的據點都有如此規模。

因為青雲山莊太大，胡小天又要躲避不時經過的下人，繞來繞去半天都沒有找到閻伯光所住的地方，正準備活捉一名家丁詢問之時，忽然看到遠處有幾人走了過來，胡小天慌忙躲到牆角處。

聽到一個傲慢的聲音說道：「你們幾個全都給我盯緊點兒，若是讓那些姑娘出了事情，一定要了你們的腦袋。」

一名家丁回應道：「胡爺，那幾位姑娘全都不吃不喝，這樣下去不餓死也要渴死了，我們也沒什麼辦法。」

「嗯，我去看看！」

胡小天聽到這聲音頗為熟悉，悄然望去，看到那說話之人矮矮胖胖，卻是他在青雲就見過的胡金牛，要說這胡金牛跟他還有些淵源，追根溯源應該是他的堂兄，當初正是因為胡金牛的那番話胡小天才找到了真正的丹書鐵券，想不到今天居然在這裡遇到，其實想想也不奇怪，過去胡金牛就在天狼山做事，後來從胡小天那裡逃走，口口聲聲要洗心革面，可有些事聽聽就算了，這不，胡金牛肯定又回到了天狼山，繼續追隨閻魁當他的山賊。

胡金牛向前方的院子走去，幾名家丁想跟過去，卻被胡金牛呵斥了回去，胡小天看到他一個人走入了那個院子，等到幾名家丁離去，胡小天方才迅速來到小院旁，躍過圍牆，藏身在一棵大樹之後。

胡金牛就蹲在不遠處，他的前方乃是一座地窖，下面傳來女子啼哭和呼救聲。

胡金牛四下望了望，歎了口氣道：「幾位姑娘，你們還是吃些東西，如果不吃不喝，只怕會被餓死的。」

下方一個悲悲切切的聲音道：「大哥，您行行好放了我們吧，來世我們做牛做馬報答您的恩德……」

胡金牛的表情顯得相當糾結，咬了咬嘴唇，歎了口氣道：「回頭我讓人送飯過來，你們還是保重身體的好。」

下方有人罵道：「混帳，你們全都是混帳，擄劫良家婦女，難道你們不怕被官府治罪嗎？」

胡金牛搖了搖頭，心中糾結無比。

胡小天正想出去將他制住，卻聽到院門一響，又有一人走了進來，此人他也認識，乃是過去在閻伯光身邊負責保護之責的屈光白。

胡金牛也聽到了響動，慌忙站起身來。

屈光白皮笑肉不笑地走近他，手中摺扇輕輕揮動：「老五，原來你在這裡啊！」

胡金牛對屈光白顯得頗為忌憚，陪著笑臉道：「大哥來了，我是來檢查一下，看看有沒有人逃走。」

屈光白充滿狐疑地望著胡金牛道：「人都在地窖裡面，怎麼可能逃走？」

胡金牛笑道：「多一份小心總是好的。」

屈光白手中摺扇一收，冷冷道：「山莊的規矩你不是不知道，任何人不得單獨前來這裡，如果讓少寨主知道，只怕他不會饒了你。」

胡金牛惶恐道：「大哥千萬不要將這件事說出去。」

屈光白望著胡金牛滿臉忐忑，歎了口氣道：「老五，不是我說你，自從在青雲你被胡小天抓住逃脫之後，整個人就被嚇破了膽子，這樣下去你還怎麼做事？」

胡金牛道：「大哥放心，我還和過去一樣，刀頭舔血也不會皺一下眉頭。」

屈光白冷笑道：「你心裡究竟怎麼想，誰都不知道。」他朝地窖掃了一眼道：「把地窖鎖好，院門也鎖了，不得讓任何人靠近，小姐來了，千萬不要讓她知道這裡發生的事情。」

胡金牛連連點頭道：「大哥放心，我一定將事辦妥，小姐什麼時候來的？」

屈光白道：「剛剛才到。」他似乎想到了什麼，盯住胡金牛道：「你最好給我記住，這邊的事情決不能洩露到小姐那裡，萬一讓她知道，我唯你是問。」

胡金牛抿了抿嘴唇，想說什麼卻終於還是沒說出口。

屈光白轉身離去之後，胡金牛來到地窖前方，將鐵門鎖了，表情顯得頗為糾結，走了兩步，又回頭向地窖望去，低聲道：「蒼天在上，這件事於我無關，你千萬不要降罪於我……」

轉身準備離去之時，卻見面前多了一個身影，胡金牛嚇得魂飛魄散，張嘴就要大叫，卻被對方一把捂住了嘴巴，將他推到樹幹之上，對方豎起右手的食指在唇前噓了一聲。

胡金牛此時方才看清，來人竟然是昔日青雲縣丞胡小天，胡小天比起過去見到的時候魁梧了不少，皮膚也變黑了不少，整個人顯得非常健碩，他的背後還背著一個人，因為面孔埋在他的肩頭看不清對方的面容。

胡小天壓低聲音道：「別叫，不然我對你不客氣。」

胡金牛在過去就曾經領教過胡小天的手段，打心底對這廝有些畏懼，他點了點頭，目光朝地窖看了看然後搖了搖頭，意思是這件事跟自己沒有關係，他以為胡小天是專程為了解救那些民女而來。

胡小天道：「胡金牛，我記得你，我是胡小天，咱們兩人乃是同一個太爺爺，他曾經是大康靖國公，承蒙皇上御賜丹書鐵券，你還記不記得？」此時認親主要是打消胡金牛心底的疑慮，剛才胡小天看到胡金牛糾結的表現，知道他良心未泯，當然更主要的原因是兩人是親戚，不然胡小天早就對他不客氣了。

胡小天放開胡金牛的嘴巴，胡金牛果然沒有大聲呼救，顫聲道：「我知道，我當然知道，你是胡尚書的公子，咱們是堂兄弟。」

胡小天拍了拍他的肩頭道：「金牛哥，當初你離去之後明明說過要和天狼山斷絕來往，為何還要做賊？給祖上蒙羞？」

胡金牛滿面羞慚之色，他咬了咬嘴唇道：「我……我實在是沒什麼辦法……」

胡小天道：「此地不是說話的地方，金牛哥，我有位朋友中了毒，解藥在閻伯光手裡，你能不能帶我去找他？」

胡金牛朝胡小天背後望了一眼，臉上的表情非常猶豫。

胡小天道：「你放心，只要你幫我做成這件事，我就幫你離開這裡，帶上你的家人一起去康都。我爹娘若是見到你，想必也歡喜得很呢。」

胡金牛抿了抿嘴唇，低聲道：「胡大……」他本想叫胡大人，胡小天打斷他道：「叫我兄弟就是。」

胡金牛點了點頭，可是兄弟兩個字卻萬萬不敢喊出口來，畢竟兩人身分懸殊，一個是官，一個是賊，他豈敢托大叫人家兄弟，胡金牛道：「這些民女不是我抓來的，全都是少寨主的緣故，我也很同情她們，只是我又不敢放了她們。」

胡小天道：「你先告訴我閻伯光在什麼地方，這件事我來解決。」

胡金牛道：「少寨主身邊有四大高手保護，你很難接近他。」

胡小天心中暗笑，天狼山的這幫匪徒也敢稱四大高手，不過他忽然想起周默當初曾經率領一百名虎頭營精銳戰士護送南越國王子回國，卻在天狼山遭遇伏擊，幾乎全軍覆沒，可見天狼山的實力非同泛泛，自己千萬不可輕敵。

胡金牛道：「你若信得過我，就先藏身在這裡，我先去打探一下情況，等瞭解清楚之後再過來找你。」

胡小天道：「也好！」他果真放開了胡金牛。

胡金牛見他對自己如此信任，心中不覺有些感動，走了兩步又回過頭來：「你當真不擔心我出賣你？」

胡小天道：「你我同宗同族，血脈相連，我若是連你都信不過，這天下間還有什麼人可信，去吧！我就在這裡靜待你的消息。」

胡金牛重重點了點頭，轉身出門。

胡小天對胡金牛當然不敢全信，但是他對自己目前的實力充滿信心，就算胡金牛出賣他，他一樣有把握從青雲山莊殺出去，薛靈君所中的鴛鴦合歡散也不算什麼劇毒藥物，實在不行，大不了自己給她當解藥就是。

胡金牛果然沒有辜負胡小天的信任，過了一會兒，又見他悄悄溜了進來，胡小天背著薛靈君過去跟他會合，胡金牛低聲道：「少寨主出門尚未回來。」

胡小天聞言不禁有些失望，閻伯光不在，那麼自己豈不是撲了一個空。

胡金牛又道：「不過，小姐剛剛從青雲抵達這裡。」

胡小天道：「哪個？閻怒嬌嗎？」他曾經在黑石寨和閻怒嬌打過一次交道，留下了較為深刻的印象。

胡金牛連連點頭，他低聲道：「其實小姐那個人心底還是非常善良的，你若是能夠找到她，將這些事情告訴她，此事或許可以不費一刀一槍就能夠得到解決。」

胡小天心中打的是另外一個算盤，還是從閻怒嬌下手最好，她若是答應幫忙自然最好不過，如果她不答應，那麼一不做二不休就直接抓她為質，不愁閻伯光不肯把解藥交出來。

胡金牛將閻怒嬌落腳的地方告訴胡小天，他對胡小天的實力並不瞭解，所以才出了這個主意，說完之後又不免有些擔心，低聲奉勸道：「青雲山莊內有不少天狼山的高手，我看你還是在沒被發現之前走吧，萬一有所閃失，我可救不了你。」

胡小天笑道：「你不用擔心，我不會連累你。你只當什麼都沒有發生過，離開這裡就是，其他的事情我自己去做。」

胡金牛將信將疑，他將院門鎖上離開。

胡小天等到他離去之後，悄然一縱來到院牆之上，從院牆上俯瞰周圍的情景，確信無人留意到自己，方才沿著院牆迅速向前奔行，走了幾步，辨認出胡金牛所說的院落，他從院牆之上凌空而起，飛掠到上空足足三丈左右的高度，然後內息緩緩收起，身軀從半空之中俯衝下去，利用馭翔術直接飛掠到閻怒嬌所住的院落之中，整個過程並沒有驚動青雲山莊的任何人。

躲在閻怒嬌所在的屋後傾耳聽去，卻聽到室內閻怒嬌正在和屈光白說話。

「我二哥呢？」

屈光白恭恭敬敬道：「少寨主去城內辦事，就快回來了。」

閻怒嬌道：「最近他有沒有惹出什麼麻煩？」

屈光白笑道：「小姐多慮了，少寨主自從來到西州之後彷彿換了一個人似的，除了練武之外便是潛心禮佛，再不像過去那樣胡鬧了。」

閻怒嬌道：「如果他當真能夠如此倒是一件好事。」

屈光白告辭道：「屬下去外面看看少寨主回來了沒有。」

閻怒嬌點了點頭，屈光白離去之時反手幫她將房門掩上，閻怒嬌歎了口氣，解下腰間的彎刀，正準備坐下休息，卻聽到房門被輕輕敲響。

「誰？」閻怒嬌輕聲問道。

外面傳來一個清朗的聲音道：「我！」房門被人從外面緩緩推開，出現在閻怒嬌眼前的卻是胡小天。

閻怒嬌看到胡小天第一反應就是去拿桌上的彎刀，胡小天卻沒事人一樣笑瞇瞇站在那裡，輕聲道：「這麼久不見了，怎麼才見面就拔刀相向，閻大小姐是不是不夠禮貌？」

閻怒嬌舉起彎刀指向胡小天的胸膛：「你別過來，我警告你，這裡是青雲山莊，你別亂來啊！」

胡小天呵呵笑了起來：「閻大小姐以為我要做強搶民女那種喪盡天良的事情嗎？你放心，那些只是你們天狼山的人才會做的事情。」

閻怒嬌斥道：「你住口，不得侮辱我們天狼山。」此時她方才發現胡小天背後還有一人，用彎刀指了指胡小天道：「你背後是什麼人？」

胡小天道：「大雍長公主薛靈君。」

閻怒嬌聞言不由得心中一驚，她雖然不認識薛靈君，可是胡小天已經道出了薛靈君的身分，大雍長公主何等尊貴的地位，她首先想到的就是胡小天是不是專門來到這裡救人的，如果這位長公主是被她的二哥劫持前來，那麼這件事麻煩就大了。他們天狼山雖然雄霸一方，可多年來都是依靠獨特的地理環境和官府周旋，西川方面也沒有真正傾盡全力來剿殺他們，如果二哥當真做出劫持大雍長公主的事情，恐怕會觸怒西川李天衡，導致無法收拾的後果。

閻怒嬌咬了咬櫻唇，一雙綠色的眼眸充滿狐疑之色：「大雍長公主何以會在西州？」

胡小天道：「難道你沒有聽說李天衡明日五十大壽的事情？大雍長公主此來是專程為了祝壽而來。」

閻怒嬌道：「她……怎麼了？」雖然心中猜到這件事十有八九和二哥有關，可她心底又不希望真的如此。其實這件事和閻伯光還真沒有關係，長公主薛靈君是在西山大佛岩中了迷藥，胡小天之所以來到這裡，全都是因為那惡僧悟寧的指點，悟寧告訴他解藥在這裡，的確是實情，當然悟寧還有其他的目的，希望胡小天來到青雲山莊送死，借著閻伯光的手將他害死復仇。

胡小天正要回答，此時長公主薛靈君醒了過來，她神志模糊，嘴巴也被胡小天用布團堵住，一雙媚眼如絲，俏臉不停在胡小天的脖子上臉頰上磨蹭。

看到薛靈君這般情形，閻怒嬌心中已經明白了，薛靈君十有八九是中了迷藥，而這件事肯定和二哥有關，不然胡小天也不會找到這裡。

胡小天把頭偏到一邊，躲藏著薛靈君的磨蹭，一邊低聲道：「她中了鴛鴦合歡散，解藥在你二哥手裡。」胡小天沒有說得太具體，閻怒嬌更將這件事全都算在了二哥的頭上。芳心中實在是惱怒到了極點，二哥實在是死性不改了，上次在青雲險些丟了性命，本以為他死裡逃生之後會得到教訓，從此洗心革面，痛改前非，卻想不到他仍然做這種事，一時間閻怒嬌不知如何面對胡小天，畢竟這件事是他們理虧，胡金牛說得不錯，閻怒嬌雖然出身山賊世家，可是她心底卻非常善良，尤其是看不起這種欺男霸女的事情。

閻怒嬌看了看神志不清的薛靈君，雖然薛靈君穿著男裝，可是仍然能夠一眼辨認出這是個妖嬈嫵媚的女人，閻怒嬌道：「你將她救了出來？」

胡小天頓時明白，閻怒嬌肯定是誤會了，誤以為她哥哥閻伯光將薛靈君抓到此地，自己是潛入青雲山莊專程救人的，反正閻伯光也不是什麼好鳥，不如將錯就錯，胡小天道：「在北院的地窖之中還有不少女孩子被鎖在下面，你去看看就會明白，你哥哥究竟做了什麼事情。」

閻怒嬌聞言俏臉之上滿是羞愧之色，她點了點頭道：「你放心，如果我查明這件事的確是他所為，一定給你一個交代。」

胡小天見她如此坦誠，並沒有表現出對自家人的任何偏袒，心中對她也生出一絲好感，此時外面忽傳來一陣腳步聲，胡小天眉頭一動，低聲道：「有人來了！」

閻怒嬌雖然也武功不弱，但是她的感知力根本無法和胡小天相比，微微一怔道：「什麼？」這時候外面遙遙傳來一個歡喜的聲音道：「小妹，我回來了！」卻是閻伯光從外面回來了。

閻怒嬌慌忙指了指裡面的房間，見到胡小天無動於衷，連忙將他推了進去，將胡小天推入了衣櫃之中，低聲道：「你先藏起來，不要讓他們看到，不然就麻煩了。」閻怒嬌當然不清楚胡小天現在的武功到了什麼境界，只知道哥哥身邊有多名高手護衛，若是被他發現胡小天在這裡，恐怕胡小天性命堪憂，她也是完全出於一番好意。

等胡小天藏入衣櫃之中，閻怒嬌將櫃門關上，這會兒功夫，閻伯光已經走入了房間內。

閻怒嬌稍稍整理了一下，舉步迎了出去，看到二哥衣著光鮮，滿面喜色走了進來。閻伯光雖然生性好色，可是他對這個妹子卻是非常疼愛，他在西州逗留了將近半年始終沒有返回天狼山，一是留戀這裡的繁華，二是因為他始終沒有能夠找到根治自己毛病的辦法，閻伯光也明白，妹子之所以前來，十有八九是奉了老爹的命令，是來監督自己有沒有在這裡惹是生非。

閻怒嬌道：「二哥！」

閻伯光呵呵笑道：「幾個月不見，我家小妹出落得是越發美麗動人了，不知將來那個王子皇孫才有機會娶到我的妹子。」

閻怒嬌啐道：「一個山大王的女兒，有哪個王子皇孫願意娶？」

閻伯光道：「小妹豈可妄自菲薄，在我看來，天下間沒有一個王子皇孫配得上我家妹子呢。」

閻怒嬌道：「二哥離開天狼山好像已經有半年了吧？」

閻伯光點了點頭，岔開話題道：「妹子先休息一下，待會兒我陪你去西州城內逛逛，買些綾羅綢緞胭脂水粉，見識一下西州的繁華景象。」

「連青雲山莊我都沒有好好逛過呢。」

閻伯光笑道：「區區一個青雲山莊有什麼好逛，想看隨時都可以。」

閻怒嬌道：「可是剛才我經過北邊的一個院落，看到院門緊鎖，想要進去，卻被你的那些手下百般阻攔呢。」

閻伯光聞言心中頓時一沉，難道自己擄劫民女的事情已經被妹妹發覺了？臉上的笑容瞬間變得僵硬起來。

閻伯光道：「妹子，我還有事去處理，等會兒再過來！」他轉身想溜，身後閻怒嬌厲聲道：「你給我站住！」

閻伯光被嚇得打了個激靈，畢竟是做賊心虛，轉過身來，笑眯眯望著閻怒嬌道：「小妹為何如此大聲？」

閻怒嬌道：「你為何抓了那麼多民女回來？」

閻伯光道：「妹子聽什麼人胡說八道？我已經很久沒做過這種事了。」

「你撒謊！你離開天狼山之時是如何答應父親的？現在卻為何又出爾反爾，故態復萌，你有沒有姐妹？焉能一而再再而三地做出這種喪盡天良的事情？」

閻伯光被妹妹罵得灰頭土臉，汗顏道：「小妹，我的確沒有做過。」

閻怒嬌道：「我若是沒有證據也不會誣陷你，你知不知道，你所抓的那些人中有一位是大雍長公主。」

「什麼？」閻伯光聞言臉色頓時變得蒼白，如果妹妹說的是真的，那麼他豈不是惹了一個天大的禍端。

閻怒嬌道：「若是讓爹知道，你覺得他會怎樣對待你？」

閻伯光被妹妹嚇得魂不附體，顫聲道：「小妹，你千萬不可將這件事告訴爹爹，我雖然將她們抓來，可是我並沒有對她們怎樣……」

胡小天聽得真切，不由得想笑，閻伯光現在只怕是有心無力，不過這廝也實在變態，都已經是個活太監了，為什麼要抓那些民女。

閻怒嬌道：「把鴛鴦合歡散的解藥給我！」

閻伯光聞言一怔：「什麼？」

閻怒嬌道：「你還要我重複第二遍？」

閻伯光一臉迷惘道：「我根本沒有用過那迷藥……」

閻怒嬌怒道：「二哥，你太讓我失望了！」

此時外面傳來屈光白的聲音：「少主！」

閻伯光正在鬱悶之時，聞言不由得將滿腔的怒火都發洩到屈光白的身上，怒道：「什麼事情？」

屈光白有些惶恐道：「外面來了一群官府的人！」

閻伯光兄妹二人聞言都是一驚，閻怒嬌第一個念頭就是，二哥擄劫民女的事情被官府察覺，追蹤到這裡來了。她雖然惱怒二哥為非作歹，可是在心底對這個哥哥仍然還是維護的，不忍心他落入法網，咬了咬櫻唇道：「我去看看！」

閻伯光此時明顯也有些慌張了：「小妹，你千萬小心一些。」

胡小天藏身在衣櫃之中，也覺得非常奇怪，長公主薛靈君的事情自己並沒有來得及通知幫手，難道是郭震海他們一直尾隨保護？不可能，如果他們一直跟在身後，自己不可能毫無覺察。

閻怒嬌拉開房門走了出去，此時看到五名身穿官服的人已經大踏步走了進來，屈光白慌忙上前阻攔：「幾位大人為何擅闖私宅……」

為首那名中年男子長眉細目，表情陰鷙，一雙細眼冷冷望著屈光白道：「你敢阻攔我們辦案嗎？」

閻怒嬌緩步迎上前去，表情鎮定道：「請問這位大人來青雲山莊所為何事？」

閻伯光已經聽到外面的動靜，沒料到官服之人來得這麼快，他四處尋找藏身之所，倉促之間來到裡面的房間內，目光落在衣櫃之上，一把拉開櫃門。

沒等他看清裡面的狀況，就看到一隻拳頭在眼前放大，蓬的一拳打了個正著，打得閻伯光立時暈倒過去，胡小天從衣櫃中走了出來，這會兒功夫已經是滿身大汗，長公主薛靈君跟他肌膚相貼，耳鬢廝磨，更何況現在正值八月，西川天氣炎熱，就算一個人坐在那裡不動都會全身冒汗。

胡小天俯身在閻伯光身上搜尋了一下，找出了兩個瓷瓶，可是無法斷定這裡面裝的究竟是不是鴛鴦合歡散的解藥，唯有等這廝醒來再問。

此時已近黃昏，天色突然變得昏暗起來，空中烏雲會聚，一場風雨就要來臨。

那名細眉長目的男子妖異的雙目盯住閻怒嬌，上下打量著她，目光最後停留在閻怒嬌動人的俏臉之上，神情頗為無禮。

閻怒嬌自小在家中受寵，在天狼山簡直就是眾星捧月的存在，還從未被人如此肆無忌憚地注視過，她總覺得此人的身上充滿淫邪之氣，不像好人。閻怒嬌道：「不知這位大人身居何職，受了何人委派？手中可有搜查令？」

那男子陰測測笑道：「我無需向你解釋，你雖然不知道我是什麼人，可是我卻清楚你們的底細，你叫閻怒嬌是不是？這裡的主人叫閻伯光，你們全都來自天狼山，天狼山賊首閻魁是你們的父親對不對？」

閻怒嬌聞言不由得芳心一沉，對方一口就道明了他們的身分，顯然是有備而來，就算是沒有民女被擄劫之事，單單是他們的真正身分被查出，就已經麻煩無窮，天狼山一直都是西川官方通緝的對象。

此時院門處衝入八名男子，這八人全都是青雲山莊的高手，屈光白在這五人硬闖青雲山莊之時就已經去通知手下，讓眾人伺機而動，如果情況有變，不惜代價除掉這五名官府中人。

那男子目光向周圍瞥了瞥，此時周圍院牆之上又出現了十多條身影，卻是埋伏在那裡的箭手，一個個彎弓搭箭瞄準了他們，男子的唇角露出一絲冷笑：「閻小姐什麼意思？」

閻怒嬌皺了皺眉頭，她並沒有預料到會突然就暴露了身分，對他們這些人來說，身分暴露就意味著陷入危險中，西州已經無法逗留，必須即刻離開，這座青雲山莊也沒有存在的價值，一定是二哥不慎暴露了身分，這個哥哥可真是害人不淺。

事到如今，閻怒嬌不得不面對現實，淡然道：「幾位大人不妨從哪裡來回到哪裡去，我可保證幾位大人平安無事。」

那男子呵呵笑道：「若是我們不走呢？」

閻怒嬌唇角露出一抹淡淡的笑意：「我並不想多造殺戮！」

男子身後的四人突然同時凌空飛起，黑色斗篷張開如同一隻隻巨大蝙蝠，他們向圍牆之上飛掠而去。

駐守在圍牆和屋頂的箭手同時施射，一支支羽箭宛如追風逐電般射向四人，四人同時抽出腰間長刀，在虛空中來回劈斬，竟然將射來的羽箭一一擊落，轉瞬之間已經來到圍牆屋頂，長刀揮舞宛如砍瓜切菜一般將十多名箭手盡數誅殺當場。

閻怒嬌雖然見慣了殺戮的場面，可是卻沒有想到對方下手如此乾脆，根本沒做太多解釋就已經將埋伏箭手盡數剷除。

屈光白和那八名高手也是暗暗心驚，單從這四人的出手來看全都是一流高手，手下那群人根本沒有來得及做出反抗，十餘名箭手竟然沒有一合之將。

屈光白怒吼道：「殺了他！」八名高手同時向那長眉細眼的男子圍攻而去。

男子緩緩搖了搖頭，腰間長刀從刀鞘中彈跳而出，刀身如同彎彎長眉，深沉的天光下宛如一泓秋水，他看都不看後方的情況，反手劃出一道弧線，秋水頃刻間化成一團光霧，慘叫之聲不絕於耳，八名高手不約而同地捂住咽喉，鮮血從他們的手指縫中噴射而出。

屈光白雖然叫得最凶，可是他卻是啟動最慢的一個，如果他衝上去，現在死的恐怕還要多一個。屈光白望著那八名緩緩倒地的同伴，嚇得魂飛魄散，對方的武功竟然恐怖如斯！這八名同伴乃是在天狼山精心挑選的好手，專門派來保護閻伯光的安全，八人聯手就是屈光白也沒有取勝的把握，可對方竟然一刀同時割斷了八人的咽喉，此等刀法實在是驚世駭俗。

屈光白看到對方的目光投向自己，嚇得將手中摺扇一抖，咻咻咻之聲不絕於耳，摺扇之中暗藏的鋼針射向對方的面門。射出鋼針的同時屈光白奪門而出，他向來為人詭計多端，善於審時度勢，看到對方的刀法已經明白自己根本沒有取勝的把握，留下來唯有死路一條，所以只能選擇及時逃生，這種時候自顧不暇哪還顧得上閻怒嬌和閻伯光。

中年男子手腕旋轉，面前形成一道閃爍著白光的螺旋，鋼針射入其中如同石沉大海，被刀光絞碎，望著屈光白逃走的背影，中年男子雙目之中殺機大熾，揚起長刀虛空劈出一記，一道無形刀氣脫離刀身激射而出，撕裂前方黑沉沉的暮氣，以驚人的速度向前方奔襲，院門被刀氣從中削斷，滴水簷轟然崩塌，一時間煙塵四起，煙塵散去之後，看到遠方屈光白的身體停頓在那裡，時間彷彿凝固，過了一會兒，他的身體方才從中分成兩半，緩緩向兩旁倒去，鮮血從斷裂的腔子裡噴射而出，場面之慘烈令人作嘔。

閻怒嬌被眼前的一幕嚇住，看到中年男子背朝自己，抽出腰間匕首衝了上去，揚起匕首狠狠刺向中年男子的後心。那中年男子似乎背後長了眼睛一樣，手中長刀旋轉向後，不等閻怒嬌靠近自己，刀鋒已經抵住了她的咽喉，輕聲道：「如此美貌，殺了你實在太過可惜。」

閻怒嬌聞到刀鋒上的血腥味道，俏臉驚得煞白，她顫聲道：「你究竟是誰？」

中年男子慢慢轉過身來，一雙細眼望著閻怒嬌，慢條斯理道：「胡小天，我知道你在這裡，何必當縮頭烏龜？快快出來受死！」

胡小天一直都在留意外面的變化，雖然知道形勢有些不對，可是沒想到形勢變化如此迅速，甚至讓他來不及反應，青雲山莊已有十多人命喪當場，連閻怒嬌也落入對方掌控之中。

胡小天已經推斷出這些人應該不是官府中人，不然絕不會不由分說便大開殺戒，他卻沒有想到這些人是衝著自己而來，當中年男子叫出他名字的時候，胡小天方才意識到這群人竟然是衝著自己來的。

此時閻伯光悠然醒轉，看到胡小天先是吃了一驚，聽到外面的動靜更是惶恐萬分，趴在窗口向外望去，卻見妹妹被人用刀指著咽喉，閻伯光急得六神無主。

「胡小天！再不出來，我就當著你的面剝去她的衣服。」

閻伯光望著胡小天，這會兒他隱約明白發生了什麼事，胡小天向他揚起了拳頭，閻伯光叫苦道：「全都是你連累我們……」

胡小天怒道：「鴛鴦合歡散的解藥呢？」

閻伯光苦著臉道：「哪有解藥？根本不需要解藥……」

胡小天怒極，一腳踹中他的小腹，將閻伯光從屋裡踹得飛了出去，閻伯光慘叫著摔倒在地面上。

中年男子舉目向房門的方向望去，卻見胡小天背負著一人緩步走出了房門，胡小天笑瞇瞇道：「這位兄台，不知高姓大名，官居何職？來青雲山莊所為何事？」

中年男子望著胡小天，點了點頭道：「你就是胡小天？」

胡小天笑道：「你都不認識我，找我作甚？」

中年男子一張面孔變得殺機凜然，手中長刀緩緩從閻怒嬌的咽喉處移開，沉聲道：「受死吧！」

胡小天道：「死也得死個明白，我好像不認識你嘜！」

閻怒嬌此時奔回到胡小天的身邊，從地上將閻伯光扶起，含淚道：「二哥！」

胡小天雖然一腳將閻伯光踢飛，可是這一腳並不重，閻伯光揉著獨自站起身來，低聲道：「他們是誰？我根本就不認識！」同樣的疑問縈繞在閻怒嬌的心頭，兄妹兩人望向胡小天。

胡小天道：「看來是要跟我來一場公平決鬥了！」

中年男子點了點頭道：「我等你！」

胡小天慢慢將長公主薛靈君放下，將薛靈君交到了閻怒嬌的手中，低聲叮囑道：「幫我照顧長公主，有機會你們就逃走。」

閻怒嬌點了點頭，顫聲道：「小心，他可以刀氣外放，殺人於無形。」

胡小天內心一震，雖然沒有親眼看到中年人斬殺屈光白的場面，可是能夠達到刀氣外放殺人於無形的人物絕對是頂尖高手，自己的劍氣外放尚處於時靈時不靈的狀態，今天竟然遭遇了一位刀法高手，實在想不出自己什麼時候得罪過這麼厲害的人物。

胡小天怒視閻伯光，滿臉殺氣把閻伯光嚇了一跳，他雖沒有說話，可是閻伯光明白他的意思，若是自己膽敢對這位長公主有任何不敬，胡小天絕不會放過自己。

胡小天從腰間慢慢抽出軟劍，右臂一抖，軟劍鏘的一聲繃得筆直。

中年男子雙目冷冷望著胡小天：「聽聞你在大雍擊敗劍宮高手邱慕白，年紀輕輕就已經達到劍氣外放的地步也算是難得一見的奇才。」

胡小天道：「邱慕白算不上高手，劍氣外放也不算什麼了不得的功夫。」

中年男子點了點頭道：「我今次前來是為博遠討還一個公道。」

胡小天聽到博遠兩個字，心中忽然明白，對方所說的博遠應該是文博遠，難道他是文博遠的師父，有刀魔之稱的風行雲？如果真是此人，那麼今天麻煩了。胡小天道：「你是風行雲！」

中年男子沒有回答胡小天的問題，向後退了一步，整個人瞬間沉靜了下去，如果不是看到他的身影仍然在自己的對面，幾乎會以為這個人憑空消失，如果閉上雙眼，絕對感覺不到他的呼吸心跳，感受不到他的存在，胡小天可以斷定眼前人就是刀魔風行雲，天下間刀法能夠達到這種境界的少之又少，為文博遠出頭找自己晦氣的也許只有他一個。

胡小天道：「他的死和我無關！」

風行雲手中宛如長眉一般的刀身隨風蕩動，刀雖然握在他的手上，卻猶如自己擁有著生命和自由，他淡然道：「我不管他的死和你有沒有關係，我只知道他想你死！所以我必須要幫他完成這個心願！」

一道弧形的閃電撕裂昏沉的暮色，電光閃爍的剎那，胡小天出劍了，電光在他的身後閃耀，風行雲面對閃電，他的視力不可避免地要受到電光的干擾，千載難逢，胡小天自然要把握住這次難得的機會。

靈蛇九劍輕靈詭異，快如閃電，一劍直奔風行雲的咽喉刺去，風行雲讚道：「不錯！」一向前跨出一步，手腕向上一翻，以刀背向上格住胡小天的刺殺，風行雲生平有兩大愛好，一是武功，二是美女，面對胡小天他並沒有急於施以殺手，而是要引誘胡小天使出渾身解數，看看他劍法的路數。

靈蛇劍法雖然精妙，可是胡小天卻始終無法將內力融入到劍招之中，反倒是使用大劍藏鋒更為得心應手一些，只是藏鋒太大，總不能出門在外都隨身攜帶，怎比得上這柄軟劍如同腰帶一樣，攜帶方便。

胡小天接連刺出七劍，全都被風行雲輕易化解，心中不覺有些焦躁，這風行雲可謂是他遭遇的真正強手，如果自己今天不全力以赴，不但會落敗，而且只怕連性命都保不住。

風行雲冷冷道：「劍法也算不錯，可還是有些名不副實！」所謂名不副實是因為傳言中胡小天早已達到了劍氣外放的境界，而今天連出七招，卻沒有一次成功將劍氣外放。

胡小天道：「那是因為我心存善念，不想濫殺無辜！」他目光向後方撇去，卻見閻怒嬌和閻伯光兩人護著薛靈君仍然沒有逃出去，風行雲還有四名手下在周圍虎視眈眈，當然不會讓他們順利逃離，胡小天暗叫不妙，今天麻煩大了，除非擊敗風行雲，不然大家全都會有麻煩。

風行雲道：「這套劍法乃是靈蛇九劍，乃是五仙教所創，看來你是五仙教的人。」他從胡小天劍法中認出了劍法來歷，畢竟是一代刀法大家，果然見多識廣。

胡小天讚歎的同時，不由得想到，這套劍法乃是須彌天教給自己的，須彌天也善於用毒，有天下第一毒師之稱，她是黑苗人，五仙教也是黑苗人所創，兩者之間應該有著密切的聯繫。

胡小天冷笑道：「知道我劍法的來歷，你還敢對我無禮！」他要借著五仙教的名頭恐嚇風行雲。

風行雲道：「就算是五仙教教主親來，也保不住你的性命！」他並不急於進攻，而是放緩了步法。

胡小天得到喘息之機，在距離風行雲三丈之外站定，以傳音入密向閻怒嬌道：「為何還不快逃？」

閻怒嬌咬了咬嘴唇，向他眨了眨眼睛，然後目光投向地面。

胡小天不明白她究竟是什麼意思，心中暗忖，難道這青雲山莊的地下暗藏機關？胡小天向四周望去，看到風行雲的四名手下分別守住四角，時刻提防閻怒嬌等人逃離，胡小天心中頓時有了主意，當務之急是給閻怒嬌三人創造機會，讓他們逃走，只要他們能夠順利逃離，自己面對風行雲就算沒有必勝的把握，可是自保絕無問題。

想到這裡，胡小天作勢向風行雲衝去，又以傳音入密向閻怒嬌道：「我拖住他們，你抓緊時間帶他們逃到安全的地方。」

胡小天看似衝向風行雲可中途卻突然轉向，身軀陡然飛起，凌空飛出三丈有餘，然後宛如大鳥一般撲向西南角的那名刀手。

風行雲在胡小天改變方向之時已經知道他的意圖，冷哼一聲道：「想逃嗎？」四名刀手同時啟動，一人迎向胡小天，另外三人挺起長刀直刺胡小天的後心。

胡小天在四人的夾擊之中，竟然又凌空飛掠兩丈，這份輕身功夫讓風行雲都驚詫不已，這小子的輕功竟然如此厲害。

胡小天從四人刀尖環圍之中一飛衝天，然後倒頭向下俯衝而去，手中軟劍一抖，宛如漫天飛雨一般向四人兜頭罩落，這一招正是萬蛇狂舞。

四名刀手看到這一劍威力奇大，不敢硬接，紛紛向後方撤去，風行雲此時已經來到下方，望著空中萬點寒星，一刀橫劈而去。刀光過後，漫天劍影頓時消散，風行雲的這一刀正劈在劍鋒之上，此人的眼界之高，刀法力度拿捏之準實屬胡小天生平罕見。

胡小天卻借著風行雲刀劈之勢，再度向上飛起，然後軟劍直刺，毒蛇吐信奪向風行雲的右眼。

第十章

刀魔風行雲

胡小天身在空中，看到刀魔風行雲竟然如此威勢，
一刀劈斷了三間房屋，此等功力實在是驚世駭俗，
讓胡小天感到心驚的是剛才親眼看到
閻怒嬌兄妹攙扶長公主薛靈君進入了房間內，
若是他們仍然身在其中豈不是要被活埋？

胡小天憑藉著馭翔術和靈蛇九劍同時吸引住五人的注意力，而閻怒嬌和閻伯光兄妹二人把握住這難得的時機，兩人相互使了一個眼色，攙扶著薛明君重新衝入房內，而沒有選擇逃離院落。

風行雲手中長刀向上迎擊而去，刀尖刺中軟劍的劍鋒，尖端鋒芒的碰撞火花四濺，軟劍因為自身的柔韌和胡小天下衝的壓力，擠壓成一道誇張的弧線，然後又迅速挺直，胡小天丹田氣海內形成無形氣旋，一股強勁的吸力出現在刀劍交匯之處。

風行雲忽然感覺到內力外泄，內心不由得吃了一驚，身軀擰轉，封閉丹田，發出的內力在刀尖劍鋒交匯之處形成了一個氣爆，震得刀劍脫離了原本的方位，胡小天意圖利用虛空大法吸取風行雲內力的想法頓時落空。

風行雲接連向後退了三步，胡小天也趁此機會落在了地上，心中暗叫可惜，只怪風行雲太過狡猾，虛空大法還沒有來得及完全施展就已經被他擺脫開來。

風行雲雙目冷冷盯住胡小天：「鯨吞大法！」

若是論到吸取別人功力最厲害的武功要數虛空大法，可是這門功夫知道的人實在太少，所以名氣還不如鯨吞大法來得響亮。

此時外面傳來喊殺之聲，卻是胡金牛率領著莊內數十名武士殺了進來，雖然人數眾多，可是以他們的武功也只不過是前來送死罷了。胡小天大吼道：「速速離開這裡，不要白白送死！」

胡金牛聞言停下腳步，此時方才留意到不遠處被劈成兩半的那個竟然是屈光白，頓時被嚇了一大跳，要知道屈光白乃是他心目中極其厲害的存在，是他眼中的高手，再看到他們青雲山莊的幾位高手已經橫七豎八地躺在那裡，胡金牛此驚非同小可，聽到胡小天的呼聲，馬上轉身就溜。

風行雲做了個手勢，手下四名刀手飛撲而出衝向那些青雲山莊的武士，這是要斬盡殺絕一個不留。逃跑稍慢的已經被斬殺於當場，一時間哀嚎不斷。

胡小天雖然知道這青雲山莊內的山賊大都不是好人，可是看到風行雲下手如此冷血，心中也有些不忍，畢竟風行雲是衝著自己而來，如果不是自己來到青雲山莊也不會給他們帶來這場無妄之災。

雨點一滴滴落下，風行雲手中長刀橫指，黑色官服隨風飄動，長眉之下，一雙細眼迸射出陰森的殺機，他決定速戰速決，結束今天的這場戰鬥。雨落在刀身之上反彈而起的水珠讓刀光變得迷濛，刀光卻在不斷地擴展，在雨水中不停延伸，延伸的並不是刀身本身，而是從刀身中蔓延擴展的刀氣。

面對一個將刀氣操縱自如的對手，胡小天根本沒有戰勝他的把握，他並沒有急於逃離，而是想方設法拖延時間，只要他拖住風行雲，那麼閆鳳嬌等人逃走的機會就更大一些。

當風行雲手中的刀芒擴展到兩丈長度，他爆發出一聲沉悶的低吼，手中長刀揮舞，無形刀氣脫離刀身，向胡小天攔腰斬去，刀氣斬斷了密密匝匝的雨水，在落雨中形成一道白亮的光弧，這道光弧在運行之中迅速擴展，中途長度已經急速擴展到一倍，密集的雨水被霸道的刀氣震碎，籠罩在光弧周圍，形成一道淒迷的光暈，如此炫目如此美麗，可是美麗的背後卻隱藏著霸道無匹的殺機。

胡小天今天始終無法達到劍氣外放，甚至連一次都沒有成功引動。面對風行雲威力奇大的外放刀氣，胡小天不敢硬撼，唯有選擇閃避，身軀再度飛升而起，刀氣從他的雙腳下方橫掠而過，雖然沒有擊中胡小天，卻橫斬在後方的房屋之上，三間青磚築就的房屋竟然從中被齊齊削斷，屋頂坍塌下陷，在一片瀰漫的煙塵中房屋轟然倒塌。

胡小天身在空中，看到刀魔風行雲竟然如此威勢，一刀劈斷了三間房屋，此等功力實在是驚世駭俗，讓胡小天感到心驚的是剛才親眼看到閻怒嬌兄妹攙扶長公主薛靈君進入了房間內，若是他們仍然身在其中豈不是要被活埋？

風行雲一刀劈空之後，旋即收刀劈出第二記，長刀在虛空中留下萬千殘影，在胡小天的視野中猶如形成了一朵綻放的菊花，花朵由遠而近向胡小天迅速迫近，宛如一張展開的大網鋪天蓋地向胡小天籠罩而來。胡小天縱然能夠發動劍氣，也無法達到瞬間接連發出的地步，以刀氣組合成無形刀網更沒有任何可能。

幸虧了這場突如其來的大雨，將無形刀氣化成有形，讓胡小天有跡可循，他手中軟劍一抖，向迎面飛來的刀網封去，身軀卻不敢做絲毫停留，深吸一口氣，丹田氣海內息膨脹，凌空飛起於刀網之上。

鏘的一聲，軟劍和刀網碰了個正著，有形的軟劍遭遇無形刀氣竟然被刀氣斬斷，胡小天狼狽不堪地避過刀網落在圍牆之上的時候，再看手中的軟劍，劍身已經齊柄而斷，手中只剩下一個光禿禿的劍柄。

風行雲從牙縫中擠出一個陰冷的聲音：「受死吧！」向前跨出一個箭步，右腳重重落在地面之上，整個庭院的地面都為之顫動，然後他的身軀借著這一頓之力猶如雄鷹展翅般飛起，改為雙手握刀，以力劈華山之勢向胡小天攻去。越是簡單的方法越是威力無窮，任何的武功練到了最高境界都是化繁為簡，返璞歸真，看簡簡單單的一個劈斬動作其中卻蘊含了無數玄機和變化。

胡小天望著遠遠攻來的這一刀，雖然相隔遙遠，可是卻感覺一股無形的壓力從四面八方向自己湧來，將自己包圍其中，似乎逃向哪個方向都無法躲過對方的這一刀。

氣勢逼人！風行雲的這一刀已經達到了大巧若拙，勢不可擋的地步。

逃！似乎逃脫不了刀氣的籠罩，放棄！唯有死路一條，剩下的只有硬碰硬接對手的一刀，可是胡小天手中的軟劍卻已經折斷，僅憑著一個光禿禿的劍柄又如何與風行雲霸道的刀氣相抗衡？

胡小天今天對敵的過程中沒有一次成功將劍氣外放，自己的虛空大法卻又無法吸取風行雲的內力，難道蒼天真要讓我死在這裡？胡小天想到這裡忽然心頭一亮，雖然內息無法外放，可是我還有虛空大法。手中劍柄緩緩旋轉，丹田氣海之中以驚人的速度形成了一個巨大的氣旋，所有的吸引力全都作用於劍柄之上，紛紛墜落的雨水忽然加快了速度，節奏一致地向胡小天落去。

風行雲即將發出刀氣的剎那，卻發現周圍的風雨比起剛才狂暴了不少，而且所有雨水墜落的方向全都朝向胡小天，確切地說不僅僅是墜落，而是瘋狂飛撲，似乎被一股強大無匹的力量所吸引，周圍的雨水都向胡小天聚集，讓風行雲詫異的是，胡小天手中業已斷裂的劍柄之上，一柄透明的大劍正在迅速形成，並非劍氣，而是雨水聚攏而成，劍身透明，大劍無鋒。

胡小天頭頂的髮冠也被狂風捲起，露出新近長出的短髮，宛如刺蝟般一根根豎立，雙目圓睜，爆發出一聲怒吼。

短暫的錯愕之後，風行雲手中長刀揮舞，一道長達三丈的白練從刀身之上激射而出，此時黑暗天幕中一道耀眼的閃電宛如長蛇一般將黑沉沉的天幕撕成兩半。

胡小天揮動劍柄，雨水聚攏而成的劍身短時間內已經長達兩丈，他右手揮動，一劍迎出，透明的劍身猶如一條扭曲長蛇，脫離劍柄飛出，在虛空中宛如活物，旋轉飛行之時，周圍雨水落葉紛紛向劍身會聚，迎擊在風行雲發出的刀氣之上。

兩股力量在風行雲和胡小天中點的位置完成碰撞，發出一聲沉悶之極的震響，如同兩條長蛇相互糾纏在一起，彼此撕咬吞噬，又在同時爆炸，化成漫天雨滴，四散射去。

風行雲幾乎不能相信自己的眼睛，剛才還被他打得抱頭鼠竄的胡小天竟在一瞬間戰力倍增，居然可以擋住自己凝聚全力的一擊。

胡小天手中劍柄之上短時間內又吸納了無數雨水，雨水匯集這次形狀如同一個圓球，胡小天反守為攻，劍柄一抖，一個頭顱大小的透明水球滴溜溜亂轉，破開風雨向風行雲攻去。

風行雲身軀仍在半空，他舉刀俯衝了下去，刀身直指那個水球，他要一舉破開胡小天的這次攻擊，一刀穿透這廝的胸膛。

水球瘋狂旋轉，而且在飛行的過程中不斷增大，風行雲一刀刺入水球，內力聚集於刀尖之上，在刺入水球的剎那突然爆發，他本以為水球會被他的內力震碎成為水霧，消散於無形，然而讓他詫異的是，內力竟然無法引爆水球，宛如石沉大海一般無影無蹤，非但如此，水球瘋狂旋轉的力量險些將他手中的長刀扯走。

胡小天此時已經完全穩住陣腳，若是單論內力之強大，當世之中已經少有人能夠跟他相提並論，只是他如同一個坐擁金山的廢柴，連揮霍都不懂得，過去只想著劍氣外放，可是自己在這方面的進境緩慢，在剛才的生死決戰之中方才靈機一動，意識到虛空大法可以聚攏外物。

胡小天唇角現出一絲冷笑，老子擁有這座金山雖然不懂得如何消費，可就算搬起金磚我砸也要砸死你。花錢可以簡單粗暴，內力也是如此。

風行雲不得不側身躲過那水球。

胡小天卻在此時再度利用雨水凝結成為劍身，與其說他握著一把長劍還不如說他握著一桿長槍，雨水形成的劍身長度達到了驚人的三丈，手臂一抖，靈蛇九劍宛如長江大河一般滔滔不絕地使出。

當初胡小天軟劍在手的時候，因為劍氣無法自如外放，攻擊的範圍有限，現在手中雖然只剩下一個光禿禿的劍柄，卻突然頓悟到了聚水為劍的竅門，長達三丈的劍身還在不停擴展，靈蛇劍法在這樣的狀況下竟然威力倍增，在空中曲折迴旋，時而如同長槍，時而如同甩鞭。

風行雲以長刀接連劈斬在這雨水聚集成的長劍之上，他現在算是真正體會到何謂是抽刀斷水水更流，讓風行雲真正心驚的是，每次刀劍相交，他的內力就會出現向外飛瀉的狀況。

兩人之間的距離越來越遠，這次是風行雲的選擇，靈蛇九劍之精妙並不遜色於他的刀法，胡小天剛開始的時候之所以完全處於下風是因為被兵器所累，刀劍之道，人刀合一，人劍合一只是進入高手狀態，胡小天顯然沒有達到那種境界，可是再往前一步兵器就會成為負累，胡小天的靈蛇九劍之所以沒有得到盡情的發揮是因為他沒有找到真正襯手的兵器。

吸雨成劍，這樣的劍身比起任何的寶劍都要來得靈動。

風行雲深吸了一口氣，望著在前方盤旋揮舞的透明水鏈漸漸冷靜了下來，必須冷靜，收起剛剛開始時的小覷之心，刀氣再度凝聚，長刀綻放出前所未有的雪亮光芒，斬天三式，風行雲終於拿出了他壓箱底的絕學，快如疾風般劈出三刀，無形刀氣隔絕了面前的水流，在雨水瀰漫的空間內形成了三道弧形的光帶，彼此相互交叉，中心恰巧疊合在一起，以順時針瘋狂旋轉起來攪動周圍的雨水，如同風車一般飛速旋轉，地上的積水也被這強力的旋轉所引動，刀氣形成的光幕在天地間不斷擴展，地面被割裂開一道道深深的壕溝。

胡小天雖然相隔遙遠，卻已經感覺到了這一擊的強大威勢，他大吼一聲，使出一招萬蛇狂舞，雨水形成的劍身炸裂開來，形成千萬支透明的小劍，鋪天蓋地向刀氣形成的光幕迎擊而去。

瞬間完成了千萬次的撞擊，刀氣瀰散，千萬支水劍化成蒸騰瀰漫的霧氣，現場水霧瀰漫，夜色之中更是無法辨別周圍的景物。

風行雲卻在撞擊的剎那猛然揮手，手中長刀脫手飛了出去，猶如孤月般迴旋射出，破開雨霧直奔胡小天的咽喉，化實為虛，從虛返實，他不相信胡小天還可以躲過他的這一刀。

胡小天雖然看不清周圍的一切，可是他敏銳的感知力卻籠罩了這座庭院的每一個角落，風行雲投出這一刀應該是最後的殺招。

胡小天伸出手去，伏虎擒龍手準確無誤地抓住了刀柄。

而在此時他耳邊卻傳來一個聲音道：「跟我來！」

一隻溫軟的小手抓住了他的手臂，胡小天聽出是閻怒嬌的聲音，心中大慰，他們果然沒有被倒塌的房屋所困。

雖然搶了刀魔的長刀，胡小天卻不敢保證可以戰勝對方，趁著此時水霧瀰漫的功夫，跟著閻怒嬌一起進入那片坍塌的房屋之中。

風行雲的耳力也是極其聰敏，先是意識到自己的這一刀落空，然後又聽到閻怒嬌的聲音，暗叫不妙，胡小天只怕要逃，連續揮掌，擊飛面前瀰漫的水霧，等到水霧散去方才發現眼前哪還有人在。

風行雲望著眼前的那片廢墟，氣得目眥欲裂，他非但沒有如願將胡小天殺死，最後還被胡小天逼得拿出了所有絕招，甚至連自己心愛的秀眉刀也被胡小天順手牽羊給帶走了，真可謂是奇恥大辱。

四名座下弟子此時追殺回來，看到眼前一幕也是一怔，胡小天不知所蹤，卻不知是被師父毀屍滅跡了還是逃了？

風行雲咬牙切齒道：「給我搜！就算將這裡翻個底朝天，我也要將他們找出來！」

地道的入口並不難找，他們沒費太大功夫就在房屋的廢墟中找到，可是入口卻被厚重的石板封住，和地面嚴絲合縫，想要從外面開啟幾乎沒有可能。

胡小天的眼前現出火光，卻是閻怒嬌燃亮了火摺子，他們正處在青雲山莊的地下，胡小天看到不遠處閻伯光誠惶誠恐的站在那裡，長公主薛靈君一動不動的躺在地上，顯然還是處在昏迷之中，胡小天衝了上去，怒視閻伯光。

閻伯光惶恐道：「跟我沒關係。」

閻怒嬌的聲音在身後響起：「是我點了她的穴道，讓她好好睡上一會兒。」

胡小天這才放下心來，起身忽然將秀眉刀揚起抵住了閻伯光的咽喉，閻伯光嚇得魂不附體，顫聲道：「我……我冤枉……我根本就沒有見過她……我對天發誓……我從來都沒有見過她……」

閻怒嬌緊張地握住刀柄，想要衝上去救二哥，可是心中又明白自己不可能是胡小天的對手。

胡小天道：「把鴛鴦合歡散的解藥交出來。」

閻伯光道：「她根本就不是中了鴛鴦合歡散，你為何會找上我？」

胡小天心中一怔，低聲道：「大佛岩的悟寧和尚是不是你的手下？」

閻伯光道：「有些來往，可他的事情跟我無關……」

閻怒嬌在一旁道：「我二哥應該不會說謊，事情都到了這種地步，他如果有解藥不可能不拿出來。」

胡小天收回秀眉刀，向閻怒嬌看了一眼道：「天下間也只有你肯相信這個混蛋！」

閻怒嬌咬了咬嘴唇，卻又不好駁斥胡小天，她這個哥哥實在是太不爭氣，做的事情也太為人所不齒。

胡小天將薛靈君從地上抱起，向閻伯光道：「你在前面帶路，咱們先離開這裡再說。」

閻伯光知道自己的性命暫時算是保住了，其實剛才他一力阻攔妹子上去引胡小天進入密道，可閻怒嬌偏偏要把這個煞星給帶進來，現在麻煩了，閻伯光手舉火把走在最前方，此時頭頂傳來叮叮咚咚的聲音，顯然是刀魔風行雲等人開始掘地，閻伯光不屑道：「我這青雲山莊的地下密道四通八達，極其複雜，想要挖掘進來，沒有三五天功夫是做不到的，就算他能夠進來，也不可能找到咱們。」

胡小天環視周圍，冷冷道：「你挖了這個地道在這裡，是不是準備做壞事？」

閻伯光道：「天地良心，我早已洗心革面，痛改前非了。」

「那些被你關在地窖中的民女又作何解釋？」

閻伯光頓時無言以對，胡小天抬腳在他屁股上踢了一記：「快走，還不去把那幫民女放出來！」

閻伯光道：「這裡無法到達地窖。」

胡小天冷笑道：「你剛才不是說四通八達嗎？現在怎麼又變了？」

閻伯光向妹妹看了一眼想要求助，閻怒嬌道：「二哥，這次我不能幫你，你不可以再做傷天害理的事情，把她們放了吧。」

閻伯光歎了口氣道：「我發誓，我只是抓了她們，可是我一個都沒有動過。」

他的這番話胡小天倒是相信，閻伯光現在就算是想動，也沒有哪個能力。

閻伯光帶著他們沿著曲曲折折的地道來到地窖附近，先通過通氣孔聽了聽動靜，然後他搬動機關，從牆壁上現出一個小門，經由這裡可以通往地道，可是地窖之中卻空無一人，那些被他抓來的民女全都不知所蹤，閻伯光也是大吃一驚。

胡小天氣得又給了他一腳，怒道：「你居然使詐！」

閻伯光叫苦不迭道：「天地良心，我根本不知道發生了什麼。」

胡小天咬牙切齒道：「你狗日的還有良心。」

閻怒嬌聽在耳朵裡不由得直皺眉頭，她最討厭男人爆粗口，胡小天罵她二哥豈不是等於將她一起罵了進去。閻怒嬌道：「她們或許是逃了，有沒有見到她們的屍體，當務之急咱們應該攜手合作，先行離開青雲山莊。」

閻伯光點了點頭道：「是啊！是啊！危難關頭，咱們應該攜手合作。」他的目光朝胡小天懷中的薛靈君看了一眼道：「不如我告訴你怎樣救她。」

胡小天神情稍稍緩和，點了點頭，閻伯光湊到他耳邊低聲道：「其實再厲害的催情藥物只要歡好之後就能解除藥力，不如你找個無人之處幫她……」話沒說完，鼻子上已經挨了一拳，胡小天一拳把他打得鼻血長流。

閻伯光捂著鼻子慘叫道：「我好心幫你，你居然打我……」

閻怒嬌慌忙跑過來護住哥哥。

胡小天冷笑道：「真把老子想得跟你一樣無恥嗎？」

閻怒嬌看到哥哥鼻血長流，不由得有些心疼，斥道：「你怎麼可以不由分說出手傷人呢？」

胡小天道：「他做了那麼多的壞事你居然還袒護他，根本是為虎作倀，想想他禍害了多少良家婦女，你也是女人，比我更能理解那些受害者的痛苦。」

閻怒嬌咬了咬嘴唇，心中暗歎，自己的哥哥實在是做了太多喪盡天良的事情。

閻伯光擦淨鼻血繼續上路。

從青雲山莊的密道一直可以通往旁邊的岩谷山，臨近出口的時候感到腳下已經踩到了水面，越走越深，往往密道的開口都會選擇在水流聚集之地或者藤蔓豐茂之處，這是防止被別人輕易發現。

青雲山莊的密道也是如此，開口就在岩谷山腳下的溧河岸邊，洞口處在水下，這一點的設計和大康皇宮密道有著異曲同工之妙。

三人帶著薛靈君一起從水下游了出來，閻怒嬌率先浮出水面，此時天空中的雨勢已經停歇許多，遙望青雲山莊的方向竟然燃起了熊熊火光，閻伯光和胡小天也隨後浮出水面，閻伯光看到青雲山莊失火，哀歎不已道：「好好的一座莊子就這麼毀了！」在他心中自然認為全都是胡小天的緣故，不然刀魔風行雲也不會追蹤而至，進而遷怒於他們。可閻伯光又懾於胡小天的威勢，只能在心底默默埋怨了。

幾人爬上河岸，胡小天讓閻怒嬌解開薛靈君的穴道，沒多久薛靈君就悠然醒轉，她感覺頭痛欲裂，但是意識比起此前清醒了許多，右手捂住額頭，望著身邊的三人，最終目光定格在胡小天的臉上：「我……我這是在哪裡？」

胡小天站起身來，舉目四望，青雲山莊的方向火光衝天，看來刀魔風行雲因為找不到他們而惱羞成怒，將山莊燃燒殆盡。

閻怒嬌黯然道：「不知其他人有沒有逃出來？」

閻伯光道：「咱們還是儘快離開這裡再說。」

胡小天道：「現在還不是離開的時候，咱們還是以靜制動，等到天亮之時再考處離開。」

閻怒嬌點了點頭道：「不錯，那些人顯然是有備而來，說不定各個路口都有他們的人在……」

「啊！」閻怒嬌的話還未說完，就被薛靈君的尖叫聲打斷，三人慌忙圍了過去，卻見薛靈君拚命搖擺著手臂，閻怒嬌衝上前去，拉開她的衣袖，之間薛靈君雪白如同蓮藕般的手臂上趴著一條色彩斑斕的大蜈蚣。

幾人不由得同時倒吸了一口冷氣，閻怒嬌沉聲道：「別動！」她迅速從腰間皮囊中取出一個瓷瓶，拔開瓶塞，倒了些許白色的粉末在蜈蚣身上，那蜈蚣沾染粉末之後身體迅速縮小，轉瞬之間已經化為一灘黏液。

薛靈君本來所中迷藥的藥效已經減退了大半，被這毒蟲一嚇更是出了一身的冷汗，此時整個人頓時清醒了，顫聲道：「蜈蚣……蜈蚣……」

閻怒嬌握住她的手臂，幫助她平息下來，關切道：「有沒有咬到你？」

薛靈君搖了搖頭，漸漸從惶恐中鎮定了下來。

胡小天確信她沒事這才稍稍放下心來，閻怒嬌帶著薛靈君回到河邊，用河水洗去手臂上的黏液。

閻伯光顯然非常害怕和胡小天單獨相處，目光四處遊移不敢和他正面相視。這廝局促不安，想要走到一旁，卻聽胡小天道：「哪裡去？」

閻伯光顫聲道：「方便……」

「一起！」

閻伯光心中不情願可又不敢提出反對，只能和胡小天一起來到樹叢深處，胡小天倒也沒有騙他，解開腰帶就開始嘩嘩放水，閻伯光站在胡小天身邊感覺壓力山大，再偷看胡小天的時候，卻遭遇胡小天橫眉怒視，爆發出一聲怒吼道：「尿！」

閻伯光被他嚇得一哆嗦，這下更尿不出來了。

胡小天冷笑道：「騙我？」

閻伯光的表情糾結之極，苦著臉道：「我沒騙……」

胡小天猛一瞪眼：「那你倒是尿給我看！」

閻伯光真是欲哭無淚：「你盯著我……我，我……尿不出來！」

「那就是騙我，騙我我就把你卵蛋給割下來，讓你以後再也不能禍害婦女。」

閻伯光被他一嚇，趕緊轉過身去，這次居然真的尿出來了，他驚喜萬分道：

「我……我尿出來了……」

胡小天冷冷道：「你為非作歹，作惡多端，不知禍害了多少無辜少女。」

閻伯光道：「天地良心，那些民女不是我抓來的，是屈光白為了討好我，可是我現在對女色根本不感興趣。」

「你騙誰？」

閻伯光道：「我若是撒謊，天打雷劈不得好死，青雲我在萬府受傷之後，就再也不能行男女之事，我就算想也是有心無力。我這輩子做過的唯一採花之事也就是前往萬家，可結果我毛也沒撈到一根，賠了夫人又折兵，我過去雖然風流，可是我從未做過偷香竊玉之事，我手裡有使不完的銀子，想要找女人還不容易。」說到這裡他又歎了口氣道：「現在就算給我一個天仙，我也是只能看不能碰。」

胡小天看到閻伯光愁眉苦臉的樣子不由得想笑，兩人方便之後從樹林中走出來，看到閻怒嬌一臉關切地站在外面，自然是出於對二哥的關心，剛才在樹林外就聽到兩人的對話，其中的內容實在是過於不堪，閻怒嬌一個女孩子家總不好意思衝進去看看發生了什麼情況，看到二哥好端端地出來，這才放下心來。

薛靈君剛剛洗完臉，整個人雖然清醒了，可是卻顯得懵懵懂懂。

閻伯光低聲道：「難道咱們就直等著嗎？萬一刀魔尋來豈不是坐以待斃？」

胡小天道：「這附近的地形你最為熟悉，有沒有什麼可靠的藏身之處？」

閻伯光道：「地洞裡最好，咱們若是一直都留在地洞裡不出來最好。」

胡小天不屑道：「那不是成了縮頭烏龜？」其實心中卻認同閻伯光的想法，相比較而言，待在地洞裡不出來要比在外面安全得多。

閻怒嬌道：「這裡非常偏僻，距離青雲山莊有一段距離，他們應該想不到咱們會藏身在這裡。」

胡小天點了點頭：「但願如此。」他來到薛靈君身邊，輕聲道：「君姐，你感覺怎樣？」

薛靈君聽到他的聲音方才如夢初醒般舒了口氣，她對發生過的事情記憶不清，腦子裡只有一些支零破碎的片段，剛才的沉默正是在努力將這一切片段組織起來，她向胡小天勉強笑了笑道：「沒事，就是有些口渴！」

閻怒嬌道：「這裡的山泉水很甜，我去幫你取來。」

薛靈君道：「不用，我自己去！」她腳步蹣跚地來到河水旁，捧起河水正準備飲用，卻發現那河水的顏色竟然全都是紅色，宛如鮮血一般，嚇得薛靈君大聲尖叫起來。

胡小天一個箭步來到薛靈君身邊，卻見薛靈君一張俏臉嚇得毫無血色，指著那已經完全被染紅成為血色的河水，顫聲道：「血……血……」話沒說完，感覺到眼前金星亂冒，雙腿一軟就向河水中倒去。

胡小天及時出手將她抱住，看到那突然染紅成為血色的河面，心中也是震驚不已，他不知這河水因何會在短時間內發生這樣的變化。

閻怒嬌也來到他們身邊，看到河水的顏色，吸了一口氣，低聲道：「壞了，這河水已經被人下毒。」

胡小天聞言一驚，低頭看了看薛靈君，卻見薛靈君雪白的俏臉之上蒙上了一層黑氣，看樣子應該是中毒了。他向閻怒嬌道：「你可知道這河水之中究竟被下了什麼毒？」

閻怒嬌舉目向河水中望去，卻見上游河面一片白花花的東西沿著河水順水漂來，定睛一看，那白花花的物體全都是死魚。

身後閻伯光顫聲道：「蜘蛛，好多蜘蛛……」

胡小天轉身望去，卻見遠處黑壓壓一片向他們迅速靠近，全都是拇指大小的蜘蛛，閻伯光嚇得朝他們跑了過來，驚呼道：「快逃，快逃……」

閻怒嬌道：「去河的對岸！」

閻伯光聞言第一個向河水中衝去，閻怒嬌一把將他抓住，緊張道：「你不想活了？」河水變紅乃是被人撒入了毒藥，這種毒藥只要沾染肌膚就會從毛孔滲入體內，薛靈君雖然未飲河水，可是她的手觸及被毒素污染後的河水，馬上中招。

以閻伯光的輕功根本沒辦法越過這近七丈寬度的河面，唯有沿著河岸往上游尋找狹窄的地方再跳過去，正在躊躇之時，手臂忽然被人抓住，卻是胡小天老鷹抓小雞一般抓住了他，用力一扔，閻伯光宛如騰雲駕霧般飛起，慘叫著從血色瀰漫的河面上方飛過，胡小天一手抱住薛靈君，一手攬住閻怒嬌的纖腰，騰空躍起，內息收放之間，身軀宛如大鳥般飛掠過七丈河面。

閻伯光摔倒在對岸的草地之上，摔了個狗吃屎，樣子雖然狼狽，實際上卻摔得不重，呲牙咧嘴地從地上爬起來，看到胡小天展現如此神威，心中對他更是敬畏，不敢有絲毫埋怨。

閻怒嬌雙腳沾在地上，首先去看看哥哥有沒有受傷，她當然清楚胡小天這樣做是為了幫忙。

閻伯光低聲道：「妹子，咱們找機會逃走。」

閻怒嬌秀眉微顰道：「不可，大家一起逃出來的，應該守望相助才對。」

她轉身來到胡小天身邊，看到胡小天將薛靈君橫放在膝上，從腰間取出一個瓷瓶，拿了一顆丹藥準備塞入她的嘴唇中，好奇道：「這是什麼？」

胡小天頭也不抬道：「洗血丹！」

閻怒嬌道：「她所中的是江河一片紅，想要解毒必須要對症。」

胡小天聽她一口就叫出毒藥的名稱，想必她應該懂得解毒之法，抬起雙目盯住閻怒嬌道：「幫我救她！」

閻怒嬌道：「你最好不要碰她的雙手。」目光落在薛靈君的雙手之上，薛靈君的雙手已經完全染成了紅色，而且就快蔓延到她的肘部，她提醒得已經太晚，胡小天正握住薛靈君的一隻手，不過胡小天似乎並沒有被紅色毒素浸染的現象，閻怒嬌心中暗自驚奇，看來胡小天的身體擁有一定的抗毒性，她迅速戴上鹿皮手套，示意胡小天抓好薛靈君的其中一隻手臂，從腰間鹿皮袋中取出一個鐵盒，打開鐵盒從中傾倒出幾條黃綠色的水蛭。

水蛭比起通常可以見到的要小上一些，她將水蛭放在薛靈君的手臂之上，很快水蛭就開始吸血，沒過多久時間，就看到水蛭的身體開始暴漲，色彩也變得發紅，飽吸毒血之後的水蛭，她再將之放在鐵盒之中，在水蛭的身上彈上少許的藥粉，水蛭馬上開始吐血，身體迅速縮小，如此往復多次，看到薛靈君雙手的顏色漸漸由紅轉白，閻怒嬌是利用這樣的方法將她體內的毒素排出。

做完這一切之後，閻怒嬌又取出一顆碧綠色的藥丸塞入薛靈君的口中，低聲道：「她的性命不會有事，不過離開這裡之後還需要堅持服藥三天，方才可能將體內毒素全都肅清。」

胡小天這才想起自己和閻怒嬌的第一次相遇就是在黑石寨，她和蒙自在的關係很好，看來也從蒙自在那裡學會了不少的解毒之術。

閻伯光遠遠看著，心中暗歎妹子多事，趁著胡小天他們自顧不暇的時候儘快逃走就是，何必幫助他們，可他也清楚妹妹的脾氣向來倔強，一旦決定的事情絕非他能夠改變。

胡小天道：「謝謝！」

閻怒嬌搖了搖頭道：「不用謝。」目光投向那血紅色的河水，抿了抿櫻唇道：「咱們必須儘快離開這裡，江河一片紅乃是斑斕門秘製的毒藥，這附近應該有斑斕門的人埋伏，一旦等他們找過來，只怕事情就麻煩了。」

胡小天聽到斑爛門三個字內心不由得一驚，低聲道：「豈不是和五仙教齊名的門派？」

閻怒嬌點了點頭道：「正是，不過那都是斑爛門自封，他們又有什麼資格和五仙教相提並論。」

胡小天的目光卻突然定格在遠處，距離他們五十餘丈的樹林之中突然冒出了藍色的火焰，火焰在樹林中擴展的速度很快，宛如一條長蛇一般扭曲蔓延，幾乎在瞬間就已經封鎖了他們可以前行的道路。火焰的顏色藍中泛白，和常見的火焰完全不同，閻怒嬌循著胡小天的目光望去，她喃喃道：「水火無情！看來是斑爛門首席大弟子杜天火到了！」

胡小天心中暗忖，自己曾在雍都和夕顏聯手殺死了斑爛門三大弟子，自此和斑爛門結下深仇，他其實早有準備，知道斑爛門早晚都會找到自己尋仇，卻沒有想到他們會選擇在自己出使西川的時候下手。

閻伯光慌慌張張來到他們面前道：「壞了，壞了，通往外面的路全都被大火封鎖了，看來他們是要將咱們困死在這裡。」

閻怒嬌掏出錦帕利用隨身攜帶的水囊將之打濕，提醒大家按照她的方法來捂住口鼻，以防吸入過多的毒煙。

胡小天隨身帶有口罩，防煙效果要比她的方法更好，取了一個給薛靈君戴上。

閻伯光聽說來找他們麻煩的可能是斑斕門，叫苦不迭道：「你到底哪裡惹來了那麼多厲害的對頭，今天可是被你害慘了。」

胡小天這次居然沒有反駁，雖然閻伯光這廝並不討喜，可是今天他們兄妹兩人的窘境的確是他所造成的。

閻怒嬌咬了咬櫻唇道：「這事和他無關。」

閻伯光有些錯愕地張大了嘴巴，實在想不明白妹妹為何要護著外人，他大聲道：「如果不是他莫名其妙地上門來找麻煩，怎麼會將那麼多魔頭引過來？」

閻怒嬌道：「斑斕門之所以找上來，全都是因為我的緣故。」

閻伯光和胡小天都是滿臉錯愕地望著她，胡小天心中迷惑更甚，不知為何閻怒嬌要為自己開解？他們總共才見第二次而已。

閻怒嬌鼓足勇氣道：「三個月前，我曾經遇到了一個壞人，他意圖對我不軌，所以在我飲食之中下藥，結果被我識破，反而被我用藥物制住，皆因他苦苦哀求，我一時心軟就放了他一馬，卻想不到他竟然死心不改，繼續追蹤想要害我，我被他和同伴所困，無奈之下採用爹給我的烽煙針將他們射殺，可惜終究被逃了一個，後來我才知道，被我所殺的乃是杜天火的兒子，杜天火號稱水火無情，乃是斑斕門北澤老怪手下大弟子，深得老怪真傳，他死了兒子當然不會善罷甘休，我看這次他是找我報仇來了。」

閻伯光聽妹妹說完不禁義憤填膺道：「活該殺了那無恥之徒，竟然敢用這種卑鄙下流的手段對付我妹子。」說話時卻遭到胡小天冰冷不屑的目光，閻伯光當然明白胡小天因何會對自己如此不屑，這種事情發生在自己親人身上，他方才感覺到一絲絲的後悔。

閻怒嬌向胡小天道：「這件事和你們無關，如果今天是水火無情杜天火親來，那麼他肯定是會讓我不死不休，回頭我拖住他，你們有機會就先走吧。」她咬了咬櫻唇有些艱難道：「我知道你不喜歡我二哥，可是他卻是我們閻家唯一的男丁，他若是出了什麼事，我爹娘肯定會悲痛欲絕，若是有機會，你能不能帶他一起走？」

胡小天心中一陣感動，閻怒嬌和閻伯光雖然都是一個父親，可是這兄妹兩人卻是性情迥異，閻伯光人品齷齪不值一提，這閻怒嬌倒是一個善良重情的好姑娘。

閻伯光道：「妹子，你不用求他，我是不會捨下你一個人走的，要活一起活，要死一起死。」生死關頭，這廝的身上難能可貴的出現了些許閃光點，倒也不枉妹妹對他這番情義。

胡小天道：「廢話少說，既然大敵當前，咱們唯有同舟共濟，方才可能共度難關，走吧，只要咱們團結一致，未必沒有走出困境的機會。」

閻怒嬌美眸中流露出一絲喜色，剛才她見到過胡小天的武功，知道他武功高強，如果他願意和他們兄妹兩人聯手，脫困的機會當然就更大一些。每個人都對生命充滿留戀，如果不是陷入絕境誰也不願意自求死路。

閻怒嬌道：「水火無情出手之前通常會選擇合適的環境，在河水之中布毒，不明真相者往往就會在河水中染毒，僥倖過了這一關，他就會用幽藍冥火點燃山林將對手包圍其中，通常人們都會選擇沿著河水向下走，躲避大火，而他往往就會在對手逃生的路線之中埋伏。」

閻伯光道：「那麼我們就往火場裡走，險中求勝，或許可躲過追殺。」

閻怒嬌望向胡小天，顯然在徵求他的意見。

胡小天道：「往下游走，躲是躲不過去的，唯有他現身出手，咱們才有克敵制勝的機會。」說完他抱起薛靈君率先沿著河水向下游走去。

閻伯光呆呆望著他的背影，低聲向妹妹道：「怒嬌，這個人根本信不過，他根本不會幫助咱們……」

閻怒嬌道：「無論你信還是不信，反正我是決定跟他一路前行。」

閻伯光道：「我……我……」看著妹妹這會兒功夫已經走出很遠，嚇得慌忙拔腿就追：「喂！你們等等我，不是說好了同舟共濟，你們等等我……」

醫統江山 II 卷2 絕世妖孽

作者：石章魚
發行人：陳曉林
出版所：風雲時代出版股份有限公司
地址：10576台北市民生東路五段178號7樓之3
電話：(02) 2756-0949
傳真：(02) 2765-3799
執行主編：劉宇青
美術設計：許惠芳
行銷企劃：林安莉
業務總監：張瑋鳳

初版日期：2020年9月
版權授權：閱文集團
ISBN ：978-986-352-867-8
風雲書網：http://www.eastbooks.com.tw
官方部落格：http://eastbooks.pixnet.net/blog
Facebook：http://www.facebook.com/h7560949
E-mail：h7560949@ms15.hinet.net
劃撥帳號：12043291
戶名：風雲時代出版股份有限公司

風雲發行所：33373桃園市龜山區公西村2鄰復興街304巷96號
電話：(03) 318-1378
傳真：(03) 318-1378
法律顧問：永然法律事務所 李永然律師
　　　　　北辰著作權事務所 蕭雄淋律師

行政院新聞局局版台業字第3595號 營利事業統一編號22759935

定價：270元

國家圖書館出版品預行編目資料

醫統江山 第二輯／石章魚 著. -- 臺北市：風雲時代，2020.08- 冊；公分

ISBN 978-986-352-867-8（第2 冊；平裝）

857.7　　　　109009548